Ils virent s'avancer vers eux un jeune homme. — Page 5, col. 2.

LA BELLE NOVICE

HISTOIRE DU TEMPS DES FRANCS-JUGES

PAR EMMANUEL GONZALÈS.

A MONSIEUR LE COMTE DE SALVANDY,

De l'Académie française.

MONSIEUR LE COMTE,

J'ai cru ne pouvoir choisir un meilleur patronage que celui de l'auteur de *Jean Sobieski* pour cet ouvrage auquel son sujet historique assigne seul quelque importance. Jusqu'à cette heure je n'avais abordé que le roman de sentiment et le roman d'aventures qui touche, par éclairs fugitifs, à l'histoire. L'accueil fait par le public aux *Mémoires d'un Ange*, aux *Sept baisers de Buckingham* et aux *Frères de la Côte* m'a enhardi à tenter une composition réellement historique. J'ai adopté un sujet dangereux, dont les éléments, quoique d'un intérêt grandiose, sont d'une effrayante difficulté comme mise en scène. Faire descendre les *Francs-Juges* de leurs échasses lyriques et les enfermer dans un drame réel, réduits aux proportions humaines, c'est une tâche qui fait comprendre à l'écrivain tout le génie des romanciers qui ont donné la vie la plus saisissante au vieux Goëtz de Berlichingen et à l'Outlaw Robin Hood. J'ai essayé de retracer dans cette œuvre ingrate le tableau le plus fidèle de cette justice bizarre et mystérieuse, de cette association redoutable connue sous le nom de *Sainte Vehme*, — de chose ou *Tribunal Vehmique*, — et plus vulgairement de Tribunal secret, au moyen-âge.

La *Vehme* fut le symbole terrible de la justice, ce lien nécessaire des nations, qui, se trouvant annulée de vive force et proscrite dans le moule de l'état social germanique, voulut renaître et ne relever que d'elle-même au milieu de cette épouvantable anarchie produite par les cent despotes féodaux qui tiraillaient à l'envi le manteau impérial. Ce fut la ligue des faibles, des opprimés, de la masse qui puisa une force irrésistible dans le principe d'association contre les tyrannies individuelles. La justice s'abstraya, pour ainsi dire, en dehors de la société où le juge n'était plus que le représentant d'un pouvoir isolé, et non le vengeur de la communauté. Les *Francs-Juges* se levèrent dans l'ombre et firent avec le poignard et la corde un procès sans trêve à tous les coupables grands ou petits de cet état social dominé uniquement par l'égoïsme, par les intérêts partiels et individuels, et où les paix de Dieu se proclamaient sans résultat. Depuis, presque toutes les sociétés secrètes se sont modelées sur les formes adoptées par le *Tribunal Vehmique*. Les ligueurs français, les Withe-Boys d'Irlande, les Carbonari des ventes italiennes, les Beati-Paoli ou les confrères de saint Paul, qui ont lutté pendant des siècles pour délivrer la Sicile de la domination étrangère et de la tyrannie féodale, les camarades de Tugendbund offrent tous de grandes analogies dans leurs serments et leurs pratiques secrètes avec les *Francs-Juges*.

Quant aux écrivains qui se sont plu à transformer les assises solennelles des cours vehmiques, en assemblées de bandits cachés dans le creux des rochers, au milieu de forêts impénétrables, dans des caveaux mystérieux, — ils ont prouvé, en propageant ces contes de vieille femme avec une innocente crédulité, qu'ils n'avaient jamais consulté ni archives ni chroniques. Le franc-siége de Paderborn se tenait sous le péristyle de la maison commune, celui de Sudkirken sur le cimetière et celui de Dortmund sur le marché, à la face du soleil. Les illuminés jugeaient même en assises secrètes, plus souvent le jour que la nuit. Tout ce qu'exigeaient leurs statuts, c'est que l'endroit fût inabordable et que l'œil des profanes ne souillât pas les alentours du tribunal. Or, quels profanes eussent osé affronter la corde que les initiés de la Vehme savaient enrouler d'une façon si expéditive autour du cou des patients? Bien des siéges sont désignés dans les chroniques par le nom du lieu où ils se tenaient. Ainsi d'Elleringhausen sous l'ombrage, dans le jardin public. Nous devons donc faire rigoureusement justice de tous les romans de mauvais aloi, bâtis sur ces présomptions erronées par quelques auteurs subalternes.

Il y a certainement lieu de s'étonner que ce sujet important, et qui offre logiquement au romancier les oppositions les plus terribles et les plus émouvantes que le lecteur puisse exiger d'une conception dramatique, n'ait pas tenté et irrité la curiosité créatrice des grands maîtres. Cependant Walter Scott lui-même, ce peintre merveilleux le plus apte de tous à empreindre le moyen-âge d'un caractère de réalité saisissante et à le dépouiller de son prestige et de son brouillard lyriques, grâce à la naïveté bourgeoise de son style, Walter Scott n'a touché que d'une façon timide et maladroite le sujet des *Francs-Juges*, dans un épisode stérile et inutile d'un de ses romans les plus amusants et les plus médiocres à la fois, *Anne de Geierstein*.

Les écrivains mineurs qui s'étaient emparés du *Tribunal secret* comme d'une proie à l'époque où la littérature de pacotille exploitait le genre noir, mystérieux et ténébreux mis à la mode par trois Anglais : Lewis, Anne Radcliffe et Maturin, — ces écrivains durent à l'intérêt de la donnée un succès de mélodrame Pixericourt dans les arrière-boutiques et les antichambres. *Hermann d'Unna*, écrit ou traduit par Jean-Nicolas-Etienne de Bock dans un style troubadour — abricot, digne des gravures qui l'ornaient, ouvrit la marche à une série innombrable de romans à trappes, à oubliettes, à souterrains et à masques noirs, dont les titres même ne sont plus connus aujourd'hui que des bibliophiles les plus endurcis. Rien de moins historique que ces compositions insipides, incolores et banales. De toute cette école du genre noir, que son but infécond a condamné bien vite au plus dédaigneux oubli, il n'est resté dans la mémoire des lettrés que trois à quatre œuvres, véritables tours de force d'invention et de trompe-l'œil, le *Moine* de Lwis, le *Confessionnal des Pénitents noirs* d'Anne Radcliffe, *Frankenstein*, ou le Prométhée moderne de Shelly, et *Melmoth*, ou l'homme errant du révérend Maturin. Mais de toutes ces originales créations, le public d'aujourd'hui, qui commence la postérité pour ces auteurs, ne lit plus que le *Moine*, cette ardente personnification de la luxure et de la débauche. — Il ne connaît guère d'Anne Radcliffe, cette mère des spectres et des fantômes, que le titre des *Mystère d'Udolphe*. Quant aux mystères des Francs-Juges, aucun des ouvrages destinés à les célébrer, pas même le *Tribunal secret* de Weit-Weber, n'a survécu.

Peut-être avons-nous été trop hardi en tentant de triompher des difficultés que nous offraient à chaque pas les recherches nécessaires sur cette législation mystérieuse, qui a laissé si peu de vestiges et de documents authentiques de son existence. En effet, le code rigoureux du tribunal vehmique, qui a pesé pendant tant de siècles sur l'empire, a été mis en doute ou dédaigné comme une invention romanesque par la plupart des historiens; à ce point que quelques-uns le regardant comme apocryphe ou non-avenu, n'en ont nullement fait mention dans leurs ouvrages. La *Vehme* n'a guère provoqué sérieusement que les études des légistes, des fureteurs d'origines du droit qui ont été frappés comme nous de l'incontestable réalité de ses jugements et du rôle exceptionnel et vraiment extraordinaire que cette association, téméraire jusqu'à la folie et obéie comme l'était le Vieux de la Montagne, joua dans la législation criminelle de l'empire. Les tribunaux secrets qui avaient cité des empereurs à leurs assises, au temps de leur puissance, ne furent jamais abolis et cassés. Ils perdirent peu à peu leurs priviléges usurpés; à mesure que la justice légale recouvrait sa force et ses droits, le poignard de la Vehme se rouillait et sa corde s'usait.

Dans ces deux volumes nous n'avons dessiné qu'un tableau d'exposition, où apparaissent à peine dans le clair obscur quelques sombres figures de Francs-Juges. C'est le prologue du drame dans lequel doit se développer le terrible pouvoir de la Vehme, avec son énergie implacable, avec son obéissance absolue aux statuts, avec ses erreurs fatales et ses réparations d'une justice inflexible. Souvent nous avons hésité devant les difficultés de notre œuvre. Le roman historique, ce bâtard d'origine moderne, demande à l'écrivain de sérieuses préparations dont le lecteur ne lui tient aucun compte. Pour beaucoup de gens, la *Prison d'Edimbourg* n'est-elle pas supérieure à l'Ivanhoë, cette étonnante résurrection d'un siècle passé, cette preuve de divination rétrospective?

Ainsi, il ne nous était pas indifférent de placer notre action en Bohême, sous l'empereur Venceslas, comme l'auteur d'*Hermann d'Unna* et madame Clémence Robert, — ou en Westphalie, sous Henri IV. En effet, les siéges des véritables tribunaux wehmiques ne dépassèrent jamais les limites de cette dernière province. Non-seulement elle fut le berceau de l'institution, mais tous les grands maîtres, dont les noms sont cités par la réforme d'Arensberg, avaient leurs francs-siéges en Westphalie. Les princes n'en pouvaient posséder dans d'autres provinces, et si les Francs-Juges exercèrent souvent leurs missions vengeresses jusqu'aux parties les plus reculées de l'empire, les jugements du moins partaient toujours du sein de la Terre-Rouge, ainsi nommée, parce que le fond des armes de Saxe était de *gueules*. Lorsque les Francs-Juges, créés en Bohême par Venceslas, mirent le pied en Westphalie, ils furent immédiatement cités comme faux frères par les illuminés saxons et pendus sans rémission.

Ce n'est pas non plus sans crainte que nous avons introduit dans notre drame *Pierre l'Ermite*, cette grande figure historique si connue qu'elle fait date dans l'histoire; mais si vague comme réalité humaine, qu'elle semble ne pouvoir s'encadrer que dans un poëme épique. Le côté confus, barbare, nuageux de ces temps héroïques est un grand écueil pour l'écrivain qui attend le succès des caprices paresseux du public. Le génie de Victor Hugo lui-même n'a-t-il pas été impuissant à faire adopter ses *Burgraves* par les enthousiastes qui applaudissent le proscrit Hernani et qui pleurent avec la courtisane Marion de Lorme?

Mais vous, Monsieur, qui êtes un maître en ces importantes questions et qui avez donné aux lettres de si nobles gages, vous nous aviez inspiré par votre suffrage la hardiesse de continuer cette tâche ingrate. Comme écrivain vous avez su revêtir tour à tour d'une forme éclatante l'histoire et le roman. Comme ministre, vous avez eu le rare mérite de ne pas renier la littérature à laquelle vous deviez les premiers succès de votre haute fortune; vous avez été au-devant de tous les talents et de tous les mérites avec cette généreuse sympathie, marque irrécusable des nobles caractères. Vous n'avez pas voulu que les savants et les écrivains qui sont la gloire du pays, aux yeux de l'Europe entière, fussent réduits à faire antichambre et à tendre un placet, comme ceux du grand siècle, pour que l'attention du pouvoir se fixât sur eux. Au lieu de vous borner, comme tant d'autres, à des encouragements stériles, vous avez sans cesse honoré les lettres dans l'écrivain lui-même. Chacun de nous doit tenir à acquitter, Monsieur, la dette contractée envers vous au nom de tous. C'est ce qui nous a enhardi à placer sous vos bienveillants auspices cette étude que recommande tout au moins un travail consciencieux.

Veuillez agréer, Monsieur le comte, l'assurance de mes sentiments dévoués.

EMMANUEL GONZALÈS.

I

LE GAUGRAVE.

La Westphalie était encore une contrée sauvage sous le règne de l'empereur Henri quatrième.

Des villes, des châteaux et des forteresses couvraient toutes les provinces saxonnes, comme autant de mailles du réseau féodal ; mais de vastes solitudes s'étendaient entre ces burgs et ces villes. C'étaient d'immenses et antiques forêts, des marais impraticables, souvent cachés par des végétations parasites, et cachant sous ces hautes herbes et ces prairies trompeuses des flots de vase et des sables mouvants, c'étaient de hautes montagnes chargées d'amas de neige sous lesquels s'entr'ouvraient des abîmes invisibles.

A cette époque, la lutte du pape Hildebrand et de l'empereur Henri ayant embrasé l'Allemagne, chaque seigneur prenait parti pour l'un ou pour l'autre, suivant son caprice ou son intérêt. L'empire était mis à sac par mille petits tyrans, comtes-voleurs, chevaliers-brigands, burgraves-écorcheurs, qui espionnaient les caravanes des marchands du haut de leurs nids de vautour, rançonnaient leurs prisonniers devant la trappe entr'ouverte d'une oubliette, incendiaient les couvents, et ruinant les provinces mieux que la famine et la peste, glanaient ainsi des trésors dans l'immense remous de la crise politique, sans avoir à redouter l'intervention d'aucun tribunal, d'aucuns juges. C'était à chacun de venger sa querelle et de défendre son foyer ou de mourir.

Enfin, toute l'Allemagne était dans l'attente de quelque bouleversement général, où les opprimés, devenus fous de haine et de soif de vengeance, se soulèveraient en masse contre les burgs et les châteaux des seigneurs. Déjà tous les liens de l'humanité menaçaient de se relâcher, puisque les pères ne pouvaient plus sauver leurs filles du déshonneur, leurs toits de l'incendie et leurs familles de la faim, lorsque apparut pour lutter contre l'anarchie la puissance mystérieuse et formidable dont nous verrons éclater les actes dans le cours de ce récit.

Ce tribunal draconien, caché dans l'ombre, ouvrant cent mille yeux d'espions inconnus sur le coupable, dirigeant partout sur sa poitrine la pointe d'un poignard invisible, enlaçant le nœud de la corde fatale à son cou, qu'il fût assis sur un trône ducal ou caché dans la grotte d'un désert ; ce tribunal secret, comme on le nomma, pouvait seul remplacer la justice et la loi, à une époque où l'empereur lui-même n'offrait aux victimes qu'une protection impuissante, et où l'on ne reconnaissait que le droit du plus fort.

Pour que le lecteur comprenne bien toute la réalité de l'épouvantable drame dont nous sommes l'humble narrateur, il doit savoir que dans les chartes du temps, *le droit du poing (faustrecht)* était hautement proclamé. Ce seul fait suffit pour que les étranges incidents de cette histoire ne puissent être taxés d'exagération. Nous nous sommes, du reste, scrupuleusement conformé aux détails de mœurs, de coutumes et d'événements racontés par les chroniqueurs contemporains.

Dans l'assemblée de Worms, l'empereur Henri IV fit déposer, comme on sait, par les princes et les évêques allemands, son impétueux ennemi le pape Grégoire VII. Celui-ci en revanche, du haut de son trône pontifical, excommunia l'empereur et délia ses sujets du serment de fidélité.

C'était la première fois qu'un pape osait attenter à la couronne d'un souverain.

Cette excommunication fut l'étincelle de la guerre civile. Les partisans de Henri l'abandonnèrent, et ils menaçaient de procéder à l'élection d'un nouvel empereur, lorsqu'un beau jour ils apprirent que l'excommunié s'était enfui secrètement de Spire.

Depuis deux mois on ignorait son sort, et l'empire étant sans maître, le plus effroyable désordre agitait l'Allemagne, lorsque eut lieu dans la partie la plus montagneuse du franc-comté de Lippe, en Westphalie, la scène qui forme le commencement de cette histoire.

Vers deux heures du soir, après une matinée de tempête et de pluie, le soleil perçant enfin le voile de brume qui obscurcissait le ciel, sécha de ses rayons déjà chauds, car le mois de mai touchait à sa fin, le plateau d'une roche assez escarpée qui dominait une partie du centre de la Westphalie orientale.

Là, une trentaine d'hommes, aux jambes nues, le pied chaussé de sandales de cordes, enveloppés les uns de sayons de toile bleue, les autres de tuniques faites de peaux de bêtes grossièrement assemblées, se trouvaient étendus autour d'un grand feu. A ce foyer barbare, des racines cuisaient dans de lourds pots de terre rougeâtre, tandis que des quartiers de venaison flambaient et grillaient, suspendus d'une façon homérique au-dessus de la flamme par des fers de lance entre-croisés et fichés en terre.

Au premier coup d'œil, on eût pu les prendre pour des habitants amphibies, demi-chasseurs, demi-pêcheurs, de cette contrée sinistre, couverte de forêts marécageuses et coupée, dans toute son étendue, de lacs, d'étangs croupis et stagnants, et de traînes cachées sous les hautes herbes. Mais les colliers de fer qui emprisonnaient leurs cous hâves et maigres dénonçaient en eux des serfs fugitifs.

Ils jetaient sans cesse autour d'eux des regards inquiets et perçants qui semblaient sonder les profondeurs de la forêt, dont le manteau de sombre feuillage ondulait sur la croupe du Teutoburgervald, chaîne de montagnes qui forme un demi-cercle de cinquante lieues de long.

Tout à coup un de ces hommes, dont les cheveux n'étaient pas coupés et flottaient librement en boucles épaisses sur ses épaules, dont le torse robuste était caché sous une peau d'élan, se leva, et s'appuyant sur un grand arc qu'il semblait manier comme une plume, saisit le bras du plus vieux des serfs qui l'entouraient et lui dit :

— Eh bien ! Heino, qu'avez-vous décidé, toi et tes compagnons ? Voulez-vous résister au comte Othon, l'ennemi de votre maître, et vivre librement dans la forêt, comme les oiseaux du ciel ?

Le serf soupira et répondit d'une voix tremblante :

— Mathias, tu parles comme un vaillant écuyer, fidèle au malheur du noble Conrad, notre bien-aimé gaugrave. Mais les serfs qui, dès l'enfance, ont vécu à l'ombre des tourelles de leur seigneur, ne sauraient s'accoutumer à cette vie hasardeuse de la forêt, qui n'offre d'autres ressources que la chasse et la pêche.

Nous manions mieux le hoyau que l'arc, nous autres. Tu le sais, Mathias, déjà nos femmes et nos enfants se plaignent de la faim. Le gibier que tu as rapporté ne peut suffire pour une troupe si nombreuse; et ces plaintes nous déchirent le cœur.

— Ainsi, vous agirez comme des femmes! dit l'archer Mathias avec une sourde irritation. Vous demanderez grâce à ce féroce Othon, qui a proscrit le gaugrave et qui lui a volé son château d'Herminsberg?

— Pouvons-nous combattre avec nos bras nus contre les gantelets de fer? avec des pieux et des branches d'arbres contre des haches d'armes et des lances? répliqua Heino.

Mathias fit un geste de dédain en murmurant:

— Cœurs de serfs, cœurs de femmes!

Puis, frappant la terre du bout de son arc, il s'écria :

— Vois-tu, Heino, avec cette bonne arme, je défierais, dans nos vieilles forêts et les détours de nos montagnes cachés sous les neiges, tous les chevaliers et les hommes d'armes du franc-comte de Lippe!

— Tu es téméraire, Mathias, mais tu n'as pas une femme dont le sein tari ne puisse plus nourrir tes enfants, dit froidement Heino.

— Qui sait, continua l'écuyer sans l'écouter, si une de mes flèches ne trouvera pas le défaut de la cotte de mailles d'Othon! Ce monstre ne se glorifie-t-il pas du surnom d'*Ours* que toute la Westphalie lui a donné, autant pour sa lâche cruauté que pour la force extraordinaire qui le rend si hardi et si orgueilleux!

— La colline de sable ne doit pas lutter contre la montagne de granit, murmura le vieillard.

— Mais quel est donc votre espoir? demanda brusquement Mathias.

— Ne sais-tu pas, reprit le serf, que j'ai donné hier au soir asile dans ma hutte à une pauvre pèlerine qui se rendait à Dethmold? Elle a dû s'arrêter ici, les pieds déchirés et sanglants, épuisée, anéantie par les fatigues et les périls d'un long voyage. Elle vient de si loin!...

— Eh bien! interrompit l'écuyer avec une farouche impatience, cette jeune fille peut-elle vous sauver? Doit-elle vous servir d'ôtage et de rançon? Les mendiantes qui vagabondent par les chemins ont-elles aujourd'hui le pouvoir de faire des miracles?

— Patience! dit Heino; cette jeune fille n'est pas une mendiante. Avant de consentir à s'étendre sur le grabat d'herbes sèches de sa hutte, elle m'a supplié d'envoyer un messager à un chevalier de Dethmold, auquel elle devait communiquer sans retard des nouvelles d'Italie. J'ai refusé, Mathias. Alors elle s'est jetée à mes genoux et elle m'a juré que ce chevalier était un favori du comte Othon, et qu'il obtiendrait sûrement de son maître notre grâce pleine et entière. La loyauté était peinte sur le visage de cette enfant, Mathias. Elle n'eût pas voulu tromper les hôtes misérables qui partageaient avec elle leur refuge et leur chétive portion de gibier. J'ai cédé à ses sanglots et à ses larmes; j'ai ordonné à mon fils Franz de se charger du message de l'étrangère et de s'introduire secrètement dans Dethmold. Elle lui a remis la moitié d'un anneau d'or qui servira à le faire reconnaître comme son envoyé. Franz est parti dans la nuit. J'espère que nous ne tarderons pas à le voir revenir avec ce chevalier... Êtes-vous satisfait maintenant, Mathias?

— Que la foudre t'écrase, vieillard insensé! s'écria l'écuyer furieux. Sur la parole d'une femme, tu as trahi et livré tous tes frères. Ah! l'âge, qui a blanchit tes cheveux, n'a pas mûri ta raison, mais t'a rendu plus crédule qu'un enfant.

— Pourquoi m'accusez-vous de trahison? dit Heino, pâle de surprise.

— Parce que à cette heure, sans nul doute, reprit Mathias d'une voix tonnante, le sanguinaire Othon sait le secret de notre retraite, eût-il dû pour cela mettre ton fils Franz à la torture.

— Franz à la torture! répéta le vieillard épouvanté. Oh! c'est impossible!

— Ce serait une juste punition de ta trahison, répliqua l'écuyer.

— Mais je ne suis pas un traître! continua le malheureux. N'est-ce pas, vous ne le croyez point, compagnons?

Les serfs restèrent sombres et silencieux. Aucun ne répondit à l'appel déchirant de Heino, qui sentit un frisson de terreur courir dans tous ses membres.

— Ai-je donc mal fait? mes frères, reprit-il alors avec un accablement désespéré. Eh bien! si vous me regardez comme l'espion du franc-comte Othon, jugez-moi, condamnez-moi.

— Comment as-tu pu espérer dans la miséricorde de l'ours de Lippe? demanda rudement Mathias.

— Parce que, si nous avons fui du fief d'Herminsberg, lorsque le comte Othon l'a confisqué, ainsi que tous les autres biens de notre vaillant gaugrave, et lorsqu'il a voulu nous vendre tous comme un troupeau et nous disperser dans ses autres terres, j'ai cru que cette fuite n'était pas un crime qui ne pût obtenir ni grâce ni merci. Nous ne nous sommes pas armés contre ce terrible seigneur, nous n'avons pas porté la main sur un de ses pages ou de ses varlets, nous n'avons pas fait couler le sang d'un de ses baillis. Pourquoi donc n'aurait-il pas pitié de nous?

— Tu as eu tort, Heino, dit une voix sonore dans le taillis qui bordait le plateau où les serfs étaient réunis.

A l'accent bien connu de cette voix, tous les fugitifs s'étaient retournés en tressaillant, et, lorsqu'ils virent s'avancer vers eux un jeune homme vêtu d'un méchant surtout vert tout déchiré par les ronces et les broussailles, un rayonnement de joyeuse surprise épanouit leurs visages sombres, ils frappèrent dans leurs mains et s'élancèrent à sa rencontre en criant :

— Le gaugrave Conrad, notre cher seigneur!

Les gaugraves étaient les seigneurs de canton (*gau* en saxon), descendants des familles nobles de pure souche westphalienne.

Conrad sourit douloureusement à l'aspect de cette naïve joie qui éclatait autour de lui.

C'était un beau jeune homme de vingt-cinq ans, de taille moyenne, mais admirablement prise; ses longs cheveux blonds tombaient par boucles désordonnées sur ses épaules. — Les attaches fines et nerveuses de ses pieds annonçaient un chasseur aussi souple, aussi leste que les élans et les chamois qu'il devait poursuivre souvent jusqu'à la cime des rochers; ses reins bien cambrés, son front large et un peu bombé, son nez finement coupé, ses lèvres relevées et ses grands yeux bleus à cils noirs lui donnaient un air vaillant, ouvert et déterminé. Les souffrances de sa fuite n'avaient pu éteindre encore l'éclair de son regard.

Cependant Mathias, après s'être incliné devant lui, s'écria joyeusement :

— Nous pouvons combattre l'ours de Lippe, maintenant que nous avons à notre tête notre vaillant maître.

— Votre maître! reprit amèrement Conrad. C'est un bien beau titre pour un homme réduit à fuir, à se cacher comme un bandit dans les marais et les bois, pour un homme qui dort au haut des arbres, grelottant sous la pluie et secoué par l'orage, parce qu'il a été fidèle à son empereur et aux serments jurés!

— Et peut-être, monseigneur, avez-vous souffert de la faim dans la forêt, dit Heino; tandis que nous...

Conrad essaya encore de sourire; mais sa pâleur prouvait la justesse de Heino.

— Allons, vous autres, cria l'écuyer Mathias, resterez-vous immobiles comme des pierres à regarder votre seigneur au lieu de le servir!

Les serfs s'empressèrent d'obéir. Ce fut à qui trancherait un morceau de venaison pour le gaugrave, à qui lui tendrait son écuelle de bois remplie d'eau.

Certes, maintenant que le maître d'Herminsberg n'était plus qu'un proscrit désarmé, souffrant, dénué de tout prestige d'autorité, ils se montraient plus dévoués pour lui qu'aux jours où ils venaient rendre hommage au puissant gaugavre.

— Vous êtes de bons et fidèles vassaux, leur dit-il alors. Mais je n'ai plus droit à votre soumission. Je suis un proscrit qui vient vous demander asile, car j'erre dans les forêts du comté, depuis seize jours que l'ours de Lippe s'est emparé traîtreusement de mon héritage. Lui, mon frère de lait, il a fait mettre ma tête à prix, il m'a fait proclamer traître et rebelle, parce que je ne voulais pas m'armer contre l'empereur Henri, au moment où je venais d'être fiancé avec la pupille de l'empereur, Bertha de Varenholz.

— Vous êtes toujours notre seigneur! s'écria Mathias, sur ce rocher désert, comme dans la grande salle du château d'Herminsberg.

— Ce sont là de vaines paroles, dit Conrad, car le seigneur doit protéger ses vassaux, et c'est moi qui vous demande protection. Tu vois bien que tu rêves, Mathias. Mes pieds sont-ils donc chaussés de l'éperon d'or des chevaliers? la main de Bertha frémit-elle encore dans la mienne? les trésors de mon père ne sont-ils pas empilés dans les coffres du comte Othon, et mon noble frère m'a-t-il seulement laissé une épée pour me défendre.

L'écuyer n'osa rien répondre.

— Dites-moi maintenant, continua le gaugrave en s'adressant aux serfs, comment vous vous trouvez ici, comment le malheur du maître a pu s'étendre jusqu'à ses vassaux?

— Nous avons fui, monseigneur, répliqua Heino, parce que les baillis du franc-comté ne nous ont pas laissé d'autre voie de salut.

— Les lâches! dit Conrad; sans doute, pour célébrer la joyeuse entrée d'Othon sur mon domaine, ils ont fait main basse sur vos granges et sur vos étables; ils ont vendu tous vos hoyaux et vos cognées de bûcherons, ces outils dont le désespoir pouvait faire des armes!

— Ils ont fait plus, reprit le serf d'une voix tremblante; car ce pillage, nous l'avons supporté; nous leur avons tout livré sans résistance; nous avons assisté à notre ruine sans un soupir, sans une plainte. Nous les avons même aidés, comme des esclaves obéissants, à dépouiller nos cabanes. Celles de nos filles qui portaient des colliers et des anneaux d'argent les ont brisés pour les leur donner. Les plus riches d'entre nous ont éventré leurs tonnes de vin du Rhin, ont rempli les hanaps de ces dignes hôtes et les ont servis comme d'humbles échansons.

— Qu'ont-ils donc exigé de plus? demanda le gaugrave surpris. Quelque odieuse corvée? Vous auraient-ils ordonné de démolir le château d'Herminsberg? ajouta-t-il, tandis qu'un éclair d'indignation brillait dans son regard.

Heino et tous les serfs baissèrent les yeux.

— Nous sommes des lâches, monseigneur, reprit le vieillard, car nous avons aussi obéi à cet ordre infâme. Ce château, notre bouclier à tous, a croulé à moitié sous nos efforts; ses tours seules ont été respectées. Mais vous étiez absent, et les hommes d'armes du franc-comté veillaient sur nous et sur nos enfants, attachés au pilier de la place du Château.

— Malheureux! murmura Conrad. Mais enfin, puisque vous étiez de si dociles esclaves pour votre nouveau maître, comment a-t-il pu vous forcer à fuir? A-t-il condamné à la torture vos femmes et vos enfants, pour savoir si vous ne possédiez pas quelque trésor secret? A-t-il, dans un caprice insensé, mis le feu à vos huttes?

— Les baillis de Detmold ont voulu nous vendre, monseigneur! s'écria Heino. Sans écouter nos gémissements et nos supplications, ils ont ordonné d'arracher chacun de nous de sa famille, comme on arracherait les branches mortes d'un arbre, d'enlever l'enfant suspendu à la mamelle de sa mère et de séparer l'aïeule débile des fils qui le guident et travaillent pour lui. Tel était le bon plaisir du comte Othon. O misère! Quand on nous lut l'arrêt, ce fut un spectacle effrayant, monseigneur. D'abord un silence morne, puis un rire insensé, puis de stériles menaces. Les mères pressaient convulsivement leurs enfants sur leurs poitrines, les yeux secs et fixes de terreur. Les jeunes filles pleuraient en s'abritant comme des oiseaux effarés derrière les pauvres femmes. Les hommes se tordaient les poings. Les baillis arrivèrent. Le héraut nous dit alors: « Bonnes gens, préparez-vous à venir sur la place aux piliers; c'est là qu'aura lieu la vente. » Nous ne nous étions rien dit, nous n'échangeâmes pas un regard entre nous, mais nous ne bougeâmes pas. Le héraut reprit: « Ceux qui ne marcheront pas de bonne volonté seront attachés et traînés à la queue de nos chevaux. » Il y avait là une dizaine d'hommes d'armes du comte, à cheval. Une des femmes, celle de mon fils Wilhem, se leva alors, et, regardant son mari, lui dit: « Wilhem, laisseras-tu faire? » et elle embrassa son petit enfant, qui criait couché sur son sein. Wilhem pâlit. Le héraut cria: « Marchez, vassaux! » La pauvre femme continua: « Wilhem, avant qu'on détache l'enfant de cette place, lui et moi nous serons broyés sous le sabot des chevaux! » Wilhem devint livide et regarda autour de lui. Pas une arme, pas un geste d'encouragement chez ses compagnons. Nous avions tous peur. Wilhem alors tendit ses bras au héraut:

« — Traînez-moi donc à la vente, lui cria-t-il; car d'y aller moi-même, cela ne se peut pas!

« Le héraut fit un signe, une corde fut enroulée et nouée par un bout aux poignets de Wilhem, et par l'autre bout à la queue du cheval. L'écuyer voulut faire partir son cheval; mais Wilhem résista désespérément, et la brave bête resta immobile. Alors l'écuyer lui enfonça les éperons dans le ventre; le cheval fit un bond effroyable, et Wilhem fut entraîné. Le sang rougit la corde; son corps rebondit sur les pierres ; mais mon pauvre fils ne criait pas et ne demandait pas grâce : il regardait toujours son enfant. Chaque pas ou plutôt chaque saut du cheval laissait un haillon sanglant accroché aux buissons et aux cailloux du chemin. Alors un vertige nous saisit, le sang nous monta à la tête. Femmes, vieillards, jeunes gens, ivres de colère, nous entourâmes les cavaliers du comte comme les flots d'une mer furieuse battent en écumant les écueils et s'élèvent en flocons au-dessus de leurs crêtes. Sans nous soucier des blessures, nous brisâmes leurs glaives. Ils furent bientôt à notre merci, jetés bas de leurs montures et liés eux-mêmes avec les cordes qui nous étaient destinées. Alors nous nous enfuîmes dans la forêt, emportant avec nous le cadavre de Wilhom. Que Dieu soit juge, et vous après lui, monseigneur Conrad ! Nous nous sommes défendus, mais nous ne nous sommes pas vengés ! »

— Pauvres gens ! dit Conrad, ému. Que tout le sang répandu retombe sur l'homme qui a provoqué la résistance par cette vente impie !

— Jamais un gaugrave westphalien n'aurait ainsi battu monnaie avec ses vassaux, reprit Heino. Vos ancêtres appelaient leurs serfs leurs enfants.

Tout à coup, un des hommes chargés de veiller sur le sentier qui conduisait au haut de la roche, accourut et dit vivement au gaugrave :

— Franz est de retour. Il gravit le sentier, et il est accompagné d'un chasseur de haute taille.

— C'est le chevalier qu'attend la pèlerine, dit Heino. Ne vous effrayez pas, mes frères. J'ai bon espoir en ses promesses.

Néanmoins, le visage des serfs exprimait une vague terreur mêlée de curiosité.

— Quant à vous, monseigneur, ne restez pas ainsi exposé aux regards, reprit Heino en s'adressant à Conrad, qui s'était levé et qui, les bras croisés, fixait ses yeux sombres sur le sentier. Nous sommes, nous autres, d'obscurs vassaux, et c'est ce qui nous donne confiance ; mais vous, mon noble maître, si vous ne voulez pas risquer votre liberté et votre vie, restez caché dans les derniers rangs de nos frères. Couvrez-vous de ce vieux manteau de votre écuyer Mathias, car on vous reconnaîtra à votre longue chevelure et à ce col libre, que n'a jamais meurtri le collier de serf. Soyez des nôtres, et vous serez traité comme nous. Surtout ne laissez échapper ni un geste, ni un regard de défi, ni une parole de haine et de menace !

— Sois tranquille, Heino, dit le jeune gaugrave ; je serai muet et immobile.

Au même instant, deux ou trois serfs l'entraînèrent au milieu d'eux, et un groupe se reforma devant lui pour le cacher, car on entendait déjà le bruissement des feuilles du sentier couvert, et on ne tarda pas à voir déboucher sur le plateau Franz et le chevalier attendu.

Mais à l'aspect de la troupe des fugitifs, ce dernier recula précipitamment et s'écria :

— Suis-je tombé dans un guêpier, misérable guide ! Je ne croyais rencontrer aucun homme aux roches d'Externstein.

La pâleur qui passa sur les traits de ce personnage n'échappa pas à Heino, et le surprit d'autant plus que c'était un de ces hommes herculéens, qui, dans ces temps de violence et de tyrannie, semblaient taillés par la main de Dieu ou du démon, pour exercer le pouvoir.

II

L'ÉCUSSON BRISÉ.

Le nouveau venu avait des cheveux plats, noirs, durs et raides ; sa tête était attachée par un cou de taureau à ses épaules trapues et un peu voûtées, un regard fixe et impérieux donnait une expression cruelle à des yeux d'un gris verdâtre, dont les fibrilles s'injectaient de sang au moindre obstacle ; le pli terrible de ses sourcils qui se rejoignaient et formaient une sorte de fer à cheval sinistre au-dessus de son nez, courbé comme celui d'un vautour, son front déprimé et fuyant, ses lèvres pâles et épaisses, tout annonçait en lui une de ces violentes natures, nulles par le cœur, mais vivaces et ardentes pour la haine. Cet homme avait des mains larges et poilues qui devaient pouvoir assommer un taureau. On devinait chez lui l'implacable volonté qui brise brutalement tous les obstacles, l'orgueil impatient dont les désirs les plus aveugles tendent à se traduire en actions, et la fougue sanguine d'un caractère qui, une fois la digue rompue, n'était plus maître lui-même d'arrêter l'élan sauvage de sa colère. On sentait instinctivement, en le voyant, que le malheur menaçait toutes les destinées qui se trouveraient en travers du chemin de ce hautain personnage.

Les serfs étaient restés terrifiés en entendant la voix rude de l'inconnu.

Pour lui, il se tourna vivement vers Franz, son guide, et lui demanda :

— Quels sont ces hommes ?

— Ne craignez rien, monseigneur, dit en hésitant le guide.

— Qui t'a dit que je craignais quelque chose ? interrompit brusquement le nouveau venu, dont les sourcils se froncèrent, tandis qu'un éclair de courroux passait dans ses yeux. Réponds à ma question. Quels sont ces hommes ? que veulent-ils ?

— Monseigneur, reprit Franz, ce sont les serfs fugitifs du gaugrave d'Herminsberg. Ce qu'ils veulent, c'est le pardon et l'oubli de leur faute, et la permission de revenir dans leurs villages.

— Les serfs rebelles d'Herminsberg, répéta le robuste chevalier, tandis qu'une expression de joie cruelle, mêlée d'inquiétude, se peignait sur son visage. Ah ! ce sont ces coquins qui ont résisté au bailli de Dethmold !

Puis, faisant quelques pas en arrière, il porta à ses lèvres une petite trompe de chasse et donna un signal qui fit bientôt accourir une foule de veneurs et de traqueurs auxquels il avait auparavant ordonné de l'attendre, cachés dans les fourrés, dispersés dans les halliers voisins de la roche.

Les manteaux entr'ouverts de ces hommes laissèrent voir l'arsenal de haches d'armes, d'épieux et de couteaux de chasse dont ils étaient armés.

Leur chef sourit alors, et s'avançant vers les serfs, qui l'attendaient tous, immobiles et les yeux baissés à terre, il dit froidement :

— Nous allons maintenant nous expliquer ensemble, vassaux rebelles. L'endroit est bien choisi pour tenir notre lit de justice.

— Monseigneur, dit le vieil Heino, nous ignorons quel est votre nom et votre pouvoir. Vous êtes sans doute un noble chevalier de la cour du franc-comte Othon ; nous vous avons attendu sans peur pour implorer miséricorde, dans l'espoir de trouver en vous un puissant intercesseur. Nous ne sommes pas des

Il fit voler en éclat l'écusson déshonoré. — Page 1[illegible], col. 2

révoltés, mais des serfs fidèles. Nous ne menaçons pas, nous supplions.

Le nouveau venu poussa un éclat de rire dédaigneux, après avoir entendu cette humble requête.

— Ah! ah! s'écria-t-il, les chiens hargneux n'aboient plus si fort. La faim vous fait tirer la langue, maintenant que vous avez l'échine à moitié rompue; à force de courir dans la vase, vous voudriez rentrer au chenil et y secouer votre poil mouillé! Il est un peu tard pour revenir à l'obéissance. Ce n'est pas tout de se soumettre, quand on ne peut plus faire autrement. Il faudra que deux ou trois d'entre vous paient pour les autres.

— Mais, monseigneur, reprit Heino, nous n'avons pas touché aux représentants du franc-comte. On vous aura trompé sur ce qui s'est passé. Le noble Othon ignore sans doute les vexations et les cruautés de ses baillis, car il eût eu pitié de nous. Il eût écouté nos plaintes. Il n'a pu donner des ordres si cruels.

— Dites vos griefs; je serai juge, répondit le chevalier. Je connais les volontés du comte, et malheur aux baillis s'ils les ont transgressées.

Un rayon d'espoir éclaira le visage des serfs, qui se rapprochèrent en groupes et écoutèrent dans un silence plein d'anxiété la suite de cette scène.

Cependant le jeune gaugrave, qui avait tressailli aux premiers mots de l'inconnu, et avait fixé sur lui un regard enflammé, dit tout bas à ceux qui l'entouraient : — Fuyez, pauvres gens! fuyez!

— Pourquoi fuir, lui répondirent les serfs en le regardant avec surprise, pourquoi fuir lorsque ce bon seigneur va écouter nos plaintes pour les rapporter au franc-comte?

—Aveugles! aveugles! répéta sourdement Conrad.

Puis, s'enveloppant avec soin d'un lambeau de manteau qui cachait son visage, il écouta comme les autres.

Le jeune guide Franz s'était humblement avancé vers le clément chevalier, et, agenouillé devant lui, il lui dit d'une voix tremblante :

— Le comte Othon avait ordonné une corvée extraordinaire pour démolir le château d'Herminsberg, où jamais la porte d'un cachot ne s'était fermée sur nous, car le gaugrave était doux pour ses serfs. Nous avons obéi. Vous voyez mon père Heino, monseigneur; il est vieux et souffrant; un de ses bras est perclus. A exécuter cette corvée, il se fût tué, et il n'eût fait que mauvaise besogne; alors j'ai offert au bailli de le remplacer. Il a refusé, et parce que le vieillard ne pouvait finir sa tâche, il l'a fait mettre au ceps. Oui, monseigneur, j'ai vu les pauvres vieilles jambes de mon père serrées entre deux planches qui les brisaient à faire craquer les os; et je n'ai pas frappé le bailli de la pioche que j'avais à la main; j'ai continué mon travail. Si le comte de Lippe eût vu cela, qu'eût-il dit, monseigneur?

— Il eût dit ainsi que moi, répliqua le chevalier, que si l'on écoutait tous les prétextes des paresseux, on n'obtiendrait pas de corvée d'un seul serf; tous seraient malades ou infirmes. La tâche fixée doit être faite.

— Dieu veuille, monseigneur, dit gravement Heino,

Votre ambition monte-t-elle réellement si haut? demanda l'Italienne. — Page 13 col. 1re.

que vous ne sachiez jamais ce que c'est que de voir souffrir un des vôtres sans pouvoir lui porter secours.

— Ces serfs se mêlent de raisonner! interrompit l'inconnu en haussant les épaules. Ah çà! mon fidèle guide, puisque tu es si mécontent de n'avoir pas fait double besogne, je te recommanderai au bailli, et désormais tu auras double part de corvée et de taille, ajouta-t-il avec un sourire méchant et railleur.

Cette froide cruauté fit tressaillir les malheureux fugitifs, et leurs regards inquiets épièrent le nombre et les dispositions des chasseurs qui accompagnaient leur étrange protecteur.

— Continuez votre défense, poursuivit le juge improvisé.

— Nous n'avons plus rien à dire, repartit Heino. Si un fils est coupable pour avoir voulu aider son père infirme, le mari qui a chassé de sa hutte le bailli qui outrageait sa femme, les sers qui ont fui pour ne pas se laisser vendre et disperser dans d'autres fiefs, parce que, pour eux, se séparer de leurs familles, c'était mourir, — tous sont coupables. Mais je ne croirai pas qu'un noble comte westphalien ait ordonné de vendre ses vassaux comme un troupeau de bétail avant de lui avoir entendu dire à lui-même.

— Eh bien! crois-le donc, serf audacieux! s'écria l'inconnu, dont la colère empourpra le visage, car je suis Othon, le franc-comte de Lippe, et puisque vous m'avez surnommé l'Ours, je veux être pour vous aussi terrible que l'ours même pour les chasseurs qui le manquent.

La foudre serait tombée au milieu des serfs qu'ils n'eussent pas été plus effrayés qu'à l'aspect de ce maître vindicatif et altier qui les tenait en son pouvoir.

— Eh bien! avais-je tort de te dire que tu nous trahissais? murmura Mathias à l'oreille de Heino consterné. Tu as attiré l'Ours dans notre terrier, et cette pèlerine, avec son visage d'ange et sa malice de serpent, nous a livrés comme une espionne.

Tous les fugitifs étaient tombés à genoux devant le seigneur qui avait sur eux droit de vie et de mort.

Conrad seul était resté un instant debout, et le regard d'Othon s'était arrêté sur lui; mais ses deux voisins, saisissant ses bras d'un geste soudain, lui firent plier de force le genou.

Après une minute de silence menaçant, le comte de Lippe reprit la parole :

— Mes maîtres, dit-il, vous ne saviez pas à qui vous aviez affaire. Maintenant, à mon tour de vous dicter mes conditions. Une aveugle soumission à mes ordres peut seule vous mériter le pardon que vous implorez. Je devrais vous vendre à cette heure comme des rebelles et des prisonniers de guerre, car je ne tiens pas à conserver un nid de rebelles aux portes de Dethmold. Cependant vous pouvez me donner une preuve d'obéissance en échange de laquelle je vous ferai grâce. Alors vous ne seriez pas séparés de vos mères, de vos femmes et de vos filles.

— Parlez, monseigneur, dit Heino. Pour l'amour de ces faibles créatures, nous obéirons.

— Vous devez savoir où s'est réfugié le gaugrave d'Herminsberg, votre ancien maître, poursuivit Othon.

Je n'ai pu l'atteindre. Mes espions n'ont pas su flairer sa piste. Dénoncez le secret de sa retraite et je vous pardonnerai.

A ces paroles, Conrad se recommanda à Dieu, car il se crut perdu. Mais l'impétueux Mathias ne lui laissa pas le temps de douter de la fidélité de ses serviteurs.

—Je vous jure, monseigneur, dit-il au franc-comte, que nous ignorons tous ce qu'est devenu le gaugrave. Mais je le saurais, que je ne dénoncerais pas son asile et ne livrerais pas mon maître.

— Voilà donc cette soumission dont vous vous vantiez! s'écria Othon avec violence; votre jugement sera prompt. J'en suis sûr, vous savez où est le gaugrave, race de vipères, et vous redressez la tête pour siffler votre air de révolte au moment où mon pied est déjà levé pour vous écraser; mais la torture vous fera bien avouer où est Conrad. Quand le pied mignon de vos filles et de vos fiancées s'emboîtera dans le brodequin de fer et que vous entendrez leurs cris, vous vous rappellerez peut-être ce que vous ignorez maintenant.

Les serfs ne bougèrent pas, ils gardèrent encore le silence, mais leurs visages prirent une expression menaçante, et Mathias ramassa son arc qu'il avait laissé à terre.

En ce moment ils entendirent, au milieu du silence, un frôlement de feuilles dans le taillis qui, couronnant la roche, la séparait des pierres d'Exterstein, anciennes idoles saxones, et de leurs huttes improvisées.

Tous les yeux se tournèrent de ce côté.

Sur la lisière du taillis apparut une jeune fille, pâle et faible encore, vêtue de la robe brune des pèlerines, et accompagnée de deux vieilles femmes qui l'avaient veillée.

La beauté de la pèlerine était merveilleuse, mais elle avait surtout un caractère étrange pour les sauvages habitants de la Westphalie.

Sous sa pâleur éclatait un teint légèrement olivâtre, mais chaud comme l'or aux lumières. Ses grands yeux, profonds et noirs comme le jais, brillaient sous l'arc pur de ses sourcils; leur expression inflexible devait posséder le prestige magnétique de l'œil fauve des tigres et des serpents. Un sillon bleuâtre serpentait sous ses yeux comme un signe de souffrance.

A la vue de cette jeune femme, le franc-comte redevint calme et froid. Elle étendit une main vers lui :

— Monseigneur Othon, dit-elle d'une voix qui résonna comme un timbre d'or et dans un langage harmonieux, étranger à tous les assistants, ne soyez pas inflexible. J'ai promis à ces pauvres gens leur grâce pour prix de l'hospitalité généreuse qu'ils m'ont donnée.

— C'est impossible, Irène, répéta le comte dans la même langue.

— Impossible! répéta-t-elle avec force, tandis que ses beaux sourcils se fronçaient légèrement. Voulez-vous donc me faire mentir à ma parole? Mais non, je ne prierai pas en vain pour eux. Ma protection ne sera pas impuissante, n'est-il pas vrai, Othon?

— Vous voulez que je pardonne à des serfs révoltés, Irène?

— Ils veulent rester vos vassaux, vous obéir, monseigneur, reprit la pèlerine; ils ne se révoltent pas contre vous, ils vous seront fidèles; mais ils ne veulent pas se voir, eux et leurs enfants, accouplés comme des chiens et traînés au marché pour y être vendus à un maître étranger. Les bêtes fauves mêmes ne se laissent pas arracher leurs petits, et le lion défend sa lionne.

— C'est mon droit, dit durement le comte. Ces manants sont ma propriété, mon bien, mon fief.

— Mais c'est une loi barbare, reprit vivement Irène, que celle qui permet de briser ainsi tous les liens de famille, de séparer violemment ceux dont Dieu a béni l'union chrétienne et auxquels il a reconnu une âme; de disperser au hasard l'aïeul, le père et l'enfant.

— Folie! ces misérables sont-ils de même espèce que nous! interrompit le comte. Allez-vous comparer le marc impur, la lie du tonneau au généreux vin qui chante dans nos hanaps d'argent.

— Monseigneur Othon, grâce et miséricorde pour ces fugitifs, répliqua fermement Irène. J'ai engagé ma parole. Je vous garantis leur soumission. Hâtez-vous! car je vous apporte des nouvelles d'Italie qui ne souffrent pas de retard...

— Des nouvelles d'Italie! s'écria Othon. De bonnes, sans doute, Irène?

— La grâce de ces serfs d'abord. Ensuite, nous parlerons de mon voyage, monseigneur.

— Eh bien, soit! dit le franc-comte avec le regret d'un tigre qui verrait sa proie s'échapper sanglante de ses griffes. Mais vous êtes femme, Irène, et conséquemment crédule aux apparences. Vous croyez à leurs belles protestations d'obéissance. Moi, je veux en obtenir une meilleure preuve.

Il se tourna vers les serfs et leur dit d'une voix éclatante :

— La protection de cette noble dame s'est étendue sur vous comme un bouclier, fils de Caïn. Vous ne serez ni vendus ni décimés. Je mets une seule condition à la grâce que je vous accorde. Votre gaugrave, en embrassant le parti de l'impie Henri, l'empereur déchu, a encouru l'excommunication, ainsi que son digne maître, et le pape Grégoire VII a délié de leur serment de fidélité tous les sujets et vassaux de ces sacriléges.

Une terreur singulière se peignit alors sur tous les visages hâlés des serfs. Une ondulation insensible dispersa leur groupe, et Conrad, toujours caché dans son manteau troué, vit, avec un sourire méprisant, la plupart de ces pauvres diables s'éloigner de lui comme d'un pestiféré et le laisser isolé, ce qui le désignait nécessairement à l'attention du franc-comte.

Mathias seul se rapprocha de lui et murmura à son oreille ces mots :

— Fuyez, monseigneur! glissez-vous dans le taillis! tout à l'heure il ne sera plus temps.

Othon suivit de l'œil tous ces mouvements, et ses yeux s'arrêtèrent alors avec une vague expression de défiance et de soupçon sur l'archer et son maître.

— Maintenant, reprit-il avec le sourire railleur et cruel qui lui était familier, vous allez tous, serfs d'Herminsberg, renier votre serment de fidélité au gaugrave, retranché de la communion des fidèles, si vous n'êtes pas des païens, si vous n'êtes pas venus aux Roches d'Exterstein pour y adorer les idoles des anciens saxons!

— Nous sommes tous bons chrétiens, monseigneur, et nous ne reconnaissons plus pour notre seigneur un excommunié, dit Heino d'une voix tremblanche, tandis que des larmes coulaient sur ses joues ridées.

— Bien ! s'écria Othon, et, pour prouver la loyauté de vos paroles, vous allez tous fouler aux pieds les armoiries du gaugrave. Werner, traînez ici l'écusson des seigneurs d'Herminsberg, que nous devions faire briser aujourd'hui devant la porte du château par la hache du bourreau, et jetez-le contre cette pierre.

Les serfs pâlirent à l'idée de cet outrage contre un insigne qu'ils avaient appris à vénérer dès leur enfance. Ils hésitaient à commettre cette profanation, et ils se consultèrent du regard en contemplant, d'un air de pitié et de douleur, le jeune gaugrave, sombre et immobile, qui semblait n'avoir plus ni oreilles pour entendre, ni yeux pour voir.

Werner, le veneur, revint bientôt, traînant un large écu, splendidement armorié, sur le fond duquel brillait en couleur d'or sur outremer l'image de l'Herman saxon, armé de pied en cap et étouffant entre ses genoux la louve romaine. On lisait au-dessous cette devise en lettres rouges : « *Meurs, mais ne fuis !* »

L'écusson, jeté violemment sur la roche, rendit un son éclatant et lugubre.

— Tiens-toi debout, ta hache d'armes à la main, devant cet écusson, Werner, dit le comte, et le premier qui refusera d'obéir, tu le frapperas ; entends-tu bien !

Werner s'inclina et se plaça comme il lui était ordonné. Il y eut alors un moment terrible.

Othon ne songeait plus à regarder le troupeau des fugitifs intimidés.

Son regard ne quittait pas le jeune homme, obstinément caché dans son manteau.

Sur un geste du comte, les serfs s'avancèrent en frémissant vers l'écusson et le foulèrent aux pieds, mais presque avec terreur, comme s'il eût été rougi au feu ou qu'il eût dû se briser en éclats à ce contact honteux.

Les serviteurs du comte riaient et battaient des mains, trouvant le spectacle amusant.

Quand tous eurent posé l'empreinte de leurs pieds sur le noble écusson, ce fut le tour de Conrad. Le malheureux jeune homme n'avait pas bougé. On eût dit que l'humiliation l'avait pétrifié dans son manteau. Il était comme absent de cette scène. Mais le comte lui cria :

— A ton tour, jeune drôle ! Tu es bien hardi de nous faire attendre ainsi.

Conrad n'entendait pas.

— Ah çà ! si tu es perclus, je vais te dégourdir les jarrets avec mon fouet de chasse, dit Othon.

Et il fit un pas vers lui, le fouet levé.

Conrad tressaillit, et, sans regarder le comte, sans rejeter son manteau en arrière, il s'avança en chancelant, les yeux toujours baissés, du côté où gisait l'écusson souillé.

Les serfs regardaient, silencieux comme des statues, la respiration suspendue.

Arrivé devant l'écusson, le jeune homme s'agenouilla, et le contemplant avec des yeux mouillés de pleurs, il prononça d'une voix grave les paroles de la devise :

Meurs, mais ne fuis !

Puis, par un mouvement leste et imprévu, il se releva, se précipita sur la hache d'armes de Werner, la saisit à deux mains, et, après l'avoir fait tournoyer au-dessus de sa tête, il la rabaissa et fit voler en éclats l'écusson déshonoré.

— Ah ! tu t'es enfin trahi, beau sire, s'écria le franc-comte triomphant. Écuyers, saisissez le gaugrave Conrad.

Une meute d'écuyers et de veneurs se jeta sur le jeune maître d'Herminsberg, et en un instant il fut terrassé et garrotté comme un criminel.

— Eh bien ! ton orgueil t'a fait tomber dans le piège, damoiseau étourdi ! lui dit Othon.

Conrad ne répondit pas.

— Pour avoir la vie, demandes-tu grâce comme tes serfs ? Renonces-tu à servir l'imbécile Henri ? me cèdes-tu ton fief d'Herminsberg ? poursuivit le comte.

Alors Conrad le regarda fièrement et répondit :

— Vous oubliez, Othon, que je suis gentilhomme et que je n'ai pas oublié la devise de ma famille : « Meurs, mais ne fuis ! » Céder, c'est fuir. Se trahir soi-même, c'est fuir.

Othon, furieux, se tourna vers le veneur Werner et lui dit brusquement :

— Partez avec ces serfs et votre prisonnier pour Dethmold. Que demain justice y soit faite du traître ! Toute ma chasse vous accompagnera. Je reste seul ici.

Conrad ne dit que ces mots :

— Que Dieu me venge !

Puis il fut entraîné par les serviteurs du franc-comte, qui chassèrent devant eux toute la troupe des serfs, hommes et femmes, à coups de fouet de chasse, et disparurent bientôt dans le sentier.

Dix minutes après, on n'entendait plus le moindre bruit de pas. Il ne restait sur la roche que le comte Othon et la belle Irène, qui avait assisté, comme une spectatrice impassible, à cette scène douloureuse.

III

IRÈNE LA PÈLERINE.

— Eh bien ! Irène, tout va bien ici, comme vous voyez, dit le comte d'un ton de joyeuse humeur. Dieu veuille qu'il en soit de même par delà les monts, et que votre mystérieuse arrivée ne soit pas de mauvais augure !

— C'est ce que vous saurez bientôt, Othon, répondit la jeune fille en le regardant avec une attention qui parut gêner le puissant seigneur. Vous avez désiré rester seul avec moi sur ce rocher pour éviter les oreilles curieuses et les bouches indiscrètes. Mais nous sommes entourés d'un rideau d'arbres dont les branches feuillues peuvent cacher plus d'un confident inutile des nouvelles que je vous ai apportées avec tant de fatigues et de dangers.

— Vous avez raison, dit le comte de Lippe ; mais nous pouvons trouver à quelque distance de ce rocher, un endroit plus sûr que le réduit le plus secret de mon château, puisqu'on assure que les murs mêmes ont des yeux et des oreilles. C'est le pic de la Terreur. Du pied de cette aiguille de granit, nous découvrirons une espace d'une demi-lieue, où ne croît pas une touffe de bruyère assez épaisse pour cacher un lièvre.

— Ne perdons pas de temps, dit Irène.

— Vous êtes faible encore, continua Othon. Appuyez-vous sur moi, car c'est un rude chemin, et prenez ce bâton ferré, qui vous sera de bon secours pour les descentes. Du reste, ce détour nous rapprochera des tourelles d'Herminsberg.

La jeune Italienne le regardait toujours avec des yeux étincelants de soupçons.

Elle semblait étudier et accuser en elle-même l'égoïsme du comte, qui, la voyant ainsi faible et exténuée, ne songeait pas seulement à lui témoigner quelque tendre regret de ses souffrances, mais ne semblait qu'avide de connaître les nouvelles d'Italie.

Cependant elle prit le bâton ferré des mains d'Othon, et ils franchirent tous deux le rideau des hêtres qui couronnaient la roche; puis, laissant derrière eux la hutte des serfs, ils continuèrent à gravir la montagne.

A deux cents pas des huttes, le comte montra à sa compagne une sorte d'enfoncement très-resserré et rempli de sombres broussailles, au milieu d'un groupe de rochers qui devaient avoir été entr'ouverts par quelque convulsion de la nature.

— Voici notre route, dit Othon. Vous sentez-vous le courage de m'y suivre, Irène?

— Vous ne me connaîtrez donc jamais? répliqua l'Italienne; et elle descendit la première dans le gouffre, en écartant avec le bâton ferré les ronces et les buissons épineux qui en masquaient l'entrée.

A mesure qu'ils avançaient, la route devenait plus rocailleuse et la cavité plus sombre.

Les arbres qui faisaient voûte en entrelaçant leurs branches au-dessus des rochers disparaissaient, et les parois de basalte se rapprochaient et s'enchâssaient tellement, que, par instants, la voûte azurée du ciel était interceptée.

Des troncs d'arbres pourris, probablement tombés du haut des rochers, jonchaient le sol.

Le comte et Irène marchaient entre deux murs de basalte fort élevés et pleins d'excavation façonnées par les eaux en forme de coquilles. Ils n'entendaient pas dans ce souterrain le grésillement d'un insecte; ce silence n'était interrompu que par le murmure sourd de la Lippe, grondant au fond des entrailles de la terre.

Au bout d'un quart d'heure de marche dans ces ténèbres, sans qu'un seul mot eût été échangé entre eux, ils se trouvèrent en plein air, sur un terrain gazonné, d'où la vue embrassait au loin la chute de la Lippe et les pics de la Terreur.

— Avoue, Irène, dit alors le comte, que tu as eu peur sous ces voûtes humides, car tu es encore plus pâle que tout à l'heure.

— C'est le froid, reprit la jeune fille. Je ne pouvais avoir peur avec un si bon guide. D'ailleurs, je ne doutais pas de votre dévouement au salut d'une femme qui a bravé tant de dangers pour vous, et qui apporte, ajouta-t-elle avec un sourire singulier, un message d'un si haut intérêt pour votre ambition.

— Oh! j'ai hâte, en effet, de le connaître, dit le comte. Remets-le-moi, Irène.

— Vous ne me demandez pas, continua-t-elle avec une douloureuse surprise, par quelle force de patience et de volonté, j'ai pu parvenir au but que vous m'aviez indiqué? quels obstacles j'ai dû briser?

— Oh! ne crains rien. Tu seras royalement récompensée, répliqua le franc-comte. Que puis-je te refuser? Ne t'ai-je pas déjà accordé la grâce de ces serfs fugitifs? J'ai presque eu peur, un instant, que tu ne me fisses aussi une harangue en faveur de ce gaugrave dépossédé.

— Pourquoi cela? dit froidement l'Italienne; je ne devais rien à ce jeune homme. Ces pauvres serfs m'avaient donné asile, et je leur avais promis de les protéger.

Le caractère ardent, résolu, mais égoïste, de l'Italienne, éclatait dans ces paroles. Amie dévouée, elle devait être une ennemie vindicative et implacable.

Elle déchira avec un stylet la doublure de sa robe de pèlerine et en tira un parchemin scellé de cire rouge, qu'elle tendit au comte.

Ce dernier le saisit avidement et brisa le sceau; puis il s'arrêta confus de son empressement et dit avec une sorte de brusquerie :

— Que voulez-vous que je déchiffre dans ce grimoire, ma belle! J'ai trop manié la masse d'armes pour avoir eu le temps de faire connaissance avec la science des clercs. Il faudra confier ce secret au chapelain.

— De tels secrets ne doivent pas avoir tant de confidents, reprit Irène. Je vais vous lire moi-même ce que vous mande le cardinal.

— Vous, Irène, si belle et si jeune, vous comprenez ces signes diaboliques! dit Othon surpris.

— Cette lettre révèle de graves événements, poursuivit l'Italienne après en avoir rapidement parcouru les premières lignes. L'empereur Henri est en Italie.

— En Italie! répéta le comte stupéfait. Seul, sans armée, il est allé se jeter dans la gueule du lion! l'insensé!

— Ce n'est pas un insensé, mais un habile politique; il a ôté ainsi au pape tout prétexte de violence. Il s'humilie devant lui et demande grâce. Grégoire ne peut repousser un pénitent qui s'humilie.

— Si ce n'est pas un insensé, c'est donc un lâche! s'écria le comte. Mais lisez toujours, Irène; j'ai hâte de connaître les détails de cet événement extraordinaire.

— Henri a franchi les Alpes du Tyrol, continua la pèlerine. Il s'est présenté seul, comme un mendiant épuisé de fatigue, aux portes de la forteresse de Canossa, sur l'Apennin, près de Reggio, où le pape résidait avec la princesse Toscane Mathilde, cette ennemie mortelle de la maison impériale.

— Eh bien! le saint-père lui a-t-il donné audience? demande vivement le comte.

— On a arrêté l'empereur dans la seconde enceinte, lut Irène.

— Que vous disais-je. Oh! c'est un audacieux moine qu'Hildebrand. Continuez.

— On l'a dépouillé de ses vêtements, on l'a revêtu d'un cilice, et on lui a ordonné d'attendre, nu-pieds, sans feu, dans la cour, ce que le pape voudrait bien décider de son sort. On l'a laissé languir trois jours et trois nuits dans cet état.

— Nous triomphons, interrompit Othon. Le pape nous a bien servis. Il relèverait maintenant Henri de son excommunication, que les princes allemands ne voudraient plus d'un empereur qui s'est ainsi déshonoré en traînant le manteau impérial dans la poussière des cours du château de Canossa. Mais, voyons, qu'a décidé Grégoire?

— Henri a obtenu la faveur de baiser les pieds de son juge. Mais le pape lui a ordonné d'aller attendre le jugement à Augsbourg et lui a fait promettre soumission aveugle à ses décrets.

— L'idiot est perdu! s'écria le franc-comte. Il n'y a pas de temps à perdre pour ceux qui aspirent à sa succession. Les seigneurs et les évêques vont se réunir en diète à Forsheim, et j'espère y compter autant de partisans que ce lourd Rodolphe de Rhinfeld, duc de Souabe.

— Votre ambition monte-t-elle réellement si haut? lui demanda l'Italienne étonnée. Voulez-vous bien vous asseoir sur un trône que Dieu n'a pas rendu vacant? Attaquerez-vous l'empereur avec cette main qui lui a prêté serment de fidélité?

— Ai-je laissé échapper ainsi mon secret? répliqua le comte. Eh bien, soit! — Ne suis-je donc pas aussi digne qu'un autre d'être élu empereur d'Allemagne? et comprends-tu, Irène, ce que c'est que le pouvoir suprême! Régner, c'est être Dieu sur terre, c'est faire plier toutes les volontés devant la sienne, c'est satisfaire tous ses désirs, tous ses caprices, c'est ne pas connaître d'égal et pouvoir se dire : Tout est à moi, l'homme et la terre, l'esquif sur l'eau et l'oiseau dans le ciel! je n'ai qu'à vouloir, et ma volonté est faite; chacun est tenu de me servir et de m'honorer; quiconque me résiste est un traître; nul ne peut m'accuser, et je suis le juge souverain des puissants et des juges. N'est-ce pas là, Irène, le plus beau rêve que puisse faire homme vivant?

— Au bout d'un si beau songe, il y a souvent un réveil terrible, comme celui de ton seigneur Henri, murmura l'Italienne.

— C'est une tête faible et un cœur mou, repartit le comte. Il ne saurait ni tromper avec un sourire, ni tuer un ennemi avec un missel enluminé ou une paire de gants parfumés. Il n'était pas digne d'être empereur. Oui, j'irai à Forsheim.

— Vous avez oublié, Othon, que vous teniez votre fief de ce malheureux Henri?

— Grégoire m'a délié de mon serment de fidélité, enfant, dit le comte. Et puis, je suis prince allemand, relevant immédiatement de l'empire, et non pas grand vassal de l'empereur. Mon sceau porte le nom d'Othon, comte de Lippe, par la grâce de Dieu, car, d'après la constitution germanique, la main qui donne un fief vacant n'a pas le droit de l'ôter.

Au moment où il s'exaltait ainsi dans la prévision de sa grandeur future, la jeune Italienne, qui regardait dans le lointain se dessiner vaguement les tourelles d'Herminsberg, l'interrompit en s'écriant :

— Othon, voyez donc cette étrange lueur sur la montagne! le soleil ressemble à un énorme globe rougi, sans rayonnement.

Le comte n'eut pas plus tôt regardé le ciel, qu'il répondit avec une expression d'inquiétude :

— Si tu étais habituée, Irène, aux bizarreries de la nature dans ce pays, tu saurais que c'est là un signe assuré d'orage. Le brouillard commence à descendre, et il a jeté sa brume sur le soleil. Vois le pic de la Terreur; il commence déjà à se coiffer d'un sombre bonnet de nuages.

— Le ciel prend, en effet, un aspect effrayant, dit l'Italienne. Mais s'il annonce tempête et ouragan, nous ferons bien de nous hâter pour atteindre le château avant que l'orage éclate.

Mais au moment même où elle parlait, un vent froid et noir s'éleva, les frappant au visage et poussant des sifflements aigus qui semblaient emprunter leurs notes funèbres et plaintives à la voix humaine.

On eût dit que la nature voulait défier l'homme qui venait de s'élever presque jusqu'à Dieu dans son enthousiasme de projets ambitieux, et lui montrer sa faiblesse et son néant.

La cime du pic de la Terreur avait déjà disparu sous une coiffe de nuages sombres, frangés d'une bande de lumière blafarde. Ces nuages semblaient s'accrocher aux déchirures et aux saillies déchiquetées du pic monstrueux et se suspendre au-dessus de sa base. Le géant s'estampait vaguement dans le brouillard, suivant le plus ou moins de transparence et d'épaisseur de la vapeur.

Le franc-comte observa avec une vive anxiété tous ces signes qui s'étaient succédé avec une rapidité menaçante, puis il répondit d'une voix légèrement altérée à la jeune fille :

— Peut-être est-il déjà trop tard pour continuer notre route sans danger. L'orage sera plus sérieux que je ne pensais d'abord, et mieux vaudrait, à tout prendre, revenir sur nos pas et chercher un asile dans la grotte de basalte.

Mais Irène ne l'écoutait pas. Le premier effroi passé, elle sembla aspirer avec joie la promesse d'un danger qui ne dépassait pas l'emploi des forces humaines.

— Sommes-nous donc des lièvres timides, pour rentrer au terrier par peur d'un coup de vent? dit-elle. J'ai à la main le bâton de montagnard, armé d'une bonne pointe de fer. Vous, Othon, vous êtes robuste comme un chêne de vos forêts. Est-il impossible, avec un peu de courage, d'atteindre Herminsberg avant l'explosion de l'ouragan?

Othon parut hésiter. Puis, comme frappé d'une réflexion soudaine, il se remit en marche, en s'écriant :

— Partons donc, entêtée! mais Dieu sait si vous n'aurez pas bientôt à vous en repentir. Heureusement, le château du gaugrave nous apparaît toujours dans le lointain, ainsi qu'un phare de salut, car le soleil en dore les tourelles, comme si c'était un lieu consacré dont le brouillard n'ose pas approcher.

— Le pic et le château forment en effet un magnifique contraste, dit Irène. On croirait voir le ciel et l'enfer, dont l'un resplendit de lumière, tandis que l'autre est noyé dans cette vapeur noire.

A partir de ce moment, ils s'avancèrent rapidement par un sentier qui s'élevait peu à peu en côtoyant le bord d'un précipice.

Le comte essaya d'affecter une insouciance bien éloignée de son cœur et de détourner l'attention de sa compagne des signes terribles de l'ouragan.

— Il ne peut nous arriver malheur, dit-il en riant, au moment même où tu es une messagère de si heureuses nouvelles, Irène, et où je te dois même l'arrestation de ce maudit Conrad, dont je désespérais de m'emparer.

— Cet homme était donc bien coupable envers vous? demanda insouciamment Irène.

Les yeux du franc-comte étincelèrent.

— Je le hais! répondit-il d'une voix où sifflaient tous les serpents de l'envie.

— C'est un beau jeune homme! murmura l'Italienne.

— Oh! je ne suis pas jaloux de lui, avec ses jambes d'élan et ses mains de nonne, poursuivit Othon. Nous avons été nourris du même lait, mais je l'ai toujours détesté. Lui, mon vassal, ne voulait-il pas m'effacer et me surpasser en tout? Il faisait le saint à mes dépens. Pour s'attirer les bénédictions, il partageait sa chasse et sa pêche avec les serfs ou les vagabonds aux jambes desquels j'agaçais mes chiens. Quelquefois il se mêlait aux rondes et aux danses des vassales. S'il rencontrait les jeunes filles revenant de la fontaine, il les aidait à porter leurs cruches trop lourdes. Si je châtiais jusqu'au sang un de mes chiens de chasse, il me blâmait devant tous. Un jour, je fis attacher au poteau un Bohême soupçonné de vol, et j'allais le frapper lorsque Conrad s'avança, et m'arrachant mon fouet, menaça de le briser si j'osais m'en servir. C'est ainsi qu'il me résistait en face. Toujours je l'ai rencontré sur mon passage, entre ma vengeance et moi. Aussi était-il adoré. Les jeunes filles du fief souriaient quand Conrad passait au galop devant elles, leur jetant une fleur ou un baiser en riant. Toutes fuyaient à mon approche, même à ces jours de fête où je faisais tomber sur la foule une pluie d'argent. En toutes choses il semblait le noble chevalier et moi l'écuyer, quelque fût l'éclat de mon costume et la simplicité du sien. Dans nos jeux d'enfant même, il triompha souvent malgré ma force supérieure. Il me dépassait à la course par son agilité. Si je domptais un cheval entre mes genoux nerveux, lui, il en venait à bout comme par sortilége avec quelques caresses. Enfin, pour avoir encore un avantage sur moi, lui, gentilhomme, il s'est abaissé à apprendre la science des clercs. Oh! il y a longtemps, Irène, que j'épiais l'occasion de me délivrer de cet homme.

— Je comprends votre haine, Othon, dit l'Italienne, car, moi aussi, je sens que la jalousie rendrait mon cœur implacable; mais comment avez-vous pu confisquer son héritage?

— C'est mon père, répliqua le franc-comte, qui lui a inféodé le château et le *gau* (canton) d'Herminsberg, pour reconnaître les services de son vieux compagnon d'armes Rupert, qui avait laissé Conrad orphelin et sans fortune. Ce fief relève immédiatement de moi sous condition de foi et hommage et de service militaire. Comme mon gracieux vassal a refusé de marcher avec ses serfs, sous ma bannière, contre ce misérable Henri, j'ai dû immédiatement le mettre au ban du franc-comté et faire proclamer sa tête à prix. Ça été une belle journée pour moi, car j'ai atteint mon ennemi à l'heure où se préparait le plus grand bonheur de sa vie. Il allait épouser la pupille de Henri, Bertha de Varenholz, qui est renommée comme la plus belle fille de l'empire et qu'il aime éperdument depuis deux ans. Voilà comme je me venge, Irène. C'est moi qui vais coucher cette nuit dans le château de Conrad, dont les portes ne s'ouvriront plus pour les recevoir, lui et sa belle fiancée.

— Silence! et regardez! interrompit la voix brève de l'Italienne au moment où la joie de la haine satisfaite enivrait le comte et lui faisait oublier sa situation périlleuse... Dieu sait si jamais la porte d'aucun château s'ouvrira pour vous, Othon! Ne tentez pas plus longtemps Dieu par ces paroles de vengeance, quand votre vie est peut-être aussi sérieusement menacée que celle de ce jeune homme.

Le franc-comte suivit des yeux le geste effrayé d'Irène, et vit un spectacle qui le glaça d'horreur.

Tous les sites qui les entouraient semblaient avoir changé d'aspect et pris des formes fantastiques.

Le brouillard avait jeté sur les montagnes et les pics son voile tremblant de blanches vapeurs qui les faisait onduler comme si tout à coup ces gigantesques blocs se fussent animés d'un souffle de vie et eussent été doués d'une légèreté aérienne.

Au fond des abîmes et des crevasses du Teutoburgerwald grondaient des bruits sourds et lointains semblables aux murmures d'une mer en courroux qui va bientôt lancer ses vagues contre les rochers et les écueils.

Le brouillard se distillait en pluie glaciale sur les épaules du comte et d'Irène; le vent soufflait par bouffées terribles et rayait le brouillard de trouées qui leur montraient encore plus toute l'horreur de leur position dans cette brume immense, blanchâtre et flottante qui faisait vaciller les montagnes et les abîmes.

Le terrible seigneur et la faible jeune fille s'arrêtèrent également tous deux, consternés, écoutant avec effroi siffler le vent et ne voyant devant eux que le monotone et sinistre brouillard, au milieu duquel se balançaient, par une sorte d'étrange mirage, des cimes dentelées ressemblant aux flèches des cathédrales gothiques, aux tours crénelées des burgs et des forts, simulant enfin devant eux tout un monde magique auquel ne manquaient pas même l'archer dans sa guérite de pierre accolée comme le nid d'un oiseau à la tourelle, et le nain veilleur du donjon prêt à sonner de la trompe.

Deux fois le comte de Lippe s'écria : — Nous sommes perdus! je me suis égaré!

Deux fois une rafale de vent balaya une ligne de brume et lui montra bien loin, bien loin, tout au bout de cette immensité de brouillard, le château d'Herminsberg, paisible et riant comme les rayons du soleil, comme l'arche dans le déluge.

Et un rayon d'espoir brilla sur sa figure.

Mais, quand le rideau de brume fut retombé entre lui et ces tourelles, il s'écria d'une voix sourde qui accusait peut-être un secret remords :

— C'est la maison du gaugrave! me sera-t-il donc toujours fatal!... Marchons, ajouta-t-il avec un geste de résolution.

Mais, au bout de quelques pas, il dut s'arrêter en entendant Irène lui crier :

— Ne voyez-vous pas, Othon, que le sentier tourne ici et descend presque à pic dans un gouffre au fond duquel semblent étinceler des larmes d'argent? Il y a là un torrent, une chute d'eau. Mais la vue est si bornée par ce mur de brouillard, qu'il est d'une imprudence mortelle de s'avancer, si l'on ne veut risquer de se précipiter dans l'abîme.

Le comte recula, le visage livide.

Ce seigneur ambitieux et puissant, cet homme robuste et orgueilleux devint tout à coup plus accablé et plus faible qu'une femme, car il se laissa tomber à terre, et dit :

— Dois-je donc mourir ici, comme un mendiant dont nul ne se soucie, lorsque j'allais étendre ma main sur la couronne impériale!

Puis l'égoïsme féroce de cet homme exaltant encore sa terreur, il continua ainsi en regardant l'Italienne avec une expression farouche :

— Irène! pourquoi m'avez-vous fait venir dans ces déserts?... Vouliez-vous donc ma perte?... Ah! que ma mort retombe sur vous, malheureuse, si je ne dois pas revoir mon château de Dethmold!

— Êtes-vous un enfant, Othon! répliqua-t-elle en haussant les épaules. Au lieu de proférer des plaintes indignes d'un chevalier et d'un homme, priez plutôt ce Dieu que vous avez si souvent offensé. Nous pouvons d'un instant à l'autre être enveloppés dans un tourbillon de vent et surpris par la mort. Ne serait-ce pas terrible de paraître ainsi devant notre dernier juge, avec une âme pécheresse et souillée?

La dignité réelle que montra l'Italienne en prononçant ces paroles, donna une nouvelle direction aux pensées du comte Othon.

— Ne dit-on pas dans ton pays, reprit-il, que souvent un vœu fait à la Madone a sauvé des gens de mer en péril.

— On le dit, parce que telle est la vérité, répliqua Irène.

— Que la Vierge Marie soit donc bénie et nous protége! s'écria le franc-comte, car si nous échappons à cet ouragan, je fais vœu de lui élever une chapelle en cet endroit même.

Il avait à peine cessé de parler, que le vent s'engouffra dans le vallon avec tant de violence, qu'il sembla secouer le rocher même sur lequel serpentait le sentier qu'avaient suivi nos deux personnages, et qu'il les eût renversés s'ils n'avaient eu la précaution de se cramponner aux bouquets de ronces et aux touffes de bruyères, pour résister au choc du tourbillon.

IV

LA LAVANGE.

Heureusement ce coup de vent raya le brouillard d'une éclaircie qui permit au franc-comte d'apercevoir un embranchement du sentier par lequel ils pouvaient revenir dans le chemin dont ils s'étaient écartés.

— Hâtons-nous de reprendre notre route, dit Othon dès que la bourrasque fut passée. Si nous côtoyons sans encombre la base des pics de la Terreur, nous sommes hors de danger. Je ne crains pas pour moi, qui suis assez robuste et assez habitué à la chasse des montagnes pour me tirer d'affaire; mais vous, Irène, qui êtes si faible, vous ne pourriez résister à cette lutte terrible contre les éléments déchaînés.

La jeune Italienne le regarda avec un sourire incrédule et dit gravement :

— Vous avez invoqué la miséricorde de la Vierge, et elle vous a exaucé, Othon.

— Le brouillard se dissipe, voyez, s'écria le comte. Allons, mon digne frère de lait Conrad est plus en danger que nous. Notre rivalité va bientôt cesser.

— Vous êtes cruel, Othon, dit Irène effrayée de la joie sinistre empreinte sur la physionomie de son noble compagnon.

— Bah! je suis un débiteur qui me réjouis de pouvoir payer toutes mes dettes d'un seul coup, répliqua avec un éclat de rire celui que ses sujets et ses voisins avaient à si juste titre surnommé l'Ours de Lippe. J'avais noté depuis longtemps dans ma mémoire tous les outrages du gaugrave comme autant de dettes dont je voulais m'acquitter. Demain je pourrai effacer de mon esprit ce compte de sang, car j'aurai tout payé.

— Mais quels étaient donc ces outrages? demanda Irène, qui avait involontairement admiré le courage et la dignité de Conrad.

— Dès l'âge de douze ans le damoiseau aimait à me donner des leçons, répondit Othon en ricanant. Un jour, revenant de la chasse, nous passions le long de la Lippe, et nous entendîmes le chant des lavandières. Il me prit fantaisie de monter dans leur bateau, et je m'amusai, pendant qu'elles s'empressaient autour de Conrad et le bénissaient, l'une pour avoir fait soigner son mari malade par le mire du château, l'autre pour lui avoir ramené son enfant égaré dans la forêt, celle-ci pour lui avoir fait octroyer le droit de ramasser du bois mort afin de chauffer son foyer; je m'amusai, dis-je, à jeter à la rivière leurs battoirs et leur linge. Il fallait voir alors les contorsions et les cris de ces femmes. C'était à se tordre de rire. Mais voilà-t-il pas mon diable incarné de Conrad qui, sans mot dire, détache mon aumônière de ma ceinture, secoue dans le bateau toutes les pièces d'or et d'argent dont elle était gonflée et ajoute :

— Tel est le bon plaisir de monseigneur Othon, joyeuses lavandières. Et les cris de douleur se changèrent en cris de joie. C'est ainsi que Conrad aimait à m'humilier et à me faire jouer le rôle de mauvais génie, tandis qu'il faisait le bon ange. Mais s'il a vidé mon aumônière, j'ai confisqué son fief d'Hermunsberg. Nous sommes quittes.

— Comment avez-vous pu lui garder si longtemps rancune d'un tel enfantillage? dit Irène.

— Oh! vous ne savez pas combien est amer le fiel de la jalousie! continua le comte avec véhémence. Si je n'avais pas espéré me venger plus tard, tout enfant de douze ans que j'étais, je l'aurais tué sur l'heure. Mais était-ce aussi un enfantillage que son triomphe au tir à l'arc, auquel assistaient toutes les châtelaines de Thuringe et de Westphalie? Nous avions alors dix-huit ans, et je me retirai, pâle et la rage dans le cœur, tandis qu'il recevait, lui, la coupe d'argent ciselée des mains de la belle duchesse de Souabe, et que tour à tour les lèvres des nobles spectatrices touchaient le bord de la coupe en son honneur! Pour cette honte que j'ai subie, j'ai fait mettre Conrad au ban du franc-comté de Lippe et proclamer sa tête à prix comme celle d'un traître. Nous sommes quittes.

— Mais votre haine est donc implacable et aveugle! s'écria l'Italienne, car ce jeune homme n'avait été pour vous qu'un loyal adversaire.

— Ce mendiant, nourri du pain de mon père, ne devait pas se poser toujours devant moi comme un obstacle, ou il devait s'attendre à être brisé. Vaincu au tir de l'arc, j'espérais prendre une éclatante revanche à la joûte des barques sur la Lippe, Irène, car j'étais un robuste et hardi rameur. Mais le maudit fit si bien, qu'au moment où j'allais atteindre le but, sa barque heurta violemment la mienne, qui tourna sur elle-même. Du choc, je tombai dans l'eau, fou de colère. Alors il se jeta après moi, plongea et reparut aussitôt me soutenant par mes longs cheveux, comme si j'avais eu besoin de lui pour me tirer d'affaire. N'importe! il était mon sauveur, je lui devais la vie. Mon père, les larmes aux yeux, le proclama vainqueur. Pour cette dette-là, la tête du gaugrave Conrad tombera demain sur la place de Dethmold; alors seulement nous serons tout à fait quittes, ajouta l'Ours de Lippe avec un sombre sourire.

— Mais c'est là une vengeance odieuse! dit Irène de plus en plus effrayée de l'expression farouche de son visage.

— Non! Conrad ne m'échappera pas, reprit le comte. Mais comme je l'ai habilement trompé pour le faire tomber dans le piége! J'ai concentré ma haine et je l'ai laissée couver sans que jamais une étincelle en jaillît dans mon regard, mon geste ou mes paroles, car j'attendais le jour où il se livrerait lui-même. Mon visage riait quand mon cœur frémissait de ses insultes. Oui, il a toujours cru que je l'aimais, que j'étais reconnaissant de son dévouement, l'insensé! Il ne savait pas que les princes n'aiment pas d'ombre importune devant leur soleil, et ne souffrent que ceux qui tiennent tout de leur main et à qui ils peuvent tout faire perdre sur un geste.

— Taisez-vous, Othon, taisez-vous! dit Irène; vous me faites peur. Je crains que Dieu ne se venge de vous entendre prononcer des paroles de colère

Je fais vœu de lui élever une chapelle en cet endroit même. — Page 15, col. 1re.

au lieu de paroles de miséricorde, à l'instant même où il vient d'avoir pitié de nous.

— Nous n'avons plus rien à craindre, te dis-je, reprit Othon. Ne vois-tu pas au loin les tourelles d'Herminsberg étinceler aux rayons du soleil? Ne quittons pas des yeux ce phare de salut, et je réponds que nous l'atteindrons avant une heure.

Au même instant une sorte de craquement sourd et étrange, sans analogie avec aucun des bruits familiers à l'oreille humaine, résonna au milieu du silence.

— Mon Dieu! s'écria Irène, regardez donc là-bas, à gauche, Othon; à travers le brouillard, on voit moutonner une masse blanche qui scintille, qui marche, qui roule et s'avance comme une marée montante, embrassant tout l'horizon. Est-ce encore une illusion de mes yeux, dites-moi?

— Ma belle, reprit en riant le franc-comte, le brouillard te fera voir les flots d'une mer, comme tout à l'heure les flèches des églises et les créneaux des donjons. Tout est mensonge derrière ce voile de vapeurs.

Et il regarda insouciamment du côté qu'indiquait le geste de l'Italienne; mais aussitôt il resta comme pétrifié, et son visage pâlit et se décomposa.

La tourmente n'avait pas cessé réellement pendant que le vindicatif Othon expliquait à Irène les honteux motifs de sa vengeance.

Les tourbillons impétueux du vent, tout en chassant le brouillard, avaient fait voltiger les neiges tendres, molles et poudreuses qui couvraient les forêts de sapin des montagnes voisines, — et les transportant par masses semblables à des nuages, avaient obstrué divers passages et défilés étroits. Les flocons subtils de cette neige fouettaient le visage des deux voyageurs, et par moments les avaient forcés de fermer les yeux.

Mais le tableau qui se déploya alors devant le franc-comte avait un aspect bien plus menaçant que le voile de brume dans lequel s'ensevelissait auparavant tout le paysage.

A travers le brouillard plus transparent, le comte voyait en effet descendre vers lui une masse éblouissante de blancheur, onduleuse comme une marée, animée, bondissante, large comme la base d'une montagne, plus rapide et plus monstrueusement grosse à chaque saut qu'elle faisait. Cette masse se rapprochait d'eux en roulant avec une vélocité formidable comme une boule gigantesque lancée par la main d'un Titan. On eût dit bientôt une rivière d'argent, bordée d'une frange de neige, qui se précipitait du haut des rochers, s'enflant de gradins en gradins, et secouée par le vent le long des pentes où elle s'accroissait sans cesse.

Du reste, l'hésitation du comte ne put être longue, car le bruit sourd qu'ils avaient déjà entendu, et qui avait pu passer pour le grondement du tonnerre, éclata de nouveau et se prolongea par la vibration des échos.

— Eh bien! vous ne riez plus, Othon, dit l'Italienne.

— Nous sommes perdus! c'est une lavange! répon-

Que faites-vous? — Page 21, col. 1re.

dit sourdement le franc-comte, accablé par le plus morne découragement.

— Vous avez tenté Dieu, répliqua Irène avec une énergie fébrile. Il vous avait averti; vous n'en avez pas tenu compte. Maintenant, il vous châtie.

Mais Othon, loin de l'écouter, ne faisait que regarder la lavange accourir, et l'angoisse la plus horrible contractait tous ses traits. Une sueur froide perlait son front; son cœur battait avec force.

— C'est vous qui êtes cause de ma perte, Irène, répétait-il en repoussant de la main l'Italienne qui s'était rapprochée de lui. Oh! vous me portez malheur! Pourquoi ne suis-je pas retourné à Dethmold!

— Ne pouvons-nous fuir devant ce fleuve de neige et essayer de lui échapper? demanda la jeune fille.

— Fuir devant la lavange! répéta le franc-comte avec un éclat de rire sauvage. Autant vaudrait parler de fuir à l'homme qui demanderait secours, agenouillé sur le haut d'une tour en flammes. Oh! que ne puis-je suspendre cette neige aux flancs de ces montagnes, ou la rejeter sur les cimes d'où elle se précipite. À quoi sert d'être comte souverain, de régner sur tant de terres et tant d'hommes, d'être jeune, robuste, plein de vie, puisqu'il me faut attendre ici une mort inévitable et me voir mourir!

— Ne soyez pas plus faible qu'une femme, dit Irène en fixant sur la lavange un regard assuré. C'est une chose horrible, certes, que de contempler ainsi notre sépulcre qui marche et qui s'avance, mais un cœur chrétien croit qu'à toute heure notre sort est dans la main de Dieu, et quoique souvent les chances du danger ou du salut soient invisibles à nos yeux, il sait, lui, comment nous sauver ou nous frapper à l'heure qu'il lui plaît.

Et une expression d'énergie sereine anima sa figure rayonnante, comme si elle eût défié le péril.

— Nous allons mourir! s'écria Othon en frémissant de tout son corps. Oh! c'est horrible de mourir sans pouvoir lutter contre la mort qui menace, sans espoir de lui échapper, sans que ni la force ni l'adresse puissent vous venir en aide, sans que Dieu vous laisse une seule chance de salut!...

Le sentier verdoyant qu'ils avaient suivi était étoilé et parfumé de petites fleurs, l'atmosphère s'éclaircissait et laissait se dessiner d'une façon plus distincte la chute de la lavange, qui bondissait de plateau en plateau, comblant des vallons et haletant d'un souffle puissant comme le fracas du tonnerre. Dans le lointain le soleil dorait toujours l'horizon d'Herminsberg.

Le franc-comte jeta autour de lui le regard d'un insensé, et s'écria :

— Que le nom de Dieu soit maudit!

La jeune Italienne s'agenouilla et dit :

— Seigneur, je te recommande mon âme pénitente. Prends-la en pitié.

Elle se releva ensuite, fortifiée par cette prière fervente, et belle du calme héroïque empreint sur son visage.

— Othon, dit-elle alors, que ne puis-je donner ma vie pour toi! Mais tout ce que je désire, c'est de mourir du moins la première. Qui sait! ajouta-t-elle, émue de l'effroi qui bouleversait cette nature si al-

Montmartre. — Imp. Pilloy.

tière et si vigoureuse, et essayant de lui donner un espoir qu'elle n'avait pas, cette montagne de neige peut s'arrêter avant d'arriver jusqu'à nous.

Et elle s'éleva en avant par un de ces mouvements involontaires, propres aux caractères hardis et aventureux qui aiment mieux aller au-devant du danger que de l'attendre avec patience et résignation.

Mais à ce moment advint une chose étrange.

La lavange parut, en effet, s'arrêter comme si elle eût été une créature intelligente, surprise de l'audace téméraire d'Irène.

Voici ce qui avait eu lieu.

Le dernier gradin de rochers sur lequel l'avalanche venait de s'entasser, de s'accroître, et qu'elle voulait franchir, était séparé du principal pic de la Terreur, cette roche pyramidale, par un gouffre verdoyant et fleuri, mais très-profond, qui se creusait au-dessous comme une sorte de vallée souterraine.

Dans sa course aérienne et formidable, la lavange atteignit néanmoins le pic, mais non sans qu'une partie de sa masse se fût engouffrée en pluie épaisse de neige dans l'abîme et ne l'eût comblé.

Ébranlée par cette perte, déchirée par l'aiguille du pic de la Terreur, elle chancela un instant, puis se divisa en deux bras immenses qui coulèrent et glissèrent comme deux fleuves dans les ravins que côtoyait le petit sentier verdoyant suivi par le comte de Lippe et la pèlerine.

Cette dernière poussa alors un cri de joie, et, tendant ses mains jointes vers le ciel, s'écria :

— Merci, mon Dieu! vous m'avez entendue, vous avez eu pitié de votre humble servante!

Puis, revenant vers Othon, qui détournait avec horreur ses yeux de l'aspect de l'avalanche :

— Vois, lui dit-elle, cette masse terrible s'est brisée contre le pic!

Le comte la repoussa d'abord, ne voulant pas croire à tant de bonheur; mais quand il eut fixé son regard effaré sur les ravins, il comprit tout, et un rayon d'espoir se peignit sur sa rude physionomie.

— Ne nous hâtons pas de chanter victoire, répondit-il cependant à Irène. Nous n'avons gagné à ceci qu'une seule chance, celle d'avoir peut-être le temps de fuir avant que les deux courants de la lavange se soient rejoints devant nous.

— Le vent a cessé d'agiter ce linceul de neige, reprit Irène, et je crois que le torrent glacé n'ira pas plus loin.

— Fuyons toujours! s'écria le franc-comte, dont la frayeur avait absorbé toutes les facultés dans une seule pensée fixe.

Et, prenant sa compagne de route par la main, il l'entraîna, courant comme un insensé.

Ils revinrent ainsi sur leurs pas avec une rapidité frénétique, essoufflés, haletants, tombant parfois sur l'étroit sentier qui surplombait le fleuve de neige et se relevant avec angoisse.

Cependant de toute part la nature, remuée par le fléau, prenait un aspect de désolation et de terreur. Les bêtes fauves, les chamois, les élans surpris dans les grottes et les anfractuosités des rochers, fuyaient à leur tour, éperdus, bondissant de crêtes en crêtes, comme s'ils avaient été menacés par les flèches du chasseur ou réveillés de leur léger sommeil par son pas alourdi. Les arbres, dont les vertes teintes tranchaient sur la blancheur de l'avalanche, s'enfonçaient et disparaissaient peu à peu sous ce lit neigeux, comme s'engloutit le mât du vaisseau qui sombre. Des pierres énormes et des fragments de rochers roulaient avec grand fracas du haut des montagnes, brisant dans leur chute des bouquets de sapins gigantesques et les humbles huttes des chasseurs, éparses dans les vallons ou suspendues comme des aires aux flancs des rochers.

Plusieurs fois, en tombant, nos fugitifs se crurent atteints par une force invincible, tandis qu'ils n'étaient terrassés et suffoqués que par l'ébranlement violent de l'air.

Deux fois Irène s'arrêta, sentant ses forces lui manquer et ses genoux fléchir, et elle jeta un regard autour d'elle. Il lui sembla qu'elle se trouvait dans une presqu'île battue par cette mer de neige, qui, comme un croissant formidable, tendait à réunir ses deux pointes, et, rongeant de plus en plus cette presqu'île, rendait l'espace effroyablement étroit.

La jeune fille implora du regard la pitié et l'aide du franc-comte; mais lui allait toujours, aveuglé par son épouvante et ne s'apercevant pas de la lassitude de sa compagne.

Ce froid égoïsme la révolta; son esprit, mortellement blessé d'un dédain si complet, la força à renier tous les sentiments d'affection qu'elle avait témoignés jusque-là au comte Othon, et le défaut de générosité de cet homme ne devait pas être étranger à la terrible résolution que la jeune Italienne allait prendre un peu plus tard.

Ils atteignirent enfin le pic le plus voisin de la grotte de basalte, non sans avoir senti plus d'une fois la neige entasser un tapis mobile et glissant sous leurs pieds; mais là, Irène s'arrêta en disant d'une voix ferme :

— Je n'irai pas plus loin. C'est impossible!

Le comte témoigna alors une assez vive inquiétude et lui proposa de la laisser à cet endroit, enveloppée de son manteau, tandis qu'il irait seul chercher des secours.

— Je ne veux pas que vous me quittiez, répondit-elle. Restez, puisqu'il n'y a plus de danger ici, ajouta-t-elle avec un éclat de rire ironique. Vous voyez bien que nous sommes à l'abri de la lavange, puisque l'un de ses courants est allé se briser et s'engloutir dans les précipices, après avoir recouvert l'étroit sentier que nous avons suivi.

Et elle lui montra d'un geste triomphant la nappe de neige épaisse qui avait remplacé le sentier presque jusqu'au pied du pic, et d'où pointaient quelques branches d'arbres tordus ou déracinés.

— Parlez plus bas, interrompit le franc-comte avec une anxiété singulière.

— Et l'autre courant, continua l'Italienne, est venu échouer contre cette barrière de granit.

Et elle lui montra le pic à tête blanche.

— Parlez plus bas! dit encore Othon. Ce pic est chargé de la neige amoncelée par la tourmente.

— Eh bien! répliqua Irène, le vent a cessé, l'orage est calme, la lavange s'endort sur ses ravages, et voici le soleil qui brille dans un ciel azuré comme celui de l'Italie. Vous voyez bien que nous n'avons plus rien à craindre.

— Oh! vous ne connaissez pas notre pays, reprit le franc-comte toujours à voix basse. Remarquez donc, Irène, comme les parois de ce rocher forment voûte en l'air et surplombent au-dessus du sol. Je connais ce pic dangereux, redouté de tous les Westphaliens, et dont la crête fourchue se divise en deux aiguilles. Ces voûtes sont des masses de neiges entassées qui s'avancent considérablement au delà des véritables parois du rocher. Eh bien!

pour que ces masses s'déroulent et se brisent par le seul effet de leur pesanteur, il suffit de l'action du soleil ou du simple ébranlement de l'air. Oui, la clochette d'un cheval ou la voix d'un homme, vibrant dans l'air, peut amener le même désastre que le plus terrible ouragan. Voilà pourquoi je vous priais de parler bas, Irène.

— Chose étrange! Ainsi la mort est suspendue sur nos têtes, dit l'Italienne, qui l'avait écouté avec une profonde attention.

Puis elle ajouta avec un sourire singulier :

— Écoutez, Othon. Mieux vaut attendre cependant sous cette voûte dangereuse que de glisser dans ces ravins, dont les eaux sont cachées sous la neige. Bientôt le soleil aura fondu cette nouvelle couche, et nous partirons, reposés et sûrs de distinguer notre chemin.

V

LA NOVICE.

Le franc-comte parut se résigner; il s'assit sur une saillie du rocher, à côté d'Irène, et laissa tomber sa tête entre ses mains. Il y eut quelques instants de silence.

— Nous venons tous deux de voir la mort bien près de nous, Othon, lorsque nous nous retrouvions à la suite d'une séparation bien longue, dit doucement l'Italienne. Mais vous ne m'écoutez pas. A quoi donc songez-vous, monseigneur?

— A la diète de Forsheim, répondit le comte.

— Toujours ambitieux! reprit Irène avec un sourire douloureux. Eh bien, soit! moi aussi je serai ambitieuse avec vous et pour vous. Je serai une utile alliée, croyez-le. Pour vous j'ai beaucoup fait déjà, mais je veux faire plus encore. Vous savez que je tiens mes promesses, Othon, et sans doute vous êtes prêt à tenir les vôtres, ajouta-t-elle en le regardant fixement. Je veux que mon dévouement soit pour vous une dot royale, et que vous n'ayez pas à vous reprocher le choix de votre fiancée. Qui sait si la pauvre fille déshonorée et sans héritage ne vous apportera pas une province en échange de votre anneau, le jour où vous la nommerez la comtesse de Lippe.

— Comtesse! murmura Othon en comprimant un rire ironique.

L'Italienne pâlit et porta vivement la main à son cœur. Mais elle feignit de ne pas avoir entendu, et continua avec un air de douceur et de sang-froid, sans que sa voix s'altérât :

— Ce sera un beau jour pour moi, Othon, que celui où je ferai mon entrée dans votre château de Dethmold. Alors la jeune fille, qui a dû se cacher sous les haillons d'une bohémienne pour fuir la maison paternelle, pourra lever la tête devant tous et se glorifier de son amour. Alors je serai fière d'avoir eu foi en vous, Othon, et de vous avoir aimé comme aiment les femmes de mon pays et de ma race, d'un amour absolu, sans réserve, sans défiance. Oh! j'ai hâte de faire tomber à mes pieds cette robe de pèlerine.

— Vous avez raison, Irène, dit le franc-comte, car vous êtes plus radieusement belle encore sous les robes de velours et de damas de Venise. Mais les splendides costumes ne vous manqueront pas à Dethmold, je vous jure. Toutes vos fantaisies seront satisfaites. Je veux faire plier sous le poids des bracelets d'or vos bras si blancs, dont les fatigues ont un peu amaigri les gracieux contours, ma belle maîtresse!

Et il posa ses lèvres sur le bras d'Irène.

L'Italienne devint livide et reprit d'un ton précipité :

— Othon! à qui croyez-vous parler? Votre maîtresse n'existe plus. Il n'y a ici qu'Irène Colonna, que vous avez juré d'épouser... Votre père est mort. Quoique ce dur vieillard vous eût maudit et chassé, il n'a pas pu vous déshériter. Vous êtes seigneur et maître de ce franc-comté. Nul obstacle ne nous sépare. Quand tiendrez-vous votre promesse?

— Folle enfant! qui croit que les princes sont maîtres de leurs volontés comme de la vie de leurs vassaux! répondit le franc-comte. Viens à Dethmold, Irène, et tu verras les chevaliers de ma cour s'incliner devant toi et briser des lances en ton honneur. Tu auras des colliers d'or, des pages pour porter ton missel et ton coussin de velours à la chapelle, et assez de marcs d'or pour faire crier à tous les manants rassemblés sur ton passage : Vive la noble Irène!

La jeune fille se leva par un mouvement soudain et superbe d'indignation. Puis, se croisant les bras et écrasant du regard son déloyal amant, elle répliqua d'une voix sourde :

— Outragerez-vous longtemps ainsi, Othon, celle qui est votre femme devant Dieu? Prenez garde! Vous n'auriez pas intention de tenir votre promesse, n'est-ce pas, monseigneur? Vous savez cependant que je ne suis pas de ces lâches créatures que l'on trompe et dont on se joue! Avez-vous donc oublié à quel instant terrible vous m'avez dit pour la première fois : Je vous aime! Vous vous taisez, comte de Lippe. Faut-il donc aider votre mémoire paresseuse? Chassé par votre père, vous êtes arrivé à Rome comme le plus humble des voyageurs, avec une bourse vide et un poignard sans fourreau. Mon père vous trouva assis, sombre et triste, sur les marches de marbre de son palais. Romeo Colonna était un seigneur généreux, et il vous accorda une sainte hospitalité. Confiant dans la loyauté de son hôte, confiant dans vos protestations, il vous admit une nuit aux assemblées secrètes qui se tenaient dans son palais, et où les barons romains discutaient le despotisme de Grégoire VII. Quinze jours après, une de ces réunions était interrompue par l'arrivée du cardinal Colonna, mon oncle, qui était un des favoris de Grégoire, mais qui aimait toujours son frère Romeo. Il entra brusquement dans la salle, sans que les serviteurs eussent osé porter la main sur lui et l'empêcher d'avancer. Il jeta un regard rapide sur les barons assemblés et ne dit que ces mots : « Messeigneurs, il faut vous séparer et regagner chacun au plus tôt vos châteaux et vos forteresses, car le saint-père sait tout. Il a un espion parmi vous! » Cela dit, le cardinal se retira sans nommer l'espion. Tous les yeux se tournèrent vers vous, étranger, nouveau venu, qui n'aviez donné aucune garantie de votre fidélité. Mon père, le noble Romeo Colonna, s'écria aussitôt : — « L'étranger est mon hôte, et qui le soupçonne me soupçonne. Je réponds de lui. » Mais vous étiez bien jeune, Othon, et à l'aspect de ces regards défiants et irrités, de ces épées nues, vous étiez devenu pâle comme la mort. Aujourd'hui, sans doute, vous ne pâliriez plus. Les barons crurent lire votre crime sur votre visage; ils remirent les épées au fourreau, mais votre mort fut résolue.

« Vous vous en doutiez, car vous vous connaissiez déjà aux choses de haine et de vengeance. L'assemblée se sépara. Un instant après, au lieu de monter dans votre chambre, d'où vous ne seriez plus sorti, vous vous arrêtiez au seuil de la mienne. Déjà vos regards et votre bouche m'avaient parlé d'amour ; je n'avais pas répondu, mais j'avais écouté. Je vous vois encore au moment où vous veniez d'entrer dans cette chambre sacrée pour tous. Je me réveillai, effrayée comme si l'incendie tordait ses langues de flamme autour des piliers du palais, et, vous distinguant vaguement dans l'ombre, à la lueur d'une lampe mourante, croyant à l'audace d'un voleur ou d'un bandit, j'allais crier au secours. Ce cri, c'était votre mort. Mais déjà, vous agenouillant devant moi et pressant ma main froide et tremblante de vos lèvres, vous me dites à voix basse : « Noble Irène, on a trompé les barons ; ils me croient traître à leur cause et veulent me tuer comme un espion ; les épées et les poignards m'attendront sur l'escalier tout à l'heure, on me cherchera partout dans le palais, partout, excepté dans cette chambre sainte et bénie, puisqu'elle est la vôtre. Cachez-moi dans ce sanctuaire inviolable, et je serai sauvé, et ma vie vous appartiendra comme celle de l'esclave à son maître ! » Les femmes sont généreuses, Othon ; elles ne connaissent pas la lâcheté ; j'eus pitié de vous et je vous donnai asile. Une heure se passa. Des pas précipités résonnèrent dans les escaliers et les corridors du palais, comme mon cœur battait, Othon, quand mon père entr'ouvrit ma porte et que je vis étinceler les torches dans le corridor ! je feignis de me réveiller d'un profond sommeil, et nul ne fut assez hardi pour franchir le seuil d'Irène Colonna. Oh ! comme je m'indignai en mon cœur contre ces hommes qui osaient vous soupçonner de trahison ! Le lendemain, mon père fut arrêté et emprisonné sur la dénonciation du traître ; le lendemain, je fuyais de Rome avec vous, car ma pitié m'avait perdue. Plus tard, quand la mort de votre père vous a rappelé à Dethmold, moi, sur votre prière, je suis retournée dans cette ville, où j'avais laissé un nom déshonoré ; mais c'est comme la fiancée du franc-comte de Lippe que j'ai osé implorer le pardon de mon oncle le cardinal Colonna, car mon père est mort dans sa prison. Mais je sais haïr comme je sais aimer, monseigneur Othon, et je n'ai pas encore oublié que je sors d'une maison italienne dont la noblesse vaut la vôtre. Ainsi donc, prenez garde ! »

— Parlez plus bas, Irène, répliqua froidement le comte, et écoutez-moi. Je suis lié par d'impérieuses nécessités politiques. Un mariage ruinerait en ce moment tous mes projets.

L'Italienne se rapprocha de lui, et, le regardant avec émotion, dénoua doucement le cordon auquel était suspendue la petite trompe de chasse au son de laquelle le comte ralliait ses veneurs.

— Ce mariage pourrait être tenu secret, dit-elle.

— Finissons-en ; c'est impossible, dit brusquement Othon.

— Impossible ! répéta Irène avec un sourire amer ; et, comme en se jouant, elle détacha tout à fait le cordon et étreignit la trompe dans ses mains brûlantes. Impossible ! Enfin, vous jetez le masque. Votre amour était une trahison. Ainsi, vous avez brisé ma vie ; vous avez fait d'une jeune fille pure, crédule et dévouée, une femme vile qui n'a plus droit à aucun abri, à aucune protection ! J'ai été pour vous un instrument de votre ambition, comme l'homme d'armes qui se fait tuer pour vous, comme le transfuge que vous lancez dans un camp ennemi, et comme à eux vous me dites de tendre la main pour que vous puissiez y jeter le salaire de mes services. Vous voulez me payer la honte dans laquelle je dois vivre désormais. Oh ! noble comte, je vous avais bien dit que vous ne me connaissiez pas, ajouta-t-elle avec un tremblement nerveux. Tenez, par pitié pour vous, ne répétez pas ce que vous avez dit. Je tâcherai de l'oublier. Dites-moi que vous avez voulu m'éprouver, que vous ne jetez pas vos serments aux quatre vents comme une vaine poussière, que vous n'avez pas lâchement joué avec mon cœur aimant et sincère, car, je vous le jure, Othon, par la mort de Romeo Colonna, je ne vous le pardonnerais pas !

— Mais avez-vous jamais pu croire, Irène, dit alors le comte avec une sorte d'emportement comprimé, que je choisirais pour femme une fille déshonorée !

— Déshonorée ! répéta d'une voix inarticulée la malheureuse enfant, qui devint pâle comme la mort, et dont le regard ébloui vit tout chanceler autour d'elle ainsi que dans un vertige.

Et machinalement elle cacha sous les plis de sa robe la trompe de chasse du franc-comte.

— Lorsque je puis espérer d'atteindre les plus hauts sommets de la puissance, continua cruellement le franc-comte, par un vol audacieux comme celui de l'aigle, voulez-vous que j'attache une chaîne de fer à mes serres ? Lorsque la femme que j'épouserai peut me servir d'échelon pour monter à la hauteur où brille le globe impérial, vous voulez que j'abdique d'avance en m'alliant à une femme qui a couru le monde comme une aventurière et une bohême !

— Pour vous, Othon ! c'est pour vous que j'ai joué ce rôle d'aventurière, indigne d'une Colonna, dit Irène frémissante.

Et elle ajouta en joignant les mains :

— Comme tu me punis, mon Dieu !

Puis, se levant droite devant Othon et le regardant avec fierté :

— Il est temps, monseigneur, que vous appreniez à me connaître. Ne croyez plus avoir à lutter contre une fille timide et désarmée, qui supplie et s'agenouille dans son humiliation et qui baise la main qui la frappe. Insensé ! tu n'as pas réfléchi à ce que peut faire contre toi la femme qui a tant fait pour toi. Sache donc, Othon, que celle qui t'a apporté le message du cardinal Colonna, celle qui, par lui, t'a rendu favorable le pape Grégoire VII, peut, à cette heure, te perdre d'un seul geste.

— Folies ! dit le comte, je sais braver les colères de femme.

Et il se leva à son tour.

Irène Colonna étreignit convulsivement la trompe de chasse et reprit :

— Vous l'avez voulu, Othon. Vous avez méprisé mes prières et mes menaces. Désormais ma vie est brisée. Ma vengeance ne se fera pas attendre. Nous mourrons ensemble.

— Que voulez-vous dire ? murmura le seigneur westphalien en cherchant à cacher par un rire forcé l'inquiétude vague qui s'emparait de lui. Je sais que vous autres Italiennes vous êtes habiles en toutes sortes de conjurations magiques et de poisons. Mais je porte sur moi une croix bénite, et certes, loin de vous choisir jamais pour échanson, je ne boirais pas dans le verre que vos blanches mains auraient effleuré.

A ce nouvel et grossier outrage, la jeune fille répondit avec un regard de mépris altier :

— Hélas ! monseigneur, je n'ai besoin ni de sortiléges ni de poisons pour ma vengeance. Elle est prête, elle est juste et n'attend que mon signal !

Et en même temps elle enroulait autour de son poignet le cordon de la trompe.

Le trouble d'Othon augmenta en voyant l'assurance extraordinaire de la pèlerine ; cependant il répliqua avec un éclat de rire contraint :

— Voulez-vous donc me forcer, le poignard sur la gorge, à vous épouser, belle Irène?

— Trève à vos sarcasmes, comte de Lippe, dit-elle avec le même dédain suprême. Je vous ai dit que vous ne tarderiez pas à vous repentir d'avoir changé en ennemie mortelle la seule femme qui vous ait aimé pour vous et non pour votre titre, vos fiefs et vos trésors. Ecoutez donc ma dernière parole. Je porte sur moi le parchemin sur lequel est inscrit le contrat de notre union. Il est signé par le cardinal Colonna, mon oncle, qui ne m'a pardonné ma faute et qui n'a favorisé vos prétentions dans le conseil de Grégoire VII que sur la foi de cette alliance. Si elle a lieu, le saint-père peut disposer en votre faveur du landgraviat de Thuringe. Signez ! il en est temps encore, et j'oublie tout!

— Vous êtes aussi éloquente que belle, Irène Colonna, dit le franc-comte. Mais votre beauté et le landgraviat de Thuringe ne peuvent l'emporter sur le globe d'or que je vois briller chaque nuit dans mes rêves, et qui m'attend maintenant à la diète de Fersheim.

— Aveugle ambitieux ! s'écria alors la fière Italienne, tu m'as assez humiliée. Regarde donc pour la dernière fois ces montagnes, ces vallées, ces forêts, ton bien et ton domaine. Toute cette terre t'est soumise, et pourtant elle va devenir ton tombeau.

En entr'ouvrant sa large robe de pèlerine, elle saisit la trompe de chasse qu'elle avait tenue cachée, et, la portant à ses lèvres, elle en tira un son éclatant et prolongé.

— Que faites-vous ? s'écria alors Othon en s'élançant vers Irène pour lui arracher la trompe fatale.

— Ah ! tu comprends enfin, Ours de Lippe, dit-elle avec un sourire de pitié. Mais il n'est plus temps. Ne m'as-tu pas appris toi-même que cette voûte de neige qui surplombe sur nos têtes bien au delà des véritables parois du rocher, peut s'ébranler au son de la clochette des chevaux et au cri des bergers qui rappellent leurs troupeaux? J'ai voulu essayer si la trompe de chasse d'un noble comte avait le même pouvoir.

Et elle jeta alors la trompe à ses pieds.

— Grâce! pitié! murmura le puissant seigneur épouvanté. Grâce! je signerai.

— Dieu a prononcé. Il est trop tard, dit l'Italienne en lui montrant le pic.

Déjà la masse de neige s'ébranlait, oscillait, se divisait et semblait près de s'affaisser.

— Sauvons-nous ! s'écria le comte éperdu.

— Impossible ! répondit-elle avec un sang-froid glacial. Pourquoi tenter des efforts insensés et vains ? Avant deux minutes, nous serons écrasés, engloutis sous cette trombe de neige. Mais, comme je vous l'ai dit, Othon, nous périrons ensemble !

Alors il alla droit à elle, et pressant les mains frêles de la jeune fille dans ses mains robustes comme dans un étau de fer :

— Quel droit avais-tu donc sur moi, perfide Italienne?

— Quel droit avais-tu sur le gaugrave d'Herminsberg ? répliqua Irène sans pousser un cri de plainte, quoique la douleur la fit pâlir.

— Sais-tu, reprit encore Othon, que si nous échappons à ce danger, ton crime est de ceux que châtie le bourreau?

— Mais nous n'échapperons pas, répondit-elle avec le même calme dédaigneux.

Alors le franc-comte, égaré par la folie de la terreur, la repoussa violemment à terre, et, ramassant la trompe de chasse par une sorte d'instinct désespéré, se mit à faire retentir ce désert de sons rauques, furieux, précipités, dans l'espoir d'un secours impossible.

Le pic tout entier paraissait trembler sous l'oscillation monstrueuse des neiges qui allaient se détacher et couvrir toutes les parties basses. De tous côtés une couche de flocons blancs scintillait au soleil.

Le ravin au fond duquel grondait le torrent de la Lippe était le seul passage opposé à la ligne des pics de la Terreur, d'où glissaient déjà des quartiers de roc ; mais il était couvert d'une voûte de neige qui, malgré son apparence durcie et compacte, pouvait s'écrouler sous les premiers pas.

L'Italienne attendait la mort, sans s'épouvanter des craquements et de la pluie de neige qui commençait à tomber autour d'elle.

Othon sonnait toujours de sa trompe un appel furieux et suprême.

Tout à coup des aboiements sourds répondirent aux sons de la trompe. D'où pouvaient-ils venir ? Pas un être animé ne se dessinait sur cet horizon morne et menaçant qui entourait le comte de Lippe et la jeune fille, et dont la blancheur monotone brûlait leurs regards.

Le comte Othon épiait avec une attention pleine d'anxiété la direction de ces aboiements qui semblaient sortir de quelque issue souterraine, lorsqu'ils se rapprochèrent, et que deux têtes de chiens énormes apparurent soudainement entre les branches d'un arbre dont la souche était enracinée dans le ravin, tandis que l'extrémité de ses rameaux noueux s'élevait en dehors jusqu'au rebord du sentier où se trouvaient nos fugitifs.

Dans son angoisse désespérée, ce fut pour lui un éclair d'espoir que de voir ces bêtes, monstrueuses de force, fouillant la neige de leurs pattes et de leurs mufles, et aboyant en regardant avec des yeux intelligents et doux ceux qu'ils croyaient en péril.

— Soyez les bienvenus, guides fidèles, qui méritez un chenil d'or ! s'écria-t-il dans le premier transport de la joie.

Puis il réfléchit que, pour arriver à cette issue, les chiens devaient avoir trouvé un passage sous la neige. Mais ce passage était-il praticable pour un homme, voilà ce qu'il ignorait. Alors seulement il se demanda s'il était possible que ces chiens fussent accourus à l'appel de la trompe, seuls, uniquement guidés par leur instinct, ou s'il n'était pas plus vraisemblable de penser qu'ils avaient été lancés et guidés par une volonté humaine.

Il fit quelques pas vers l'ouverture, que les chiens déblayaient toujours, et ne tarda pas, en effet, à distinguer une forme humaine, immobile, à l'entrée du ravin, puis il entendit une voix lui cri-

— Cramponnez-vous aux branches de l'arbre ; elles sont solides, et, pourvu que vous ne regardiez pas dans le gouffre, vous parviendrez facilement à descendre jusqu'à son tronc noueux.

Othon crut entendre une voix céleste, et il se dirigeait vers le ravin pour s'élancer aux branches protectrices, lorsqu'en se retournant il aperçut Irène toujours impassible. Maintenant qu'il se croyait à peu près sauvé, il eut comme honte d'abandonner une femme et lui dit :

— Venez ! hâtez-vous ! la neige va descendre !

L'Italienne ne bougea pas et répondit tristement :

— Que Dieu soit loué de la miséricorde qu'il vous fait, Othon ! mais puisque je suis si honteusement trompée dans toutes mes espérances, j'aime mieux mourir ici que d'aller à Dethmold disputer ma vie au bourreau !

Malgré son cruel égoïsme, le comte de Lippe ressentit comme une sorte de remords. Dans le paroxysme de son épouvante, il eût pu tuer Irène ; mais, à cet instant, il pensait que la vengeance de cette jeune fille était celle d'une maîtresse jalouse et trahie dans l'avenir de sa vie entière, et involontairement son amour-propre était flatté de cette violence de passion.

Il alla donc vers elle, et, la saisissant dans ses bras comme une enfant, grâce à sa force herculéenne, il l'emporta malgré sa résistance en lui disant :

— Irène, je ne veux pas que tu meures !

Cependant la neige descendait du pic avec furie.

Le comte s'était accroché aux branches, qui plièrent sous le fardeau, mais qui le supportèrent, et, après quelques instants, il parvint à la petite plate-forme d'où l'arbre s'élançait. Les chiens sautèrent aussitôt autour de lui, léchant ses mains et le caressant.

Il déposa Irène au pied de l'arbre, puis il plongea son regard sur l'entrée du ravin qui s'ouvrait en face de lui.

Mais il frissonna lorsqu'il vit qu'il en était séparé par un espace, un vide, facile peut-être à franchir pour un chasseur des montagnes, mais formidable en ce que le moindre faux pas devait faire glisser l'imprudent dans un abîme, au fond duquel rugissait le torrent, et le briser en mille pièces.

Il détourna avec horreur les yeux du gouffre et les porta sur l'ange gardien que le hasard venait d'amener au secours des fugitifs.

Le franc-comte resta ébloui en contemplant la plus charmante vision qu'il fût donné à un homme de rêver.

C'était une jeune fille vêtue de la robe de laine blanche à capuche des religieuses du couvent de Varenholz, et tranquillement appuyée d'une main sur le long bâton à pointe de fer des montagnards.

Un chrétien devait la comparer à ces angéliques figures de séraphin qui auréolent de leur cercle radieux le trône du Seigneur dans les vieux tableaux. Un poëte en eût fait une de ces ondines, de ces reines des flots, dont le visage gracieux et idéal semble toujours sur le point de s'évaporer devant un regard trop hardi.

Le capuchon de sa robe était retombé et laissait voir ce visage d'enchanteresse que la douleur et les macérations avaient marbré çà et là de quelques sillons bleuâtres. Ses cheveux, dont les bandeaux avaient été bouleversés par la violence du vent, paraissaient être d'or fluide, tant leur couleur blonde atteignait ces tons fauves et dorés si chers aux grands peintres, et ils faisaient éclater la blancheur éblouissante de son teint ; ils avaient ce brillant qu'offrent aux yeux les reflets du velours et la moire du satin. La pâleur nacrée de ses joues n'avait rien de cette couleur mate et triste sous laquelle s'étiole la fraîcheur de la jeunesse. Ses narines finement coupées, pures et délicates, comme si le plus grand des statuaires les eût taillées dans l'albâtre transparent, charmaient par des teintes roses comme celles des plus délicieux coquillages des mers indiennes. Ses yeux étaient doués d'une irrésistible expression de candeur, de franchise et de douceur ; ils étaient bleus, mais de ce bleu changeant et animé, qui prend aux heures de fortes émotions les reflets de l'émeraude ; ils étaient frangés de longs cils noirs touffus et veloutés, et leur sourire, qui semblait éteint dans les larmes, devait jeter des rayonnements à enivrer l'homme le plus froid et le plus rude.

Un coup d'œil suffit au franc-comte pour embrasser tous ces détails que la plume décrit si longuement.

La jeune novice (elle ne portait pas sur sa robe de laine blanche la croix de drap noir des religieuses), voyant Othon immobile, crut qu'il hésitait à franchir l'espace qui les séparait, et lui cria :

— Hâtez-vous ! hâtez-vous ! en lui montrant du doigt l'effroyable masse qui roulait du haut du pic.

En effet, une pluie de neige, de fragments de glace azurée et de pierres, tombait déjà sur le sentier et brisait deux branches de l'arbre du ravin, qui frémissait jusqu'à ses racines.

Othon, épouvanté, regardait le gouffre.

Irène, alors, se leva avec un orgueilleux sourire, et, refusant l'appui du bâton ferré que lui tendait la novice, elle sauta, légère comme un oiseau, de l'autre côté.

Puis elle attendit, et s'adressant au comte :

— Là où une femme a passé, reculeriez-vous, monseigneur ?

L'Ours de Lippe devint pourpre de colère et se mordit les lèvres ; mais sentant trembler sous lui la petite plate-forme, il prit son élan, et, les yeux fermés, sauta par-dessus l'abîme.

Presque aussitôt la lavange du pic s'écroulait, et, quoique ce fût du côté opposé au ravin, le petit sentier, les marges du ravin et l'arbre tutélaire furent couverts de neige, bouleversés et remués par l'effrayante secousse.

— Éloignons-nous vite ! s'écria la novice, car, dans le voisinage de l'avalanche, un éboulement pourrait dresser devant nous un mur infranchissable. Cela arrive rarement ; mais il est inutile de s'exposer par sa propre faute.

Ils se trouvaient alors engagés dans le ravin comme dans un souterrain dont l'aspect eût sans doute saisi d'effroi les plus intrépides chasseurs, si l'obscurité n'eût caché aux regards les horreurs de ce chemin de roches disjointes, humides, crevassées ou aiguës, qui surplombaient le torrent furieux.

VI

LE VŒU DU COMTE.

Le comte et Irène suivaient difficilement, dans cette marche périlleuse, la jeune novice, dont la robe blanche se détachait dans l'ombre et qui paraissait jouer avec le danger, tant ses pieds agiles se posaient sûrement aux endroits favorables.

Au bout de quelques instants, Othon, que la figure de cette charmante enfant avait singulièrement frappé, oublia les dangers de sa situation, et, désireux d'entendre encore cette voix harmonieuse qui avait pénétré dans son cœur, il ajouta d'un ton qu'il essaya de rendre doux :

— A quel miracle devons-nous votre apparition qui nous a sauvés à l'instant même où nous allions périr, vaillante novice?

— Ce n'est point un miracle, seigneur, répondit la belle blonde. Je n'ai fait que remplir un devoir familier à toutes les religieuses et à toutes les novices du couvent de Varenholz. Les gens du pays connaissent bien les terribles catastrophes que produisent les lavanges de printemps, et depuis longtemps ils ont cherché les meilleurs moyens de préserver ou de secourir les imprudents voyageurs surpris par une tourmente et engagés dans les neiges. On a découvert que les lavanges qui tombent des pics de la Terreur sur la route d'Herminsberg (et en prononçant ce nom, la voix de la novice s'altéra) forment sur les torrents d'alentour des voûtes naturelles d'une neige tellement durcie et compacte, que, bien avant dans l'été, on fait passer dessus des chariots d'un poids considérable, et que, pendant la chute des lavanges, on peut trouver sous ces voûtes un abri et même un chemin périlleux, il est vrai, mais le seul praticable. Le vent n'y pénètre pas, et la neige s'entasse au-dessus comme un pont naturel, tandis qu'au dehors la secousse de l'air seule terrasserait et étoufferait les voyageurs. Nous sommes sous une de ces voûtes.

— Et dans l'intérieur même du ravin, dit le comte.

— Oui, répliqua tranquillement la novice, mais suivons la crête même du précipice, et elle n'est pas tellement dépouillée de terre ni tellement unie que la pointe de fer de nos bâtons ne trouve à s'appuyer aux crevasses, ce qui nous préserve de glisser sur ce roc visqueux et déchiqueté.

— Vous êtes une courageuse fille, s'écria Othon, qui croyait presque voir et entendre une créature aérienne au milieu de ces ténèbres.

— Le courage est facile à qui ne craint pas la mort, dit la novice avec amertume. Il n'est pas permis de désirer, d'appeler ni de chercher le malheur, mais on peut remercier Dieu, s'il vous l'envoie, quand vous n'espérez plus rien sur la terre.

— Quoi! reprit le franc-comte, vous avez déjà souffert, vous, si jeune, si belle et si pure?

Il ne put retenir l'expression du sentiment passionné qu'avait fait naître en lui la beauté extraordinaire de la novice, et, à ces paroles, un éclair de haine jalouse jaillit des yeux d'Irène Colonna.

— Croyez-vous donc que les têtes grises ou les âmes perverses soient seules à souffrir? répliqua la jeune Westphalienne.

— S'il est au pouvoir de l'homme de faire cesser votre douleur, noble fille, dit Othon, n'oubliez pas que vous avez acquis aujourd'hui à votre service un cœur dévoué, qui se montrera empressé de payer sa dette.

— Je n'attends plus rien des hommes, seigneur, répliqua vivement la belle novice, car ils ne pardonnent pas comme Dieu, et quand leur justice ou leur ambition a prononcé un arrêt, ils ne le révoquent point par pitié pour les larmes d'une femme. Le malheur dont je souffre est celui d'un autre, ajouta-t-elle en frémissant, d'un malheureux dont il m'est interdit de prononcer même le nom, et qui, à cette heure, a peut être le droit de m'appeler et de m'attendre, car il est sans doute abandonné de tous, poursuivi comme vous par l'orage, et sans toit où trouver un abri, sans une voix qui réponde à la sienne, sans un ami qui hasarde un pas ou un geste pour le sauver. Et si l'ouragan l'épargne, un danger plus terrible, un danger enveloppé de honte l'attend. Tandis qu'il pense à moi, je ne suis pas là pour lui tendre la main et lui dire : Souffrons à deux! On me défend même de penser à lui, comme si ma pensée pouvait ne pas habiter avec lui; ne pas le voir pâle, souffrant, affamé, sous le vent et la neige, luttant contre la mort. Et il croit peut-être que je suis indifférente à sa misère, que je l'oublie, tandis que mon cœur est dévoré par ses tortures, et que, comme ceux qui rêvent, je le vois sans cesse dans ma pensée. Oh! si je pouvais lui rendre la liberté, l'honneur, la puissance, en sacrifiant cette vaine beauté dont il était si fier, en me laissant glisser dans ce torrent!

Puis s'interrompant tout à coup, comme si elle eût eu peur des paroles qu'elle prononçait, elle ajouta d'une voix brève : — Ne faites pas attention aux folies que ma bouche vient de laisser échapper, seigneur. J'ai eu cette nuit dernière un peu de fièvre et je m'en ressens encore.

Et elle se mit à marcher plus rapidement sur la crête du ravin, alerte comme une mouette, et regardant d'un œil calme le précipice béant et les ondes bouillonnantes.

Ses nouveaux compagnons furent surpris de cette exaltation passionnée, mais préoccupés du péril de leur position, ils gardèrent le silence.

Les ténèbres se faisaient alors moins profondes et rendaient plus distinctes les formes hideuses de cette galerie souterraine. Le froid et l'humidité commençaient à engourdir les membres délicats de l'Italienne et même ceux du robuste comte. Les parois latérales du ravin contournées, fendues, déchirées de façon bizarre, s'inclinaient l'une contre l'autre et se joignaient comme un dôme à une hauteur assez considérable. La crête dentelée que suivaient nos personnages était d'autant plus difficile et rude à leurs efforts que les rochers ou la voûte neigeuse qui s'arrondissait au-dessus de leurs têtes, tantôt se rapprochaient tellement qu'ils ne pouvaient se tenir debout, et tantôt s'écartaient au point que leurs mains ou leurs bâtons ne pouvaient plus s'y appuyer. Le clapotement des tourbillons et le remou des eaux inférieures bourdonnaient à leurs oreilles comme un glas de mort. Le moindre faux pas les faisait tomber dans l'abîme.

Cependant la novice conservait toujours son calme extraordinaire.

— Ce ravin est une image de l'enfer, murmura le franc-comte. Jamais je n'aurais cru qu'une jeune fille pût marcher d'un pied si sûr, d'un cœur si tranquille, sur le bord d'un gouffre si affreux, sans que sa tête fût prise de vertige!

— Oh! pour moi, c'est un jeu d'enfant que de traverser cette gorge de la Lippe, répliqua doucement la novice. Celui qui m'a appris à grimper sur les rochers les plus escarpés et à glisser du haut des glaciers comme une flèche retombe du ciel, était plus hardi et plus leste que tous les chasseurs de chamois du pays. Je n'aurais jamais osé trembler devant lui, de crainte de le voir troublé de ma peur. J'étais forte de son courage. En le voyant si calme, je sentais la sérénité revenir en moi. J'étais calme comme au mi-

Le comte s'était accroché aux branches qui plièrent sous le fardeau.— Page 22, col. 1re.

lieu d'une prairie, car je comprenais qu'il ne pouvait y avoir de danger là où il n'était pas, lui, effrayé pour moi, et que j'aurais été lâche et pusillanime de trembler quand sa main tenait la mienne. D'ailleurs je ne songeais guère à tout cela. Je ne pensais qu'à lui, je le regardais, vous dis-je, et j'étais forte, car je le voyais sourire en m'encourageant à le suivre, et je l'aurais suivi jusqu'au ciel!

— Heureux celui que vous avez aimé ainsi! dit le franc-comte en fixant sur la novice un regard où brillait le feu d'une naissante passion.

—Heureux! interrompit-elle avec un éclat de rire presque insensé qui les fit tressaillir. Oh! mais je suis folle de parler ainsi devant des étrangers qui ne peuvent me comprendre... Heureux!

En ce moment le sentier s'élargissait, et les rochers s'écartant laissèrent glisser jusqu'à nos fugitifs un jour blafard.

La novice se retourna pour rappeler un de ses grands chiens qui était resté en arrière occupé à fouiller dans une excavation de la rampe du ravin, où, sous l'haleine glaciale de la gorge, le rosage de rhododendron balançait en festons ses fleurs parfumées et où perçaient l'aigue-marine et l'éclatante gentiane.

—Ici, Wolf! dit-elle. Crois-tu donc maintenant voir et sentir l'ombre de ton maître comme tout à l'heure tu croyais entendre le son de sa trompe de chasse? Tu es inquiet, pauvre Wolf; tu le crois caché comme autrefois dans une de ces grottes fleuries pour nous surprendre au passage! Hélas! il ne nous surprendra plus!

Une émotion singulière brisa sa voix, tandis qu'elle regardait la grotte, comme s'il lui fût venu au cœur quelque mystérieux espoir, en dépit de ses paroles. Mais le chien accourut vers elle et répondit à ses caresses par un triste hurlement.

Elle reprit sa marche avec une rapidité convulsive, comme si elle eût voulu fuir l'égarement de ses pensées.

— Qu'elle est belle! murmura Othon fixant sur elle des yeux étincelants. Ne dirait-on pas un ange oublié sur la terre!

— Et vous aimez les anges, n'est-ce pas, monseigneur? répliqua sourdement Irène, qui l'avait entendu.

— Je les préfère aux démons, dit le franc-comte irrité; je préfère la femme qui me sauve à celle qui veut me perdre.

— Vous l'aimez peut-être déjà, reprit Irène avec un sourire railleur.

— Je voudrais être l'homme dont elle parle avec tant de passion, répondit Othon en bravant l'Italienne du regard. Je voudrais pouvoir le lui faire oublier, arracher cette image de son cœur. Oui, je ne sais si cette belle novice a jeté un charme sur moi, mais elle me semble douée d'un attrait irrésistible. Plus il me sera difficile de me faire aimer d'elle et plus je serai envieux d'y parvenir.

— Othon, ne me faites pas l'ennemie de cette femme, car je pourrais oublier que je lui dois la vie,

Aussitôt l'aigle déploya ses ailes immenses. — Page 26, col. 1re.

dit Irène. Ce n'est pas le sang pâle du Nord qui coule dans mes veines, et vous savez comme je me venge, même de ceux que j'aime.

A cet instant, les chiens, qui couraient devant en éclaireurs, revinrent se traîner aux pieds de la novice de Varenholz, en poussant des hurlements lugubres.

Tous s'arrêtèrent par un mouvement instinctif et regardèrent devant eux.

Sur la saillie d'un rocher se dressait un aigle si gigantesque qu'il méritait d'entrer en comparaison avec le fameux roock des *Mille et une nuits*.

Ses yeux ronds et jaunes se fixaient, injectés de sang, sur la petite caravane.

Le franc-comte et la pèlerine consultèrent aussitôt du regard la jeune novice, qui parut visiblement inquiète et troublée de cet incident.

— Ne pourrons-nous chasser cet aigle par nos cris et en agitant nos bâtons? demanda Othon. Je ne vous cacherai pas que notre situation est périlleuse, car nous sommes suspendus sur la crête de l'abîme, et de cette hauteur, l'aigle peut voler et battre des ailes autour de nous si nous voulons avancer, nous étourdir et même nous crever les yeux de son bec. Essayons cependant de l'audace.

Elle tenta en effet d'avancer et d'agiter son bâton ferré en l'air, mais l'aigle farouche se mit à pousser des cris rauques et plaintifs et ne bougea pas; seulement l'iris jaunâtre de ses yeux fixes et rayonnants s'enflamma jusqu'au sang.

— Vous voyez, dit la novice tout à fait embarrassée. Nous avons fait là une terrible rencontre, et je ne sais vraiment quel parti prendre.

— Je suis surprise qu'une si hardie montagnarde recule devant un pareil obstacle, répliqua aussitôt Irène Colonna. Mais il y a un moyen bien simple d'écarter cet oiseau de proie : il faut faire la part de l'aigle affamé, voilà tout. Jetons un de ces chiens dans le gouffre : l'aigle se précipitera dessus pour l'emporter dans son aire, et le passage sera libre.

— Impossible! s'écria la novice. Je ne sacrifierai pas ces pauvres chiens. Ce sont les favoris du maître dont ils flairaient tout à l'heure la trace.

— Ainsi, dit Irène, vous qui portez la robe de novice, vous préférez nous faire courir des chances de mort, plutôt que de sacrifier une de ces bêtes poltrones qui se couchent à vos pieds. Ma belle sainte, je suis meilleure chrétienne que vous, et je veux que nous soyons tous sauvés malgré vous.

— Non! non, vous ne les frapperez pas! dit la novice d'une voix déchirante.

Et elle prit les mains d'Irène, qui se trouva face à face avec elle, sa haine jalouse couvant dans l'âme.

— Vous êtes belle, jeune fille, reprit l'Italienne en la contemplant. Vous avez des larmes qu'un amant comparerait à des perles, un regard éloquent à faire fondre d'amour le cœur d'un homme et à le rendre votre esclave.... mais je ne suis pas un homme, moi!

Et son regard brûlant plongea dans celui de la novice, qui recula en s'écriant :

— Oh! vous m'épouvantez... Grâce pour Wolf! ne le frappez pas.

Mais Irène saisit le bras de la pauvre enfant avec une force convulsive, comme si elle eût voulu le broyer, et parut saisie d'une tentation terrible en regardant l'abime, mais elle la lâcha en murmurant :

— Non!... c'est elle qui me vengera d'Othon!

Puis arrachant le bâton ferré de la main défaillante de la novice, elle le lança dans la gueule ouverte du chien, qui se dressait contre elle en grondant pour défendre sa maîtresse.

Le pauvre animal glissa, ne put se retenir aux bords escarpés de la crête, et tomba dans le gouffre lourdement, devant la novice épouvantée, qui joignait ses mains d'horreur!

Aussitôt l'aigle déploya ses ailes immenses, plongea dans l'écume bouillonnante, incrusta ses griffes d'acier dans le corps du chien et commença à s'élever en tournoyant au-dessus du torrent.

— Le passage est libre. Allons! s'écria Irène.

Pendant cette lutte des deux jeunes filles, le franc-comte était resté muet et impassible. Que lui importait la mort du chien favori de l'homme qu'il appelait déjà son rival au fond de son cœur? Et d'ailleurs Othon avait hâte d'être hors de danger

Quelques minutes après, ils sortaient tous sains et saufs de l'horrible gorge.

La belle novice était restée silencieuse, mais ses lèvres remuaient comme si elle eût prié à voix basse.

Ils gravirent un sentier taillé dans la montagne, au haut de laquelle s'élevait le couvent de Varenholz.

Le soleil se couchait à l'horizon, et l'azur du ciel était devenu si pur que les roches nues y découpaient leurs reflets en dentelures claires et rosées.

Les fonds, non touchés par la neige, égayaient le regard par des mousses couleur d'émeraude, des flaques à l'eau miroitante ou veloutée, encadrées de franges d'herbes rousses. Les hauteurs resplendissaient en blanches allées de glaces qui semblaient s'élever au ciel par des myriades d'étincelants échelons.

Lorsque le petit groupe approcha de l'entrée du couvent, Irène Colonna s'avança près de la novice, qui tressaillit comme si elle eût vu un serpent se dresser du fond des mousses devant elle.

— Celui que vous aimez ne se nomme-t-il pas Conrad? lui demanda-t-elle à voix basse, car elle avait deviné le secret de la belle Westphalienne, avec cette admirable intuition des femmes pour tout ce qui tient à l'amour.

La novice pâlit, mais lui répliqua :

— Quel nouveau malheur avez-vous donc à m'apprendre, pieuse pèlerine?

— Le nom de l'homme que vous venez de sauver, belle novice, dit Irène.

— Quel est ce nom? demanda vivement la pauvre enfant.

— Cet homme est le franc-comte Othon, l'Ours de Lippe! noble héritière de Varenholz! répondit avec un rire cruel l'Italienne.

La novice recula avec effroi en fixant sur le comte des yeux agrandis par une horreur indicible, et murmura avec un sanglot convulsif :

— O mon Dieu! c'est vous qui l'avez voulu!

Le couvent des nonnes de Varenholz était cloîtré, et le comte ne fut reçu, ainsi que sa compagne, que dans une habitation dépendante du couvent, qui avait reçu le nom de Maison des Hôtes. Du reste, aucun des soins de la plus généreuse hospitalité ne leur manqua. Ils purent réchauffer leurs membres engourdis sous le large manteau d'une cheminée, dont l'âtre incandescent dévorait des troncs de sapins énormes, et faire honneur à un repas où figurait un quartier de chamois rôti, arrosé d'excellent vin du Rhin.

Le jardinier du couvent les conduisit ensuite aux cellules où ils devaient passer la nuit, mais ni l'un ni l'autre ne purent tranquillement dormir. Irène avait le cœur tenu en éveil par la jalousie qui lui versait ses filtres empoisonnés, et le franc-comte par la passion qu'avait allumée en lui la beauté merveilleuse de la novice. Habitué qu'il était à ne pas rencontrer d'obstacles entre ses désirs et lui ou à les briser, cette passion soudaine et violente s'irritait de l'amour de la jeune fille pour un autre, et de l'habit sacré qui déjà la protégeait.

Cet homme, las à satiété des triomphes faciles, sentait maintenant sa pensée envahie par une préoccupation constante, et voyait flotter devant ses yeux éblouis l'image divine de cette charmante novice qui semblait plutôt appartenir au ciel qu'à la terre. Les anges ont toujours tenté les démons. Un feu étrange faisait battre le sang dans les artères du comte. En pensant à celle qui l'avait sauvé et dont le regard était devenu tout-puissant sur lui, il sentait sa volonté de fer s'amollir, son ambition même diminuer et s'évanouir, tous les autres êtres s'effacer comme des ombres de son esprit, et il ne voyait plus qu'elle et lui dans le monde.

Un instant il eut peur de cette folle passion qui grondait et montait comme une marée dans son cœur, et il se demanda, avec la crédulité superstitieuse du temps, si la novice n'avait pas jeté un charme sur lui, l'homme au cœur d'airain; mais alors il se représenta toute la grâce naïve de cette sérieuse créature, et la candeur de son visage, et il s'endormit, brisé de fatigue, en disant :

— Il faudra bien qu'elle m'aime! Elle est femme, après tout, et je saurai la tenter par de telles séductions qu'elle oubliera son premier amour.

Et quand le lendemain il se fut réveillé, après un sommeil rempli de rêves fiévreux, dans lesquels la belle Westphalienne n'avait cessé d'apparaître, il s'écria avec violence :

— Ce serait un crime de laisser ce front si pur s'étioler, l'éclat de ces beaux yeux se ternir dans ces froides murailles! Quoi! ces mains si blanches se dessécheraient à égrener un chapelet au lieu de briller chargées de bagues précieuses et de frémir à la pression d'une main de chevalier! Non, il faut que la novice quitte aujourd'hui même le couvent et n'y rentre jamais, dussé-je encourir l'excommunication!

Une heure après, le franc-comte de Lippe faisait demander une entrevue à l'abbesse du couvent de Varenholz.

Grâce à son titre, les portes s'ouvrirent pour lui, et la supérieure l'attendit dans la grande salle où elle recevait les abbés mitrés, les évêques et les légats du pape. Elle n'était pas sans quelque inquiétude secrète, car le comte était presque aussi redouté des gens d'église que des laïques. On le croyait capable de se livrer aux plus graves excès, même envers ceux que leur caractère religieux semblait mettre le plus à l'abri de sa colère, si son intérêt ou son ambition l'y poussait.

Othon s'inclina devant l'abbesse avec une sorte de courtoisie qui ne lui était pas habituelle, et lui dit :

— Sainte mère, je veux d'abord vous remercier de l'hospitalité généreuse que vous nous avez accordée.

— Monseigneur, répondit-elle, c'est un devoir sacré que nous exerçons également envers tous, riches ou pauvres, puissants ou misérables, car tous sont nos frères devant Dieu.

— Bien, interrompit brusquement le comte, je sais par cœur vos litanies de charité. Mais je dois une reconnaissance plus particulière à votre couvent, car j'ai été sauvé par une intervention spéciale de Notre-Dame de Varenholz, et elle a signalé sa miséricorde par le courage miraculeux d'une de vos sœurs !

— Une simple novice, monseigneur, dit l'abbesse, une noble jeune fille qui a déjà beaucoup souffert et pour qui notre règle sera, je le crains, peut-être trop dure et trop rigide.

— C'est donc tout à fait volontairement que cette pieuse enfant veut se consacrer au service de Dieu ? demanda vivement Othon. Vous n'avez pas cherché à exalter son esprit et à surprendre sa vocation ?

— Noble comte, répondit l'abbesse avec fierté, nous ne repoussons pas les âmes qui viennent à nous, mais nous ne cherchons jamais à les attirer dans le sanctuaire de Dieu comme un chasseur qui guette le daim timide et lui tend un piége.

— Bien ! dit Othon. Et sans doute cette jeune fille est de noble origine ?

— Permettez-moi de ne pas vous révéler son nom, reprit l'abbesse un peu troublée. En entrant dans notre maison, cette novice nous a fait prêter serment de garder le secret le plus rigoureux sur tout ce qui la concerne.

— Soit ! je ne viens pas épier des mystères de famille, dit le franc-comte d'un ton dédaigneux. Mais j'ai fait, à l'instant suprême du péril, un vœu que je tiens à remplir. J'ai promis à votre sainte patronne, Notre-Dame de Varenholz, trois chandeliers d'or massif, dont les cierges brûleront jour et nuit dans sa chapelle, et dont la garde sera tour à tour confiée à chacune de vos sœurs.

— Merci, noble Othon, s'écria alors l'abbesse agréablement surprise. Ah ! vous êtes véritablement un seigneur chrétien et généreux !

— Or, poursuivit le franc-comte, je dois repartir à l'instant pour Dethmold, et je ne veux pas irriter contre moi votre patronne en retardant l'accomplissement de mon vœu. La prieure du couvent et la novice qui m'a sauvé sont donc engagées à nous accompagner, car je ne puis remettre le trésor promis en meilleures mains.

— Mais la pauvre enfant est bien faible, observa l'abbesse.

— Telle est ma volonté, dit impérieusement Othon. Je ne veux pas être exposé à oublier mon vœu et me montrer ingrat envers le ciel. Que vos sœurs soient prêtes dans deux heures pour le départ.

Et saluant avec respect l'abbesse de Varenholz, il se retira et revint trouver Irène pour lui communiquer sa nouvelle résolution.

L'Italienne sourit amèrement et lui dit :

— Je comprends, Othon, qu'une sainte ait plus d'attrait pour vous qu'une misérable pécheresse comme moi !

— Vous êtes folle, Irène, répliqua le franc-comte. Cette jeune fille appartient à Dieu. Souvenez-vous donc qu'elle doit être sacrée pour vous.

— Tant que vous respecterez en elle l'habit religieux, dit Irène, je consens à ne pas la regarder comme une rivale ; mais si elle devient jamais un obstacle sur mon chemin, je briserai l'obstacle.

La novice résista longtemps avant d'obéir à la voix de l'abbesse qui essayait de la déterminer à ce départ inattendu. Elle refusait avec une sorte d'horreur involontaire de franchir les murs de Dethmold. Il fallut que la supérieure exigeât son obéissance comme une preuve de sa soumission à la règle monastique, pour qu'elle se laissât arracher son consentement.

Elle partit accompagnée de la prieure et de l'avoué du couvent ; mais, malgré les instances du comte, elle se renferma, pendant toute la route, dans un silence absolu.

Au bout de quelques heures, ils approchèrent des murs de la ville capitale du franc-comté de Lippe.

Chose étrange, tous les environs étaient déserts ; pas un paysan dans son champ ; à peine çà et là quelques pâtres demi-nus regardant paître leurs troupeaux animaient-ils le paysage. Aux portes de Dethmold même, sauf la présence des archers de garde aux créneaux des tourelles, on eût pu croire, d'après le silence lugubre de la ville, qu'elle avait été surprise par un ennemi exterminateur, ou abandonnée de tous ses habitants.

Cependant, en montant les ruelles étroites dont les maisons semblaient pencher leurs balustrades et leurs pignons de briques pour se donner l'accolade au-dessus de la tête des passants, la petite troupe entendit gronder comme un bourdonnement singulier vers le milieu de la ville.

En effet, ce qui avait tiré chaque habitant de sa maison ce jour-là, c'était cette curiosité féroce, privilége de toutes les foules, qui aiment à voir mourir un homme et assistent aux exécutions comme au plus attrayant et au plus dramatique des spectacles.

La novice remarqua bientôt quelques femmes et quelques enfants retardataires qui sortaient en grande hâte des portes de leurs logis et se dirigeaient vers la place. Puis elle vit la foule grossir et s'accumuler, marchant en tumulte, les uns silencieux et sombres, les autres parlant avec agitation. Quelle fête, quel événement extraordinaire attire donc tout ce monde vers la place ? pensa-t-elle.

Le comte, enveloppé et caché dans son manteau, guidait ses compagnons, mais à chaque pas leur marche devenait plus difficile, car les bourgeois n'ouvraient pas leurs groupes devant le fouet de ce cavalier mystérieux. Un même but, qui restait un secret pour l'héritière de Varenholz, semblait agiter et pousser toute cette multitude composée de moines, d'étudiants, de soudards, de serfs et d'artisans.

Arrivée à la rue qui débouchait directement sur la grande place de Dethmold, une vague terreur s'empara de la novice, à qui le franc-comte avait recommandé de ne pas s'éloigner de lui. Avide de connaître la cause de ce rassemblement tumultueux et de ce bruit, poussée par un instinct dont elle n'eût pu se rendre compte, elle frappa sa monture du talon et s'avança malgré les cris et les injures de la foule, et son habit sacré la protégea seul contre une plus violente opposition à son passage.

Le comte ne la rejoignit qu'avec peine, et, arrêtant son cheval par la bride, il lui dit d'une voix rude :

— Belle novice, vous vous exposez imprudemment parmi cette plèbe. Ce n'est pas d'ailleurs notre chemin. Suivez-moi ; nous allons retourner sur nos pas.

La jeune fille se résigna et se disposa à obéir, mais ce n'était plus possible... La foule s'était entassée dans cette rue étroite et s'était refermée comme un mur vivant derrière la petite troupe, s'enlaçant aux piliers et aux corniches des maisons, se suspendant aux cariatides des balcons, faisant plier les flèches de fer des pignons sous des grappes de hardis et joyeux enfants. Le comte fut alors obligé de reconnaître qu'ils devaient continuer leur route, tout droit devant eux, dans l'espoir de trouver un peu plus d'espace libre, et, au détour de la rue encombrée, ils débouchèrent sur la grande place, où s'élevait la maison de ville de Dethmold, et, en face, à quelque distance, derrière des fossés profonds, remplis d'eau, le château crénelé et flanqué de huit tours, dont le seigneur du comté avait fait son palais féodal.

VII

LE CONDAMNÉ.

La place du Château offrait un aspect extraordinaire.

La foule des spectateurs fourmillait comme un ruban bariolé et mouvant le long des maisons. Les uns, exhaussés sur les bancs de pierre adossés aux murs, défendaient leurs places contre les nouveaux venus; d'autres traînaient hors des hôtelleries de la place des tonneaux vides, des bancs et des escabeaux de bois, et s'en servaient comme de piédestaux. Les lions de pierre des fontaines, aux quatre angles de la place, portaient nombre de curieux. Enfin, les grands tilleuls balançaient leurs branches pliantes sous le poids de nichées d'enfants suspendus au-dessus de la haie d'archers qui empêchait la foule de s'avancer jusqu'au centre de la place.

Là, au milieu, se dressait un échafaud de planches, couvert d'une draperie rouge, et un billot se dressait sur l'échafaud. De l'autre côté était un cercueil ouvert. Devant le billot, se tenait debout un homme aux formes robustes, auquel un front bas, des cheveux coupés court et des yeux ternes faisaient un visage sinistre. Il était vêtu d'une tunique rouge. Ses jambes et ses bras étaient nus, et une lourde hache étincelait dans sa main.

La novice poussa alors un cri d'épouvante.

A ce costume traditionnel, elle reconnaissait le bourreau, cette chose qui tue, cet outil hideux et sanglant de la justice humaine.

Au même instant, dans la foule courut une sorte de rugissement de satisfaction qui, partant de l'entrée du château, se prolongea, par vibrations électriques, jusqu'aux derniers anneaux de cette chaîne vivante qui emprisonne les condamnés à mort jusqu'à leur dernier souffle.

Toutes les têtes ondoyèrent; toutes les pensées se rencontraient et tous les regards se tendaient avidement vers l'homme pour qui allait se dénouer, d'une façon violente et terrible, cette énigme éternellement obscure et émouvante de la vie et de la mort.

Le franc-comte s'était arrêté par un instinct de plaisir cruel. Mais en se retournant et en voyant le visage pâle et effrayé de la novice, il comprit que ce serait une faute de paraître aux yeux de la jeune fille dans l'exercice d'une autorité implacable et d'une justice sanguinaire. Il essaya de passer outre, et parlant bas à un des hommes d'armes chargés de contenir la foule, il vit la haie des archers s'ouvrir devant lui, et voulut faire défiler sa petite troupe derrière l'échafaud. Mais en même temps il vit arriver droit à lui le cortége du condamné, et il ne put s'empêcher de reculer, blême et troublé jusqu'au fond de l'âme.

Le condamné n'était pas un homme vulgaire, car il portait le costume d'un seigneur puissant. Sa tête était couverte d'une riche toque de velours noir, dont la plume blanche ondoyait au vent, sur son pourpoint, aussi de velours noir, se balançait une lourde chaîne d'or à trois rangs. Il s'avançait calme et grave, écoutant d'un air recueilli les litanies de mort que chantaient autour de lui des moines qui tenaient en mains des cierges éteints. Mais lorsqu'il passa devant la novice, elle ne put voir son visage, car il se tournait en ce moment du côté opposé, vers un prêtre qui était sans doute son confesseur. On eût vraiment dit qu'il se rendait à quelque joyeuse fête où il était attendu.

Quand il eut dépassé l'endroit où se tenait la jeune fille, elle le suivit toujours des yeux avec une ardente curiosité, puis, soudain, prise d'une alarme vague, inexplicable, elle se mit à examiner sa démarche calme et assurée.

— Lui aussi, pensa-t-elle, avait cette tournure svelte et noble!

Et aussitôt elle pâlit, sentit un frisson courir dans ses artères, et un nom s'éteignit étouffé entre ses lèvres, tandis qu'elle lâchait les rênes de sa haquenée.

— Je veux le voir! dit-elle encore d'une voix tremblante.

Elle venait de surprendre chez le condamné un geste de main qu'elle connaissait, un mouvement de tête qui était familier à son souvenir. Elle voulait absolument voir le visage de ce malheureux.

Elle se glissa de cheval, et, forte de sa terreur involontaire, elle courut se joindre aux groupes de chevaliers qui suivaient le cortége, oubliant les regards hardis qui pourraient se fixer sur elle, n'ayant plus qu'une pensée au monde : voir le condamné.

Lorsque le franc-comte se retourna, il ne vit plus qu'Irène, qui souriait. La prieure et l'avoué du couvent n'avaient de regards que pour l'échafaud.

— Qu'est devenue la novice? s'écria Othon avec violence.

— Les femmes sont curieuses d'émotions, répondit Irène. La belle sainte n'a pas fui, monseigneur : cherchez-la sur l'échafaud qui attend le condamné.

— Raillez-vous, Irène? dit le comte irrité.

— Regardez! répliqua l'Italienne.

En ce moment, le condamné venait de monter les marches de l'horrible charpente, et, suivant l'usage, le bourreau s'était agenouillé devant lui en disant :

— Seigneur, pardonnez-moi si je défais l'œuvre de Dieu par la volonté des hommes. Pour mon salut, pardonnez-moi si cette main de serf tranche cette tête de noble!

— Maître, je te pardonne. Relève-toi, dit d'une voix douce le condamné.

A l'accent de cette voix répondit un cri déchirant, et une femme terrifiée, éperdue, tomba défaillante sur les marches de l'échafaud qu'elle venait de gravir, après avoir repoussé les moines du cortége avec une énergie fébrile.

C'était la novice de Varenholz. En entendant ce cri désespéré, le condamné se retourna; sa figure noble et franche était maintenant bouleversée d'effroi. La novice le voyait enfin. Leurs regards se croisèrent comme deux jets de flamme. Ce ne fut qu'un cri.

— Conrad! Conrad sur cet échafaud!

— Bertha ici! ma fiancée, ô mon Dieu!

Et le gaugrave cacha sa figure dans ses mains.

Des larmes tremblaient aux yeux de ce vaillant jeune homme, qui avait regardé sans pâlir, et presque avec un sourire sur les lèvres, les hideux apprêts de sa mort.

Cependant le franc-comte, qui avait voulu rejoindre la novice, arrivait au pied de l'échafaud et avait tout entendu, tout compris.

— C'est donc lui qu'elle aime! s'écria-t-il.

— Conrad, flétri devant tous, condamné, assassiné! dit Bertha d'une voix déchirante, en se relevant sur les marches de l'échafaud, rampant sur ses genoux et tendant ses mains vers le bourreau, muet et immobile. Mais il n'est pas coupable! Ne le tuez pas! Ne le tuez pas!

— Vous entendez! murmura Irène à l'oreille du comte.

Puis, s'élançant vers la novice, elle la saisit violemment par le bras et lui dit rapidement :

— Tu veux sauver ton amant, n'est-ce pas, fille de Varenholz? Ce n'est point par des cris et des larmes, ce n'est point en priant cette brute insensible et sanguinaire, que tu parviendras à retarder d'une seule minute l'exécution de ton bien-aimé. Veux-tu que je te montre celui qui peut le sauver?

— Oui, vous êtes bonne! dit Bertha en baisant les mains de l'Italienne. Vous venez à moi au moment où je sens que je deviens folle. Oui, mes yeux ne voient plus, ma tête s'égare. J'ai tort, je le sens. Il faut que je sois calme. Je suis calme, allez. Oh! montrez-moi cet homme, que j'embrasse ses genoux, que je la supplie comme on supplie Dieu.

De la main Irène lui désigna le franc-comte en répétant :

— Lui seul! lui seul, entendez-vous!

Bertha se releva, les cheveux épars, son voile écarté, serrant son crucifix sur son cœur, belle de pâleur et d'effroi. La foule faisait silence. Des larmes coulaient des yeux des femmes. Un archer voulut repousser la pauvre fille; mais elle le regarda d'un air si résolu et si fier, avec une expression de dignité si émouvante, qu'il recula. Alors elle s'avança jusqu'au franc-comte, qui semblait pétrifié, et saisit par la bride son cheval, qui se cabra; mais elle, sans s'épouvanter, lâcha la bride et tomba à genoux en s'écriant :

— Pitié, monseigneur! Grâce pour Conrad! grâce!

Et la voix mourut dans son gosier.

— Relevez-vous, jeune novice, répondit froidement l'Ours de Lippe. Le gaugrave d'Herminsberg a fait lui-même sa destinée. Ses juges l'ont condamné comme traître et rebelle.

— Monseigneur, je ne me relèverai pas sans sa grâce, répliqua Bertha avec l'accent d'une douleur convulsive. Que votre cheval passe plutôt sur mon corps! Conrad est mon fiancé. Je ne sais s'il est coupable ou innocent, je n'élève pas ma voix contre votre justice, je n'attaque pas votre arrêt, je n'accuse personne, monseigneur; mais je prie pour lui, mais je m'humilie pour lui au nom de votre vie que j'ai sauvée. Quand je suis venue à votre appel à l'instant où la lavange allait vous engloutir, je ne vous ai pas demandé, noble comte, si vous étiez un seigneur puissant ou un proscrit, un innocent ou un traître. Vous étiez en danger, je suis venue.

— Ce que vous demandez est impossible, reprit Othon.

Et d'une voix sourde il cria au bourreau :

— Qu'attends-tu, maître? Touche à la hache!

Et, rejetant son manteau, il découvrit à la multitude le visage sévère et farouche qui justifiait si bien le surnom que lui avaient donné ses voisins et ses sujets.

— Bertha! s'écria aussitôt Conrad, ne supplie pas cet homme de sang!

Et il voulut s'élancer vers sa fiancée, qui tremblait de tout son corps, comme une feuille secouée par le vent, en fixant ses yeux égarés sur le comte de Lippe. Mais ce dernier avait fait un signe en disant :

— Qu'on lie les mains du condamné! Bourreau, garde mieux celui qui t'appartient.

Aussitôt les aides de l'homme à la tunique rouge grimpèrent sur l'échafaud et garrottèrent les mains du gaugrave, qui frissonna au contact de leurs mains infâmes.

— O monseigneur! dit alors Bertha, éperdue et à moitié folle d'angoisse, vous ne serez pas si cruel. Ce n'est point pour assister à un si horrible spectacle que vous m'avez amenée ici. Ce n'est point pour me payer de mon dévouement que vous avez voulu me traîner jusqu'à l'échafaud de Conrad et faire rejaillir sur ma robe blanche de novice le sang de mon fiancé. Les taches de ce sang ne s'effaceraient jamais, monseigneur, et elles crieraient vengeance contre vous. Mais non, vous êtes humain, et vous aurez pitié. Vous êtes jeune, et vous ne voudrez pas trancher dans sa fleur la vie de celui que vous avez nommé votre frère. L'heure de mourir n'a pas sonné pour Conrad. Voyez! il n'est pas courbé par l'âge comme l'arc ployé par l'archer. Sa tête n'est pas encore assez basse pour le sépulcre. Dieu lui a donné la force et la jeunesse, et vous voudriez fermer ces yeux étincelants et glacer cette main prête à combattre pour vous. Vous êtes puissant, monseigneur. Il est beau d'employer son pouvoir à faire grâce comme Dieu!

Elle parlait ainsi avec des sanglots et des pleurs. Le franc-comte restait impassible comme une statue, lorsque le gaugrave s'écria :

— Bertha, je ne veux pas que tu pries cet homme. Respecte la volonté et la prière de celui qui va mourir.

— L'Ours de Lippe haussa les épaules.

— Venez, noble Bertha de Varenholz, reprit-il avec calme. Ce n'est pas ici la place d'une fille de votre race. Suivez-moi au château de Dethmold. Vous êtes née pour présider comme reine aux joûtes et aux tournois, et non pour vous agenouiller en suppliante devant un échafaud. Venez!

Et il lui tendit la main pour l'aider à remonter sur sa haquenée.

Mais Bertha le regarda avec un rire insensé et terrible, et parut se réveiller d'un songe.

— Vous suivre! s'écria-t-elle; présider comme une reine à des fêtes, sourire, quand mon fiancé est là, debout, devant le billot, prêt à mourir, et qu'il me regardera fuir et l'abandonner! Mais c'est une épreuve, n'est-ce pas, monseigneur? Ou croyez-vous que, sous cet habit de novice, il n'y ait qu'un cœur insensible et glacé, et que le sang se soit tari dans mes veines? Mais mon visage est donc de marbre? Je ressemble donc à une jeune fille insouciante qui va sourire aux chants des minnesingers, saluer dans la lice l'écharpe brodée de son chevalier et distribuer les prix du tournoi!

Le franc-comte jeta sur elle un sombre regard et répondit :

— Faudra-t-il, noble damoiselle, que j'ordonne à deux archers de vous faire remonter de force sur votre haquenée?

Bertha, au risque de se faire écraser sous les pieds du cheval, se traîna devant Othon, et, saisissant une de ses mains, l'étreignit en murmurant :

— Pitié! pitié! monseigneur, si vous ne voulez pas que je meure!

Mais alors Conrad, indigné, s'écria :

— Va-t'en, Bertha! éloigne-toi de mon juge! Comment oses-tu presser de tes mains pures et saintes la main sanglante de ce bourreau et la baigner de tes larmes? Pourquoi as-tu quitté le couvent de Varenholz? Rentre au plus tôt dans cet asile sacré, Bertha, et que ses murailles soient pour toi un asile inviolable!

— Au château! au château! ordonna l'Ours de Lippe en se retournant vers sa petite troupe, comme s'il n'avait rien entendu.

Mais à ce mot, le gaugrave d'Herminsberg tressaillit, et, comme un lion pris dans un filet de mailles de fer, il fit un effort suprême pour rompre ses liens; il ne put y parvenir; son visage devint livide, et un regard d'indicible horreur jaillit de ses yeux.

— Au château! répéta-t-il de ses lèvres pâles et tremblantes! Au château! n'y va pas, Bertha de Varenholz. Que ton pied ne se pose jamais sur le seuil de sa poterne! l'air du château de Dethmold est empoisonné. La femme qui entre dans cette tanière de débauches, où la chambre de tortures retentit de cris de douleurs et d'imprécations sous la salle des banquets qui étouffe ces cris et ces plaintes avec des chants de buveurs ivres, cette femme est perdue. Tu ne soupçonnes rien de tant d'infamies, toi, Bertha, dont les yeux bleus reflètent l'azur du ciel. Défie-toi de cet homme, ma bien-aimée, de ses promesses même, qui ne seront que des mensonges. Il te dirait de le suivre à ce château pour y voir signer mon acte de grâce, que tu ne dois pas y aller. Tu crois à la clémence des hommes, parce que ton âme est douce et miséricordieuse; mais les démons savent imiter le sourire des anges pour les attirer dans leur piége. N'entre pas une heure, pas un instant, dans le château de Dethmold!

— Oh! je t'obéirai, Conrad, dit la novice en tendant les mains vers le condamné, tandis que ses yeux le contemplaient fixement comme dans une extase de douleur.

— Le gaugrave n'a jamais été si bavard, observa dédaigneusement le franc-comte; mais je crains qu'il ne se fatigue. Gotteschall, ajouta-t-il en s'adressant au bourreau, mets un bâillon à ce digne seigneur; il ne nous étourdira plus les oreilles.

Le bourreau obéit, et Conrad n'eut qu'un sourire pour cette froide cruauté, tandis que la novice, pressant de ses mains son front en feu, regardait le franc-comte avec l'hébétement d'une insensée.

Quelques murmures grondèrent dans les rangs de la foule. Othon fit signe aux archers de la repousser et d'agrandir leur cercle en s'éloignant un peu de lui.

Puis il se pencha vers Bertha et lui demanda d'une voix plus basse :

— Une dernière fois, voulez-vous me suivre au château?

Elle recula avec horreur, et, saisissant convulsivement la main de la prieure du couvent de Varenholz, se plaçant entre elle et l'avoué, elle répliqua :

— Jamais! jamais, monseigneur! je mourrai ici, puisque je n'ai pu sauver Conrad. Sans doute, pour que vous soyez inflexible à ce point, il faut qu'il soit bien coupable. Mais dites-moi donc son crime, monseigneur, comte de Lippe! donnez-moi un motif de votre justice. De quel crime l'accuse-t-on, enfin, lui qui n'a jamais parjuré son serment, qui a toujours fait l'aumône au souffrant, lui qui a défendu l'opprimé? Sans doute on vous aura trompé.

Et comme le comte se taisait :

— Serait-ce donc une haine vile qui vous a fait condamner Conrad? continua-t-elle. Mais non, ne vous offensez pas, monseigneur. Vous êtes un juge sévère et non un ennemi. Eh bien! pour que je ne vous méprise pas, que je ne vous maudisse pas, dites-moi son crime?

L'Ours de Lippe se pencha de nouveau vers elle et lui dit :

— Son plus grand crime, belle Bertha, c'est d'être aimé de vous, car je vous aime!

La novice poussa un cri d'épouvante.

— Me parler ainsi devant mon fiancé que vous assassinez, m'insulter ainsi! s'écria-t-elle.

— Ah! mon amour est un outrage! répliqua le franc-comte pourpre de colère. C'est bien.

Et, se tournant vers l'échafaud, il dit d'une voix retentissante :

— Prêtre, bénis cet homme qui va mourir! chevalier Walter de Thann, dégradez ce traître et ce rebelle! maître bourreau de Dethmold, brûlez dans ce réchaud allumé les armoiries du gaugrave d'Herminsberg et jetez-en les cendres aux quatre vents!

Le silence de la foule entassée sur la place était si profond, qu'il avait quelque chose de formidable et de menaçant.

VIII

LE DROIT DU SCAPULAIRE.

Le chevalier Walter de Thann monta sur l'échafaud, et, s'approchant du condamné, lui arracha sa toque, qu'il foula aux pieds, et sa chaîne d'or, qu'il montra au peuple en disant : « Ceci est la chaîne d'un félon et d'un traître. »

Le bourreau fit souffler par ses aides le feu du réchaud. Conrad ne parut pas s'émouvoir de la flétrissure publique que des traîtres lui infligeaient, à lui fidèle vassal de l'empereur. Dans son regard assuré brillait la conviction de l'homme qui avait fait son devoir.

Cependant Bertha de Varenholz avait été singulièrement bouleversée par les horribles préparatifs de la vengeance du franc-comte.

Dans la confusion de ses pensées, elle se rappela les dernières paroles d'Othon, l'aveu de son amour, et crut trouver là un rayon d'espoir. N'écoutant plus ni la honte, ni l'indignation, ni le mépris à cet instant où la vie de Conrad ne tenait plus qu'à un geste du comte, elle revint vers lui, et, à voix basse et précipitée, elle lui dit :

— Écoutez-moi, monseigneur. Je vous ai bravé et je devais vous plaindre. On n'est pas maître d'aimer ou de haïr. A l'effroi que je ressens de perdre Conrad, car il me semble que le ciel se couvre d'un voile noir et que mon âme se détache de moi, je comprends que l'amour vous rende furieux, menaçant, fou. Je sens bien, moi, que je vous haïrai si Conrad meurt par votre volonté. Vous n'êtes pas méchant au fond, monseigneur. Mais vous m'aimez, et vous ne voulez pas que je devienne la femme d'un autre. Votre haine contre Conrad, c'était hier de la justice, peut-être ; aujourd'hui, c'est de la jalousie. Tous ceux qui aiment sont ainsi. Vous êtes jaloux de Conrad. C'est donc moi qui serais cause de sa mort. Ce serait horrible ! Eh bien, monseigneur, si vous lui pardonnez, je m'engage à ne jamais le revoir, à prendre le voile. Une religieuse n'est plus une femme, vous le savez. Jamais lui et moi nous ne nous reverrons. Le son de sa voix ne me fera plus tressaillir. Je ne le verrai plus me sourire que dans ma pensée. Je ne broderai pas même une écharpe pour lui. Mais je saurai qu'il existe, grâce à moi, et je prierai Notre-Dame de Varenholz pour lui et pour vous, monseigneur. Vous le détestez parce que vous m'aimez, dites-vous ? eh bien, vous n'aurez plus d'autre rival que Dieu. S'il le faut, confisquez son fief, gardez aussi mes terres et mes trésors, mais qu'il vive, seigneur comte, qu'il vive !

— Vous pourriez consentir à cette éternelle séparation ? dit l'Ours de Lippe, surpris d'un dévouement et d'une abnégation qu'il était incapable de comprendre.

— C'est que j'aime Conrad pour lui-même, reprit vivement Bertha, pour le bonheur de l'aimer. Jamais nos mains ne se toucheront, mais ne le verrai-je pas toujours les yeux fermés ! Sauvez-le, ne le punissez pas de ce que je l'aime. Vous étiez tout à l'heure irrité et hors de vous. Ce n'est pas votre cœur, mais votre colère qui parlait, et moi j'étais folle, je prenais vos menaces au sérieux et je vous accusais. Je ne sais vraiment ce que j'ai dit, mais si je vous ai offensé, pardonnez-moi, oubliez mes paroles insensées ! Voyez Conrad, monseigneur, comme il a l'air de souffrir ! comme son visage est contracté ! Oh ! laissez-moi arracher son bâillon et détacher ses liens ! Venez avec moi, monseigneur !

Et elle étreignait les mains du franc-comte comme pour l'attirer vers l'échafaud, d'où le gaugrave debout regardait cette scène avec des éclairs d'indignation dans les yeux.

— Venez au château, noble damoiselle, répliqua l'Ours de Lippe avec un sourire cruel. Là seulement je pourrai écouter vos prières et signer du pommeau de mon épée la grâce de votre fiancé !

La novice était dans un tel état de trouble et d'angoisse qu'elle parut hésiter.

Alors Irène Colonna se pencha rapidement à son oreille et murmura.

— Restez ici, Bertha, ou vous êtes perdue ! Si vous voulez sauver Conrad, invoquez le droit du scapulaire.

La novice la regarda d'abord avec égarement. Puis elle chercha à rappeler un souvenir confus dans sa tête, où les pensées se heurtaient en tumulte comme dans le délire de la fièvre. Enfin un rayon d'intelligence, de joie et d'espoir de salut jaillit dans son regard, et elle s'écria :

— O mon Dieu ! c'est vrai, le droit du scapulaire ! Et moi, folle, qui implorais un monstre et qui doutais du ciel !

Et d'un bond elle franchit les marches de l'échafaud, et s'écria en arrivant face à face du bourreau :

— La violence seule m'arrachera de cette place, s'il se trouve un homme assez audacieux pour porter la main sur une fille du Seigneur !

Othon, surpris et courroucé, fit un geste d'impatience et dit :

— Finissons-en ! Bourreau, fais ton devoir !

Mais Bertha de Varenholz se tournant vers la foule, retrouva, par un effort miraculeux, le calme de son esprit et la dignité d'une fille de sa race :

— Au nom du Seigneur, notre Dieu, dit-elle, je vous prends tous à témoin, bourgeois, étudiants et artisans de Dethmold. Je fais appel à la justice de Dieu de la justice du franc-comte de Lippe. Bourreau, écarte-toi de mon chemin pour me faire place. Conrad d'Herminsberg ne t'appartient plus, puisqu'une religieuse de Varenholz le réclame.

Et repoussant d'un geste souverain l'homme à la tunique rouge, qui voulait lui barrer le passage, elle s'approcha avec calme du gaugrave.

Alors elle tira devant tous, de son sein, un petit carré d'étoffe bénite sur lequel se découpait une croix de drap écarlate, et qui était suspendu à son cou par un ruban.

C'était son scapulaire. Elle en toucha le front du condamné, dont le regard la remercia et la bénit.

— Que signifie ce jeu ! s'écria l'Ours de Lippe exaspéré de fureur.

— Ce jeu signifie, repartit la novice d'une voix ferme et fière, que le gaugrave échappe à ton pouvoir, qu'il a droit d'asile dans le couvent de Varenholz, suivant nos priviléges, que je lui fais grâce de la vie, et qu'il doit être sacré pour tous. Tout condamné qui se trouve sur le passage d'une religieuse de Varenholz est sauvé si elle lui permet de toucher son scapulaire. J'invoque donc la coutume. L'as-tu oubliée, comte Othon, ou veux-tu te jouer à Dieu même et lutter avec lui ?

L'Ours de Lippe frémit de rage en se voyant braver ainsi.

— Cette novice est folle, par le diable ! grommela-t-il, mais elle ne me vaincra pas. Archers ! ajouta-t-il, faites descendre cette femme de l'échafaud et emmenez-la au château.

— Je ne descendrai pas ces marches ! s'écria la novice ; je ne me laisserai pas traîner au château ! Gens de Dethmold ! laisserez-vous violer le droit du scapulaire ?

— Oui ! oui ! cria la foule. La coutume ! la coutume ! le droit du scapulaire ! Qu'on tue celui qui mettra la main sur la religieuse. Tue ! tue !

Et la foule commença à se ruer sur la haie d'archers qui la contenaient. Une agitation sauvage la fit ondoyer comme une mer. Les étudiants tirèrent leurs dagues du fourreau. Les artisans firent luire leurs couteaux au soleil et croisèrent leurs bâtons noueux sur les bonnets de fer des archers.

Othon promena sur cette multitude un regard terrible et cria : Silence ! Mais le tapage continua. Alors il murmura : A plus tard, entre nous ! et il commanda aux archers de refouler les manants. Mais il ne put être obéi : ses hommes s'étant comptés et se trouvant en petit nombre, à la merci d'une foule irritée, restèrent indécis.

Alors eut lieu l'explosion de la fureur qui couvait et fermentait, depuis l'apparition de Bertha, dans toutes les âmes. L'émotion excitée par les plaintes et les larmes de cette noble fille, le courage du gaugrave d'Herminsberg, l'intérêt que tous prenaient à son malheur par suite de leur haine contre Othon, tous ces divers mobiles avaient exalté cette masse de peuple.

Cet homme est le franc-comte Othon, l'Ours de Lippe! — Page 26, col. 1re.

Dès ce moment Bertha crut avoir sauvé son fiancé. Déjà les uns criaient :

— Abattons l'échafaud! brisons les planches! mettons-y le feu! brûlons le bourreau!

Les autres brandissaient leurs dagues et leurs pieux, et rompant la ligne des archers, affluaient autour de la petite troupe du franc-comte. Les enfants se laissaient glisser du haut des tilleuls pour prendre part à la fête.

La novice, elle, déchirait ses mains blanches à essayer de dénouer les liens qui garrottaient Conrad.

— Un couteau! un couteau! demandait-elle pour le rendre libre plus vite.

Mais le comte venait de faire avancer son cheval jusqu'au pied de l'échafaud, et la regardant avec un froid sourire :

— Enfant! lui dit-il, vous croyez avoir triomphé, n'est-ce pas?

— Nous ne vous craignons plus, dit Bertha, qui sentit cependant une vague terreur s'insinuer dans son âme. Dieu est pour nous; il a ému et attendri les cœurs de ces hommes en faveur de Conrad. C'est en vain que vous opposeriez votre pouvoir à la coutume.

Et elle s'écria encore :

— Gens de Dethmold, à l'aide!

— Le droit du scapulaire! gronda aussitôt la foule à deux pas du franc-comte.

— Vous entendez, monseigneur, reprit la novice.

L'Ours de Lippe jeta autour de lui un regard insouciant et se vit entouré de tous côtés. Ses archers étaient dispersés.

— Noble damoiselle, dit-il froidement, l'étincelle n'est pas encore devenue un incendie; une goutte d'eau éteint l'étincelle, et, pour faire disparaître toute cette flamme et ce grand tumulte, je possède un mot magique qui sera la goutte d'eau.

— Prononcez-le donc! dit-elle avec une anxiété inexprimable, et elle se serra involontairement contre le gaugrave.

Le franc-comte se dressa sur ses étriers et s'écria :

— Silence, bonnes gens de Dethmold!

La foule obéit. Peu à peu le tumulte s'éteignit en rumeurs sourdes. Othon continua :

— Vous réclamez en faveur de Conrad d'Herminsberg, le traître et le rebelle, le droit du scapulaire?

— Le droit du scapulaire! répéta d'une seule voix la multitude.

— Je suis plus qu'aucun de vous, poursuivit le comte, religieux observateur des coutumes établies et des privilèges accordés par mes ancêtres.

— Louanges au seigneur comte! crièrent quelques voix.

Othon lança à la novice un regard qui signifiait clairement :

— Le vent tourne déjà, vous voyez!

Puis quand les cris se furent apaisés :

— Je respecte le noble sentiment de pitié qui a fait agir cette jeune fille.

— Longue vie au noble Othon! interrompit la foule, touchée de la condescendance de son seigneur.

— Mais je ne puis accorder la grâce demandée,

S'il se trouve un homme assez audacieux pour porter la main sur une fille du Seigneur. — Page 31, col. 1re.

ajouta le franc-comte, parce que le texte de la loi est formel et que je ne veux pas l'enfreindre. Toute religieuse de Varenholz qui se trouvera sur le passage d'un condamné, y est-il dit, pourra obtenir sa grâce si elle lui fait toucher son scapulaire.

— Eh bien? lui demanda la jeune Westphalienne frémissante.

— Eh bien! s'écria Othon, Bertha, la fiancée du gaugrave d'Herminsberg n'est pas encore religieuse de Varenholz. Elle n'est que novice et n'a pas droit de revendiquer le privilége de la coutume de Dethmold.

Une incroyable stupeur s'empara de tous les esprits à cette déclaration du franc-comte. Il n'y avait pas d'objection possible. Othon disait vrai. Le silence devint effrayant; mais c'était un silence de consternation et non de menace.

Bertha sentit son cœur se glacer, ses genoux défaillir, un nuage noir passer sur ses yeux, et elle s'affaissa, sa tête rebondissant sur le billot qui attendait son fiancé.

En ce moment, un cavalier, dont le visage était perlé de sueur, dont les vêtements étaient poudreux, arriva auprès du franc-comte, après avoir traversé à grand'peine la foule qui encombrait la place, et lui remit un message scellé de plusieurs sceaux pendants.

Othon parut surpris et troublé.

— C'est un message de la diète de Forheim! Je reconnais les sceaux des princes et des évêques électeurs, dit Irène Colonna.

— Un message de la diète! reprit le comte de Lippe. Que signifie cela? je ne la croyais pas encore constituée. Lisez vite ces dépêches, Irène. Que contiennent-elles?

Il déchira l'enveloppe et lui remit les parchemins.

A peine l'Italienne eut-elle parcouru quelques lignes que son front devint sombre et soucieux.

— Est-ce donc une triste nouvelle? demanda l'Ours de Lippe avec inquiétude.

— Une triste nouvelle pour votre ambition, seigneur comte, répliqua-t-elle. La plus grande partie des prélats veut élire empereur Rodolphe, duc de Souabe.

— Rodolphe! répéta le franc-comte en pâlissant, ce batailleur scrupuleux et timoré, qui craignait d'être damné s'il trahissait ses serments! Ce pauvre esprit serait choisi par les électeurs pour régner sur eux? Impossible!

— Lui-même, poursuivit Irène, ou, à son défaut, Hermann, duc de Luxembourg.

Les yeux de l'Ours de Lippe jetèrent un éclair de rage.

— C'est juste, murmura-t-il en se mordant les lèvres; les évêques me craignent et ne veulent pas de moi pour maître; il leur faut un empereur faible et sans ambition, dont ils n'aient pas lieu d'être jaloux. Ce pauvre Rodolphe! ils l'enchaîneront à eux par des promesses solennelles, et ils seront sûrs qu'il les tiendra... tandis que moi j'aurais brisé leurs crosses épiscopales... Oh! je me vengerai!

— On vous presse, continua Irène Colonna, de vous rendre à la diète de Forsheim.

— Pour nommer mon rival, n'est-ce pas? le soutenir de mon influence et de mes armes? Non, je n'irai pas à Forsheim. Puisqu'ils m'y forcent, ajouta le franc-comte, je resterai fidèle à l'empereur Henri. Vous seule, Irène, avez les preuves du pacte que je formais contre lui avec Grégoire VII. Je puis encore revenir sur mes pas. Aussi hâtons-nous de rentrer au château pour aviser à tout ceci. Et d'abord finissons-en avec ce traître gaugrave.

— Comment! observa l'Italienne, vous appelez encore traîtres les fidèles serviteurs de l'empereur Henri? Ecoutez, Othon, en montrant les dépêches du cardinal Colonna, je puis vous perdre auprès de Henri, s'il est vainqueur dans cette lutte. Eh bien! pour consentir à vous aider dans vos nouveaux projets, j'exige que vous m'accordiez la vie du gaugrave d'Herminsberg.

— Quelle folie! dit le comte d'une voix sourde. Que vous importe la vie de cet homme, Irène?

— C'est lui qui vous sépare de Bertha de Varenholz, répondit froidement l'Italienne. Elle aime Conrad, et c'est ce qui vous le fait haïr davantage. Elle aime Conrad, et c'est pour cela que je veux le sauver!

— Après ce qui s'est passé, c'est impossible! s'écria l'Ours de Lippe.

L'Italienne sourit avec calme.

— Croyez-vous donc, monseigneur, que je veuille vous prier à genoux et les mains jointes comme cette pieuse et innocente Bertha, qui croyait toucher votre cœur. Je ne viens point parler à votre cœur, moi. Il n'y a qu'une seule corde humaine qui puisse vibrer en vous : c'est l'ambition. Eh bien! sauve cet homme qui va mourir par ton ordre, ou je produis à la diète de Forsheim les dépêches de mon oncle le cardinal Colonna et le titre d'investiture du landgraviat de Thuringe que t'octroie le saint-père Grégoire VII, en échange de tes services secrets et publics!

Le franc-comte courba la tête devant cette menace toute puissante.

Irène Colonna étendit sa main vers Conrad et dit à voix basse :

— Qu'il soit libre!

— Bourreau, romps les liens du condamné, ordonna l'Ours de Lippe, frémissant de colère.

— Vous savez, monseigneur, poursuivit l'implacable Italienne, quels services secrets vous avez promis au saint-père. Vous n'avez pas oublié que vous lui promettiez l'aide des princes allemands, s'il excommuniait Henri et le déposait. Vous lui promettiez aussi le partage du trésor que l'empereur avait confié en vos mains avant de se rendre à Spire! Je crois, monseigneur, que ce bâillon doit beaucoup faire souffrir le gaugrave Conrad?

— Bourreau! s'empressa d'ordonner le comte foudroyé, ôtez le bâillon au condamné.

— Vous vous souvenez sans doute aussi, monseigneur, continua Irène, d'une clause qui empêcherait à jamais l'empereur de vous pardonner, si elle venait à sa connaissance : Henri aime ses enfants jusqu'à la faiblesse. Or, vous aviez promis d'épier et de poursuivre ses fils, lorsqu'il serait déposé, et de les emprisonner s'ils se réfugiaient dans vos domaines comme dans ceux d'un ami dévoué de leur père. Je crois, monseigneur, que si vous faites grâce au gaugrave, il faudra lui faire pleine et entière justice et lui rendre son fief d'Herminsberg. Ce sera d'une bonne politique. J'attends votre décision, comte de Lippe

Othon essaya alors de comprimer sa colère dans son cœur et de subir la nécessité des circonstances, comme les Orientaux subissent le joug de la fatalité.

La foule avait silencieusement attendu la fin de la conversation du comte et de la pèlerine. Dès que le premier fit signe qu'il allait parler à tous, l'attention devint religieuse.

— Gens de Dethmold, dit Othon à voix haute, le gaugrave d'Herminsberg a été jugé en mon absence. Mais sa noble contenance en face de la mort m'inspire quelques doutes sur la justice de son arrêt. Les traîtres ne savent pas mourir avec tant de courage. D'ailleurs, le dévouement de sa fiancée m'a touché, et je n'ai pas oublié que Conrad a été mon frère d'enfance.

La foule se mit à applaudir avec frénésie et à pousser des cris de joie.

— Est-ce bien Othon de Lippe qui parle ainsi? s'écria Conrad, libre sur son échafaud, et il serra dans ses bras sa fiancée et chercha à la ranimer de sa torpeur glacée.

— Es-tu satisfaite maintenant, Irène Colonna? demanda le franc-comte à l'Italienne.

— Pas encore, reprit-elle. Laissez-moi recueillir mes souvenirs, monseigneur, puisqu'ils ont tant de pouvoir pour faire des heureux. N'êtes-vous pas touché de ces cris de joie, de ces bénédictions qui éclatent autour de vous, Othon? Ah! je me rappelle aussi que vous vous engagiez à livrer l'empereur Henri, mort ou vif, aux légats du pape, s'il tombait entre vos mains! Mort ou vif, c'était s'engager beaucoup, monseigneur, car Henri quatrième est un vaillant chevalier, et sa main n'a pas oublié, à force de porter le globe d'or et le sceptre impérial, l'art de manier la lance et le glaive!

— Cesse de railler, Irène, dit brusquement l'Ours de Lippe. Il faut brûler ces dépêches du cardinal Colonna, qui sont plus dangereuses qu'une boîte de poisons de ton pays. Qu'exiges-tu encore pour récompense?

— O mon Dieu, peu de chose, répliqua l'Italienne : ton consentement au mariage de Bertha de Varenholz avec Conrad d'Herminsberg.

— Mon consentement à leur mariage! balbutia Othon, livide de fureur. Jamais! jamais!

— Alors, je n'ai rien promis, dit Irène.

— Trahissez-moi si vous l'osez, repartit le comte.

Et tous deux se regardèrent d'un air de défi et de menace.

Tout à coup une idée infernale traversa l'esprit d'Othon. Il pensa que, s'il persistait dans son impolitique vengeance, il se trouvait à jamais séparé de Bertha. Elle rentrait dans son couvent, barrière infranchissable pour tous, et elle lui échappait.

Le seul moyen de rapprocher de lui l'héritière de Varenholz, c'était de consentir à cette union et de forcer la châtelaine d'Herminsberg à rester à sa cour, en rendant à Conrad son amitié, en le comblant de faveurs et en lui faisant tenir le premier rang parmi les barons et les chevaliers du comté de Lippe.

Il mit aussitôt son nouveau plan à exécution, et se tournant vers le peuple :

— Je puis, de mon plein droit, dit-il, faire grâce au noble gaugrave, mais c'est à une condition également tirée de la coutume de Westphalie. La jeune fille qui accepte pour époux le condamné que le bourreau a déjà touché a le droit, si c'est un noble, de renverser le billot et de sauver celui qu'elle a choisi, et si c'est un manant, de le détacher elle-même de la potence. C'est à la belle Bertha à prononcer sur le sort du gaugrave. Damoiselle de Varenholz, demandez-vous à prendre pour mari le condamné Conrad d'Herminsberg?

Bertha, émue, étourdie, bouleversée par tant d'événements inattendus, n'osait répondre.

— Que dites-vous, seigneur comte? s'écria-t-elle enfin. Ai-je mal entendu! N'est-ce pas un rêve! Ne vous jouez-vous pas de moi! Vous me demandez si je consens à sauver Conrad en l'épousant! Mais vous savez bien qu'il est mon fiancé et mon bien-aimé!

— Et toi, Conrad d'Herminsberg, poursuivit Othon, acceptes-tu pour femme Bertha de Varenholz? Promets-tu ta protection à celle dont les larmes et les prières t'ont sauvé?

— Bertha est ma fiancée, dit simplement le gaugrave.

Alors Othon, descendant de cheval, monta sur l'échafaud, détacha sa propre chaîne d'or et la mit au col de Conrad, immobile et muet d'étonnement; puis il joignit la main de ce dernier à celle de la jeune novice, en ajoutant :

— Sois toujours fidèle, Conrad, au franc-comte comme à l'empereur Henri. J'ai voulu éprouver ton amour et celui de Bertha. Je te rends maintenant ton fief d'Herminsberg et tes franchises. Je te garde la première place parmi mes chevaliers; tu seras l'avoué des abbayes et des couvents de Dethmold. Je veux que chacun envie le rang où tu seras élevé, pour prix de ta fidélité au malheur. C'est toi qui commanderas les chevaliers et les hommes d'armes que je veux envoyer au secours de l'empereur contre ses compétiteurs, car je hais les traîtres. Tu vois, Conrad, que je ne suis ni si déloyal ni si cruel que mes ennemis se sont plu à le dire.

— Seigneur comte, moi aussi je vous avais mal jugé, dit Conrad dans la pure sincérité de son cœur.

— Oublions cela, reprit Othon avec un faux sourire. Quant à ta fiancée, elle a dû donner tous ses biens au couvent de Varenholz. Malheureusement, les donations de novices sont irrévocables. Elle est pauvre aujourd'hui.

— Othon, je l'en aime mieux, car c'est sa fidélité qui l'a faite pauvre! s'écria le gaugrave.

— Bien, Conrad, répliqua le comte; mais je me charge d'octroyer pour dot à Bertha un autre fief, car je lui dois la vie, et un prince ne doit pas rester débiteur de ses sujets. Quant à vous, Irène, dit-il à l'Italienne en se penchant vers elle, êtes-vous enfin satisfaite et voulez-vous encore me trahir.

— Nous verrons bien si vous vous acquittez aussi noblement de toutes vos dettes, répondit la soupçonneuse fille des Colonna.

En ce moment, une litière traînée par des mules s'avança près de l'échafaud, conduite par Werner, le veneur. Bertha et Irène y montèrent et s'avancèrent vers la maison de la ville de Dethmold, escortées des deux frères de lait réconciliés, au milieu des acclamations de la foule.

Dix minutes après, il ne restait plus une planche de l'échafaud. Le peuple l'avait brisé, et, l'incendiant avec les charbons ardents du réchaud, en avait fait un feu de joie.

IX

LES VINGT-QUATRE VEILLEURS DE LA NUIT.

Nul ne sera surpris qu'à la suite de la scène terrible que nous avons racontée dans le chapitre précédent, et qui s'était si heureusement dénouée, le gaugrave d'Herminsberg fût devenu le favori du comte Othon.

Ce dernier ne pouvait se séparer de Conrad et s'était presque montré irrité qu'il n'eût pas voulu accepter l'hospitalité en son château de Dethmold et qu'il eût voulu demeurer dans la ville.

Les noces des heureux fiancés furent célébrées, avec une magnificence inouïe, aux frais du comte de Lippe, et les réjouissances qui suivirent cette fête durèrent plus de deux semaines. Les bateleurs qui faisaient métier de montrer des ours et de curieuses bêtes féroces domptées, les minnesingers, les chanteurs de ballades, les bohémiens diseurs de bonne aventure, toute cette plèbe nomade accourut de cinquante lieues à la ronde.

Les danses en plein vent, les prix décernés par monseigneur Othon pour le tir de l'arc, les festins publics, dont les quatre fontaines de la place fournissaient le vin avec une libéralité inépuisable, les courses à pied et les courses en sac sur des œufs, tout ce débordement de plaisirs mit la ville en liesse.

Il y eut un tournoi dont la châtelaine d'Herminsberg fut proclamée reine, grâce à la courtoisie du franc-comte et de ses chevaliers. Tous les mendiants de Dethmold prirent place à un festin où ils furent servis par le bourgmestre et les maîtres des corporations de la ville. Une grâce entière fut accordée aux serfs fugitifs du gaugrave. Enfin Othon parvint à obtenir le renom d'un seigneur clément et généreux et à faire oublier toutes ses fautes passées. C'était à ne pas le reconnaître, et Conrad ne tarissait pas en éloges sur cette merveilleuse transformation.

Nous devons néanmoins avouer que, pendant ces fêtes mêmes, quelques sourdes rumeurs coururent parmi les bourgeois à l'endroit d'excès qui accompagnent souvent les réjouissances populaires, à la faveur desquelles toutes sortes de gens sans aveu s'introduisent dans les villes. Mais les habitants de Dethmold se plaignaient, cette fois, de désordres plus singuliers et plus graves que la tolérance des fêtes publiques n'en comporte d'ordinaire, et qui troublaient la tranquillité publique.

D'honnêtes bourgeois attardés avaient été attaqués, battus et dépouillés de leurs manteaux et de leurs escarcelles par de jeunes fous probablement ivres. Des femmes respectables et des jeunes filles avaient été insultées sous les yeux de leurs maris et de leurs pères, et lorsque ces derniers avaient voulu les défendre, ils avaient été frappés de coups de couteaux et de poignards.

On attribua d'abord ces méfaits aux bandes de bohêmes attirés par les fêtes et à quelques étudiants turbulents; mais lorsque le calme commença à renaître dans la cité, les désordres nocturnes ne cessèrent pas; on commença à réclamer une surveillance plus active que celle des patrouilles d'archers du franc-comte, qui ne mettaient jamais la main sur aucun des coupables, et les bourgeois et les artisans de Dethmold demandèrent à former une garde pour la sûreté intérieure de la ville.

Cette requête n'avait pas encore obtenu de répouse de monseigneur Othon, lorsque arriva un événement qui le força de s'occuper sérieusement de réprimer ces prouesses nocturnes de brigands.

Comme on apprenait chaque matin, avec une terreur nouvelle, que ces formidables et mystérieux coureurs de nuit avaient commis quelque étrange violence, enlevé une femme ou blessé un homme, les bourgeois et les artisans avaient pris le parti de se barricader dans leurs maisons ou de ne plus sortir qu'armés la nuit; depuis cette prudente résolution, les bravaches de Dethmold n'ayant plus si beau jeu avaient considérablement diminué le nombre de leurs expéditions. Mais une nuit, tous les habitants furent réveillés par le bruit des cloches de l'église, et, lorsqu'ils accoururent épouvantés sur la place, ils virent une maison qui brûlait. C'était celle où la châtelaine d'Herminsberg demeurait encore en attendant le retour de Conrad, qui était allé réunir ses vassaux pour les conduire, avec les troupes du franc-comte, contre Rodolphe de Souabe, le nouvel empereur.

Les hardis coureurs de nuit avaient essayé de surprendre et de forcer ce noble logis, dont la porte leur avait été ouverte par un gardien infidèle qui avait disparu, et nos hommes, croyant sans doute faire belle et bonne prise, s'étaient glissés dans la maison. Heureusement, deux des écuyers du gaugrave, Mathias, l'habile écuyer, et un autre nommé Frédéric, avaient résolûment défendu la porte de la chambre de leur maîtresse contre ces clercs de Saint-Nicolas, au visage barbouillé de suie et de fumée. Ceux-ci, lassés et furieux de cette résistance opiniâtre, avaient mis le feu au logis. Mais le bruit des cloches lancées à toutes volées par les sonneurs, aux premières lueurs de l'incendie, les avait bientôt forcés à lâcher pied.

Les premiers bourgeois et étudiants qui accoururent trouvèrent le comte Othon déjà occupé, avec quelques-uns de ses familiers, à arrêter les progrès du feu, et apprirent qu'il avait été blessé en voulant s'opposer à la fuite des incendiaires. Son manteau était tacheté de gouttes de sang. Du reste, il ne voulut pas se retirer que la châtelaine d'Herminsberg ne fût en sûreté, et il la fit conduire dans un palais qu'il venait d'élever tout récemment à un angle de la grande place, faisant face au château.

Cette téméraire et insolente tentative engagea sans doute le franc-comte à prêter une attention plus sérieuse aux plaintes des gens de Dethmold, qu'il avait jusque-là obstinément traitées de billevesées, et il déclara qu'il allait mettre ordre à ces odieux guets-apens, et que les coupables, quels qu'ils fussent, n'échapperaient pas à sa justice.

Le lendemain même, en effet, par un radieux soleil, un héraut d'armes, escorté de clairons et de cymbaliers, s'avançait triomphalement vers la place de Dethmold, et un grand concours de peuple affluait autour de lui.

Quand il trouva la foule suffisamment nombreuse, il fit signe aux clairons de cesser leurs fanfares, et, déployant un parchemin, il lut un édit du franc-comte dans la teneur suivante :

« Soit ainsi faite la justice de monseigneur Othon, franc-comte de Lippe, duc de Gueldres et seigneur de Juliers.

« A toutes gens de la bonne ville de Dethmold, salut. Sur les plaintes des bourgeois et chefs de métiers, le haut et puissant comte Othon se charge de la sûreté de la ville.

« A partir de ce jour, tous les habitants devront laisser leurs portes ouvertes de nuit. »

Un frémissement de surprise courut dans la foule à ces mots.

« Et cela, poursuivit tranquillement le héraut, afin que nul traître ne puisse donner mystérieusement asile aux ribauds qui font tapage et violence dans les rues de Dethmold, afin que les meurtriers et les larrons puissent être poursuivis dans leurs retraites secrètes sans que les perquisitions des gens du franc-comte soient arrêtées par aucun obstacle, afin que les bourgeois, étudiants ou artisans attaqués trouvent aussitôt aide et secours dans les logis ouverts, au lieu du silence qui répond seul à leurs cris de détresse et de l'abandon qui les laisse agoniser en arrosant de leur sang la porte fermée d'une maison.

« Nul habitant de Dethmold ne devra, qu'il soit noble ou bourgeois, sous peine de mort, s'opposer par cris, menaces ou violences, aux exécutions et justices secrètes des gens du franc-comte. Les chevaliers seuls auront droit de garder en leur logis la dague, le poignard et le glaive... »

— Mais c'est nous désarmer! interrompit alors un étudiant.

Et nous livrer sans défense à ces oiseaux de proie de la nuit! s'écria le maître de la corporation des forgerons.

— Monseigneur Othon est-il devenu fou? demanda l'écuyer Mathias, qui s'était mêlé à la foule.

— Silence! cria le héraut d'armes d'une voix menaçante. Puisque les gens de Dethmold ne savent pas se sauvegarder eux-mêmes, notre seigneur se charge de ce soin, et voilà déjà que vous criez comme des lièvres qu'on écorche. Écoutez donc la fin de l'édit.

— Écoutons! silence! dirent quelques voix.

Le héraut d'armes reprit au milieu de ce silence contraint et mécontent.

« Monseigneur le franc-comte Othon divise sa bonne ville en vingt-quatre veillées, qui seront gardées par vingt-quatre veilleurs de la nuit. Les susdits seront armés d'un bâton ferré et munis d'une torche et d'une trompe de corne. Ils seront soldés par la ville, moyennant une augmentation d'impôt sur le droit du vin. Chacun d'eux parcourra toute la nuit son quartier, criant les heures et le temps qu'il fait, nuages ou étoiles, pluie ou gelée, clair de lune ou brouillard. Si tout est calme, il en avertira les bourgeois par ces seuls mots : Priez et dormez! S'il y a incendie ou malheur, il les réveillera au son de sa trompe. Si le veilleur rencontre un homme suspect, il l'arrêtera, et, dans le cas où cet homme résisterait et que le veilleur ait besoin d'aide, il sonnera de sa trompe, et ses confrères lui prêteront secours; ils rétréciront leur cercle à mesure que le signal continuera à se faire entendre, et, débouchant par toutes les issues, ils emprisonneront le ribaud dans un mur vivant et infranchissable. Mais défense expresse est faite aux bourgeois, artisans ou étudiants de sortir de leur logis, les foules ne servant que les mauvais garçons! »

— Vive le franc-comte Othon! crièrent alors quelques bourgeois prudents, tandis que les étudiants et les apprentis secouaient la tête d'un air de doute et de mécontentement.

— Je ne sais, dit tout haut Mathias, mais j'aimerais mieux avoir le droit de voir clair dans mes affaires et de me défendre moi-même contre ces saccageurs de ténèbres.

— Enfin, voici la dernière clause de l'édit, poursuivit le héraut.

« Toute fille ou femme arrêtée dans les rues et les places de Dethmold, après le couvre-feu, devra devenir, pour cette nuit, la servante des veilleurs. Pendant leur repas de l'aube, elle sera tenue de boire à leur santé, après avoir versé elle-même le vin dans tous les hanaps, de s'asseoir à leur table, à la droite du capitaine de la nuit, et de chanter avec eux en chœur le refrain des veilleurs. La susdite ne pourra, avant le lever du soleil, être réclamée par son père, son mari ou son frère, fût-elle, femme ou sœur d'un des veilleurs mêmes de la nuit. Ces derniers se soumettront, par serment, à la loi commune. J'ai dit. »

Cette dernière clause fit éclater des rires sans nombre dans la foule, malgré les murmures de Mathias et de quelques artisans, et ce fut au milieu de bruyantes et joyeuses acclamations que le héraut se retira, suivi de ses clairons et de ses cymbaliers.

Cependant, à la même heure, monseigneur Othon réunissait à sa table les plus intimes de ses familiers, courtisans et favoris qui avaient été les complices de sa vie dissolue, de ses exactions et de ses brigandages passés.

Au milieu du repas, quand les esprits furent un peu échauffés par les fumées du vin, il leur communiqua la teneur de l'édit et leur annonça que de précieux priviléges seraient attachés au titre de veilleur de la nuit.

Les convives parurent d'abord fort surpris de la décision du franc-comte et le regardèrent avec l'air d'étonnement de gens qui ne comprennent pas.

Le chevalier Walter de Thann prit même la parole et s'écria :

— Par les cornes du diable! est-ce donc un jeu, seigneur comte? A qui donc avez-vous l'intention de faire rompre les os, aux veilleurs ou à vos fidèles serviteurs?

Othon de Lippe posa un doigt sur ses lèvres et répondit un instant après :

— Silence, imprudent! on pourrait t'entendre.

Puis il continua en souriant :

— La preuve que je ne veux point de mal aux veilleurs, messires chevaliers, c'est que j'ai l'intention de vous conférer à vous-mêmes ces vingt-quatre charges : comprenez-vous, maintenant?

Tous les chevaliers battirent des mains et remplirent leurs coupes.

— Il est bien entendu, poursuivit Othon, que vous ne serez tenus, messires, à remplir les fonctions de veilleurs que les nuits où il me plaira vous convoquer pour quelque joyeuse expédition. Vous vous ferez remplacer les autres nuits par vos écuyers et vos pages.

Les convives se levèrent d'un mouvement unanime, et, saluant le comte, vidèrent les coupes à sa santé.

A ce moment même, le gaugrave Conrad, de retour d'Herminsberg, entra dans la salle.

Othon lui fit un excellent accueil, le força à boire dans son hanap, en signe d'amitié fraternelle, et, lui parlant avec intérêt du singulier événement de l'avant-dernière nuit, lui raconta les mesures prises pour la sûreté intérieure de la ville; puis il le pria d'accepter, avec son dévouement habituel à la chose publique, la charge d'un des vingt-quatre veilleurs.

Conrad se prêta de bonne grâce à la fantaisie de son seigneur et ne s'aperçut pas du sourire étrange qui se dessina sur les lèvres d'Othon, lorsque ce dernier lui fit prêter le serment exigé de chaque veilleur de la nuit.

Il annonça ensuite au franc-comte qu'il avait rassemblé tous ceux de ses vassaux en état de porter les armes, et qu'il était prêt à partir pour mettre obstacle aux rapides progrès de Rodolphe de Souabe.

Othon le félicita de son activité et de son ardeur guerrière pour la cause de l'empereur légitime ; puis ils s'entretinrent à voix basse des détails de l'expédition, et il fut convenu que Conrad partirait deux jours après.

Ces deux jours s'écoulèrent comme un rêve pour le jeune gaugrave d'Herminsberg, comme un siècle de tortures pour le comte de Lippe.

Quant à Irène Colonna, elle habitait le château de Dethmold et passait publiquement pour la favorite du comte, qui lui faisait espérer et entrevoir dans l'avenir une union possible, maintenant qu'il avait renoncé à ses projets ambitieux. Elle attendait, mais elle se défiait.

Le gaugrave partit enfin à la tête d'une troupe de chevaliers, de gens d'armes et de vassaux, montant à deux mille hommes, avec lesquels il comptait inquiéter ou surprendre l'armée du nouvel empereur.

Le lendemain, le comte Othon se rendit à la nouvelle maison qu'habitait la châtelaine d'Herminsberg, mais il ne fut pas admis à la voir. Les femmes de Bertha répondirent qu'elle avait fait vœu de vivre dans une solitude complète, tout le temps que durerait l'absence de Conrad.

Othon devint pâle en essuyant ce refus; mais il se retira sans insister et sans proférer aucune plainte.

— L'heure viendra bientôt où cette porte devra être ouverte, pensa-t-il. Que Bertha m'aime ou qu'elle me haïsse, peu importe; mais il faudra bien qu'elle m'écoute!

Le soir de ce même jour, le veilleur chargé de garder la place de Dethmold se promenait avec agitation sous le balcon de la maison de Bertha et oubliait de crier les heures. Tantôt il s'avançait précipitamment vers la porte ouverte, suivant les termes de l'édit, tantôt il reculait avec une sorte d'hésitation et d'effroi.

— Je ne puis être heureux sans l'amour de cette femme, murmurait-il en marchant, et, lorsque tant d'autres seraient fières d'allumer une telle passion dans le cœur d'un comte et duc souverain, celle-ci s'opiniâtre à rester fidèle à ce damoiseau crédule et niais, à cet enfant batailleur. Oh! qui me donnera un philtre qui me fasse aimer d'elle, ou tout au moins un philtre qui ferme ces yeux doux et charmants, si étincelants d'éclairs quand on l'outrage! un philtre qui la fasse tomber dans mes bras, fût-elle glacée! Comment! une femme me vaincrait dans une pareille lutte! Moi, je deviendrais la risée de mes favoris et de mes pages! Non! il faut que Bertha succombe et que je me venge! Je ne suis pas un enfant, fière châtelaine! Je t'ai isolée de tous tes amis dans cette ville. Entrons! l'heure est venue!

Il s'enveloppa dans son manteau noir, en rabattit sur son visage le capuchon à pointe, dans lequel deux trous laissaient seulement briller les yeux, et il marcha résolûment vers la maison.

Les portes étaient ouvertes; mais deux serviteurs couchés dans le vestibule se levèrent aussitôt en criant :

— Qui va là?

— Veilleur de la nuit! répliqua-t-il en élevant sa torche, et, entr'ouvrant son manteau pour leur montrer sa trompe de corne et son épieu ferré, il ajouta :

— Je veux parler à la noble châtelaine d'Herminsberg.

Un des serviteurs, qui n'était autre que notre ancienne connaissance l'archer Mathias, alla avertir les femmes de Bertha, qui entrèrent dans l'oratoire, où elle priait en ce moment. Bertha se leva effrayée en apprenant qu'un veilleur de la nuit demandait à lui parler et ordonna de le faire entrer aussitôt dans sa chambre, où elle se précipita.

— Qu'est-il donc arrivé? s'écria-t-elle en apercevant le mystérieux personnage; un malheur à Conrad, peut-être! A-t-il donc été blessé, fait prisonnier! Répondez! mais répondez donc!

— Comme elle l'aime! pensa le veilleur, qui restait immobile et muet, tout absorbé qu'il était à la contempler dans ce désordre, qui la faisait plus belle encore.

Le costume et le silence sinistres de cet homme augmentaient encore l'effroi de la jeune châtelaine. Elle sentait son cœur battre avec force sous le poids d'un triste pressentiment. Le fil d'or qui ceignait son front pur et maintenait ses beaux cheveux blonds se brisa, et ses beaux cheveux, se dénouant, laissèrent s'éparpiller à terre les nœuds de diamants dont ils étaient ornés.

— Qui donc êtes-vous? reprit-elle de plus en plus saisie d'une angoisse indicible. Avez-vous vu Conrad? êtes-vous un messager de malheur?

— Je suis un des vingt-quatre veilleurs de la nuit, madame, répondit enfin cet homme, et, comme tel, j'ai pu pénétrer jusqu'à vous, à cette heure, car j'ai à vous remettre un message du gaugrave, mais à vous seule. Faites retirer ces écuyers et ces femmes.

Les serviteurs hésitaient à laisser leur maîtresse seule avec cet inconnu; mais, sur un signe impérieux de Bertha, ils s'éloignèrent.

— Parlez maintenant! s'écria alors la jeune femme.

— Enfin, nous voilà seuls ensemble pour la première fois! dit le veilleur avec un frémissement de joie.

Le son de cette voix troubla la châtelaine, à qui elle ne semblait pas inconnue.

— Sois la bienvenue, heure si ardemment désirée! reprit le veilleur en s'avançant et saisissant avec force la main de Bertha. Je puis maintenant laisser éclater dans mes yeux la passion de mon cœur et presser cette main qui ne devrait pas trembler dans la mienne, car je ne suis pas un ennemi, noble dame, mais un esclave prêt à obéir au moindre de vos caprices.

La jeune femme dégagea vivement sa main, et, repoussant avec une énergie singulière le veilleur :

— Vous m'avez trompée, répondit-elle avec dédain; vous ne venez point de la part de Conrad, misérable! Qui donc êtes-vous? Mais ne me mentez pas, que je sache bien quel est le lâche qui vient de nuit outrager une femme sans défenseur!

— Il est, en effet, inutile de jouer plus temps au mystère avec vous, dame d'Herminsberg, dit froidement l'inconnu. Cette nuit, le veilleur de la place de Detmold se nomme Othon, franc-comte de Lippe, duc de Gueldres et seigneur de Juliers. Mais en ce moment, belle châtelaine, ce n'est pas le franc-comte et le duc souverain qui vous parle, c'est un homme qui vous aime et qui vous supplie de ne pas le repousser, car votre dédain l'a rendu insensé, et, pour se faire aimer de vous, il peut tout oser.

La dame d'Herminsberg l'avait écouté en silence, tant elle était oppressée d'indignation et de mépris; mais, à ces mots, elle éclata :

— Et cet homme qui me parle d'amour, c'est l'ami de Conrad! C'est lui qui vient attenter à l'honneur du gaugrave, tandis que ce noble et fidèle vassal combat pour lui, passant la nuit couché sur la bruyère et versant son sang pour un si généreux maître! Il défend votre comté, monseigneur, et vous, vous forcez sa demeure comme un vil larron! Oh! le généreux et loyal ami, qui va jusqu'à la menace pour flétrir l'honneur de la femme de son ami!

— Un seigneur souverain n'a pas d'amis, mais des favoris, madame, répliqua avec son incroyable sang-froid le veilleur de la nuit. C'est pour les princes que Dieu a fait les autres hommes. Ils sont à nous comme nos burgs, nos prairies, nos étangs et nos forêts. L'amour d'un comte de Lippe ne flétrit pas, belle Bertha, il élève la femme qu'il choisit entre toutes. D'ailleurs, ce gaugrave proscrit, cet homme à qui j'ai octroyé l'aumône de son fief, pour faire de lui votre mari, ignorez-vous donc que, sur un signe de moi, il disparaîtra dans l'exil ou dans l'oubli!

— Mais il me semble que je rêve, monseigneur, dit Bertha stupéfaite devant ce visiteur menaçant et que de folles visions m'égarent. Si Conrad vous est indifférent, si vous ne l'aimez pas, si vous le haïssez comme vous le dites, pourquoi donc l'avez-vous arraché à la mort?

Le veilleur haussa les épaules et éclata de rire.

— Je l'ai fait descendre de l'échafaud que j'avais fait dresser pour lui, afin que vous cessiez d'être une novice du couvent de Varenholz, noble Bertha, car je ne voulais pas devenir sacrilège en disputant à Dieu une religieuse, moi chrétien. J'ai brisé les liens du condamné et j'ai permis qu'il devînt votre mari, pour que vous ayez un rang qui vous appelât à ma cour et qui m'autorisât à voir librement et toujours ce visage angélique, dont l'image me poursuit dans mes rêves, et surtout, je vous le répète, pour que ma passion n'allât pas rôder autour des murs d'un cloître et se briser contre la grille du parloir, où mes yeux n'auraient pu percer le voile sacré derrière lequel cette beauté céleste eût été ensevelie.

— Vous l'avouez, mon Dieu! s'écria la dame d'Herminsberg; vous l'avouez! mon mariage n'a été pour vous qu'un moyen de faciliter vos projets infâmes! Vous avez cru peut-être que mon mari serait aveugle ou muet devant la honte; vous avez espéré peut-être que, pour quelque fief nouveau, pour quelque part de butin volé aux marchands de Nuremberg et de Cologne, il vous vendrait son honneur, ce joyau sans tache légué par ses pères et plus précieux que le diamant?

— Je n'ai rien cru, rien espéré, reprit d'une voix sourde et tremblante, où vibraient les notes frémissantes de la passion mal contenue, le franc-comte de Lippe, mais je vous ai aimée, madame, et je me suis dit qu'il fallait que vous m'aimassiez. Prenez donc garde, fière Bertha! Vous autres femmes, vous êtes bien fortes avec vos mains blanches, frêles et désarmées, contre nos gantelets de fer, qui n'osent vous toucher de peur de vous meurtrir. Vos regards savent éteindre le feu de la colère dans nos yeux; votre sourire sait fondre les plis et les rides de notre front irrité. Mais n'oubliez pas, dame d'Herminsberg, que j'ai contre vous un ôtage. Votre mari est dans ma main, Bertha, et plus vous l'aimez, plus vous devez tenir à le garder de ma colère. Je ne suis pas de ces hommes tièdes et faciles que l'on brave impunément, qui reculent eux-mêmes devant leurs secrets désirs, et qui n'osent accomplir ce qu'ils ont tenté pour atteindre leur but. Ma volonté est implacable. Je suis tout puissant dans mon franc-comté. Autant je puis vous élever haut par ma faveur, vous et le gaugrave, autant je puis vous précipiter facilement dans l'abîme, en retirant la main que je tendais à Conrad.

La jeune châtelaine sourit avec mépris, et son courage grandit devant ces honteuses menaces.

— Vous croyez donc que je suis bien lâche de cœur, seigneur Othon? dit-elle d'un ton d'ironie hautaine. Ah! vous ne connaissez pas les femmes! jamais l'amour ne leur est venu par la crainte, car le cœur ne se laisse pas violenter.

Le veilleur de la nuit se rapprocha d'elle et lui dit d'une voix presque émue :

— Craignez de regretter de m'avoir opposé une haine si obstinée, dame d'Herminsberg. Il est affreux, voyez-vous, d'être saisi au milieu du bonheur et de se trouver tout à coup frappé dans ses affections, isolé et désespéré, comme un homme enterré vivant sous la lavange au moment où il court au rendez-vous de sa fiancée!

— Mais chaque parole que vous m'adressez est une insulte, monseigneur, interrompit la jeune femme. Oh! vous êtes l'esclave de passions insensées et fougueuses, mais vous ne savez rien de l'amour. Vous croyez donc qu'une femme ne peut aimer un homme que dans le bonheur, et que le sourire n'épanouira son visage qu'autant que cet homme pourra habiller de velours sa beauté, suspendre à ses oreilles d'étincelants joyaux et ceindre ses bras d'anneaux d'or et de diamants? Non! plus l'adversité menace et plus nous aimons, car nous sommes nées pour consoler celui que nous aimons et pour souffrir avec lui, — parce que nous ne croyons jamais à sa honte ou à son crime, — parce que, pour nous, il vaut mieux que le monde entier, et que, sur le bûcher, il est plus glorieux et plus grand que ceux qui l'y traînent. On ne soumet pas une femme au vice si facilement, monseigneur.

Cette fois Bertha vit tressaillir le veilleur de la nuit sous son grand manteau noir.

— Mais pourquoi, s'écria-t-il alors avec emportement, aimez-vous ainsi ce Conrad? A coup sûr, il ne ressent pas pour vous cet amour de feu qui me consume. Pour avoir le droit de glisser mon anneau à votre doigt, je n'aurais pas reculé même devant un crime! Et lui, cœur faible, tête légère, il vous sacrifiait à sa fidélité pour l'empereur Henri. Et vous appelez cela aimer, Bertha! Mais quand on aime, le reste du monde n'existe plus; tout vous devient indifférent. Pour garder et préserver l'être aimé, vous marcheriez sur les cendres brûlantes de votre ville, vous brûleriez votre château, vous trahiriez vos serments, vous oublieriez votre honneur! Pour écouter la voix de celle que j'aime, votre voix, Bertha; pour voir un instant votre regard se fixer sur le mien, je laisserais mon glaive au fourreau quand les crampons de fer des échelles de l'ennemi mordraient déjà mes remparts, quand les assaillants, suspendus d'une main à mes créneaux, y planteraient déjà leur étendard! Oui, ajouta-t-il d'une voix altérée, je porterais même la bannière de mon suzerain sur le champ de bataille! Eh bien! si ma dame aimée fuyait dans le camp ennemi, pour la rejoindre, j'abandonnerais la bannière de mon suzerain et je tendrais mon épée à l'ennemi et mes mains à la corde, pour être emmené prisonnier là où elle serait.

— Dieu soit loué! Conrad ne m'aime pas ainsi, répliqua la belle châtelaine. C'est qu'il m'aime pour moi et qu'il veut me rendre heureuse de son bonheur et fière de son propre honneur. Vous, monseigneur, vous m'aimez au contraire pour vous-même, et vous sacrifieriez toutes choses pour satisfaire votre passion aveugle et égoïste.

— Mensonge! mensonge! interrompit l'Ours de Lippe, sentant se réveiller en lui toute sa rudesse naturelle à cette comparaison qui ranimait sa jalousie secrète. Soyez franche, dame d'Herminsberg, si une femme peut cesser un instant d'être fausse! Vous aimez le gaugrave Conrad, parce qu'il est beau et que la plume de héron flotte gracieusement sur sa toque, parce qu'il est le plus adroit de nos archers et de nos chasseurs du Teutoburgerwald, parce qu'aux joûtes et aux tournois il est toujours vainqueur. Avouez donc que c'est une douce chose pour la vanité d'une femme d'encourager de son sourire le chevalier qui porte son écharpe et ses couleurs, de voir s'agenouiller devant elle le vaillant qui s'attire tous les regards et tous les battements de mains, et de poser sur son front la couronne promise au mieux faisant de la journée. Oui, Conrad est beau, et je suis laid. Il est brave, et vous me croyez lâche, n'est-ce pas, Bertha? Voilà le secret de votre amour! Dites-moi donc si je n'apprends pas à lire dans le cœur des femmes?

— Monseigneur, répondit la jeune femme avec une dignité haute et calme, j'aime Conrad, parce qu'il est fier et noble de cœur, parce qu'en m'avouant pour la première fois son amour, il a fait tressaillir mon cœur, comme s'il m'apportait le bonheur de ma vie entière, et que j'ai dès lors senti mon existence remplie, tandis que votre amour, à vous, est pour moi un outrage et une humiliation. Conrad m'a donné son nom, il m'a confié son honneur, et vous, seigneur comte, vous voulez payer ma honte et me vouer au mépris de tous. Cessez donc de me tenir ce langage indigne. Je serai fidèle à Conrad d'Herminsberg jusqu'à la mort!

— Mais s'il périssait, lui! s'écria avec une furie sauvage l'étrange veilleur de la nuit, en saisissant le bras de Bertha et la forçant à baisser ses yeux devant son regard étincelant :

— Quelle horrible pensée! murmura-t-elle en devenant subitement pâle et tremblante.

Puis, faisant un effort sur elle-même :

— Eh bien! s'il mourait, reprit-elle, veuve de Conrad, je garderais sa mémoire dans mon cœur comme un hôte bien-aimé. Maintenant, sortez, je vous prie, monseigneur. Je n'ai plus rien à entendre de vous. Sortez, ou j'appelle mes serviteurs à mon aide!

La menace de la jeune dame d'Herminsberg fit sourire le veilleur de la nuit. Il l'attira doucement vers la fenêtre qui s'ouvrait sur le balcon, et d'où l'on voyait la place de Detmold silencieuse et sombre et les étoiles brillant au ciel.

— Madame, lui dit-il, à cette heure, cette ville m'obéit comme le chien à son maître. Toutes les portes des maisons sont ouvertes; mais les habitants sont plus sourds aux cris et aux plaintes que si elles étaient murées, plus insensibles et plus muets que s'ils dormaient eux-mêmes dans leurs tombes. Ma

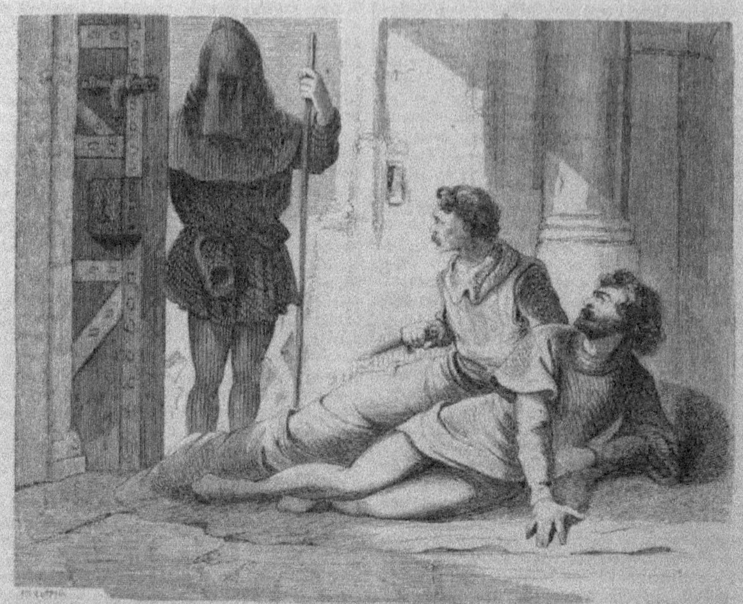

Qui va là? — Veilleur de la nuit. — Page 37, col. 2.

volonté a paralysé ces esprits inquiets et turbulents. Est-ce donc à moi à craindre? Dans ce silence et dans cette nuit, mon cornet de veilleur a seul le droit de résonner!

Et, portant ce cornet à ses lèvres, il en tira un son doux et prolongé.

— Mes fidèles serviteurs gardent ma porte, reprit froidement Bertha.

— Vous croyez donc, madame, pouvoir résister, avec vos varlets et vos femmes, au maître de ce comté? ajouta-t-il. Mais vos serviteurs, fussent-ils dix fois plus nombreux, ne vous sauveraient pas si je voulais vous faire arracher et enlever de ce logis.

Il croyait la voir, à ces mots, trembler et tomber à ses pieds en suppliante; mais elle se raidit avec l'énergie du désespoir, et, reculant vers le balcon, elle répliqua :

— L'âme est libre, seigneur Othon. Vous êtes un comte puissant et terrible à tous; vous pouvez rire des sanglots et des larmes de tous les malheureux que vous faites. Moi, je ne suis qu'une femme; mais cette femme sera pour vous l'obstacle que vous n'avez jamais rencontré. Vous oubliez, monseigneur, qu'il y a un pouvoir bien au-dessus du vôtre. Quand Dieu vous mit en péril sous la menace d'une avalanche, ma main se tendit vers vous et vous sauva. Où étaient alors ces chevaliers, ces pages, ces archers, ce château et ces trésors qui vous rendent si orgueilleux et si redoutable? Vous pouviez, vous aussi, appeler en vain à votre aide! Vous n'étiez devant ce danger qu'un homme qui n'avait rien à espérer ni de lui ni des autres. Vous voyez que Dieu sait attendre son heure et punir ceux qui tentent sa colère. Sortez donc de cette chambre, dit-elle en élevant la voix et indiquant la porte d'un geste calme.

Le franc-comte s'avança néanmoins sur le balcon et fixa ses yeux étincelants sur la place, où s'étaient glissées, depuis l'appel de son cornet, quelques ombres presque indistinctes.

Il agita sa torche, et aussitôt on entendit résonner les trompes de plusieurs veilleurs de la nuit, et une voix stridente cria : — Le ciel est étoilé! tout est calme!

— Vous entendez, madame, reprit Othon. La place de Dethmold n'est pas déserte, et j'ai des amis qui sont prêts à tenir tête à vos serviteurs, si vous voulez les faire égorger!

— O mon Dieu! s'écria Bertha, seriez-vous assez infâme pour abuser de votre pouvoir contre une femme dont le mari combat pour vous!...

— J'ai tout oublié, si ce n'est que je vous aime, répliqua l'Ours de Lippe en l'arrêtant par le bras. Silence, belle Bertha! Pas de plaintes ni d'éclat, car vous auriez des témoins dangereux de cette scène, et votre honneur en souffrirait.

— Je n'écoute rien. Sortez! laissez-moi! s'écria la jeune femme d'une voix étouffée, en cherchant à se dégager de son étreinte avec une force convulsive. Mathias! Frédéric! au secours!

— Imprudente! dit le veilleur de la nuit en fer-

Si vous faites un pas de plus, vous êtes mort. — Page 41, col. 1re.

mait vivement les lèvres de Bertha avec sa main brutale.

Elle essaya de crier encore ; mais aussitôt la trompe des veilleurs retentit et étouffa sa voix.

— Voici la douzième heure ! cria l'un des veilleurs. La nuit est froide. Bonnes gens de Dethmold, dormez.

Cependant Bertha parvint à s'échapper des mains du comte, et, en s'enfuyant dans la chambre, les cheveux épars et les yeux égarés :

— Grâce, monseigneur ! grâce ! disait-elle ; retirez-vous, et j'oublierai cet outrage, et Conrad l'ignorera. Mais si vous faites un pas vers moi, mes cris appelleront ici Mathias et Frédéric, ils réveilleront les habitants de Dethmold, avec la terreur dans l'âme, et les feront accourir, la dague au poing.

— Tout est calme, répéta sur la place la voix haute d'un veilleur. Gens de Dethmold, dormez ; la douzième heure a sonné.

— Ces bons bourgeois n'ont plus d'armes, dit Othon en ricanant, et vous n'auriez pas la cruauté, douce Bertha, d'interrompre leurs rêves paisibles, pour les renvoyer ensuite éclopés et sanglants à leurs logis. D'ailleurs, vous l'entendez, tout est calme !

— S'ils n'ont plus d'armes, j'en ai une moi ! s'écria Bertha en arrachant vivement le poignard attaché à la ceinture du veilleur de la nuit. Si vous faites un pas de plus, vous êtes mort, comte Othon ! continua-t-elle avec une expression menaçante.

Cependant la trompe des veilleurs résonnait toujours, et d'instant en instant leur nombre augmentait sur la place de Dethmold. Leurs rires et leurs paroles devenaient de plus en plus bruyants. Au reste, pas une fenêtre ne s'ouvrait, pas un habitant n'apparaissait à la porte de sa maison. Les veilleurs de la nuit étaient bien réellement maîtres absolus de la ville, et leur lugubre joie n'avait ni spectateurs ni ennemis.

X

GENS DE DETHMOLD, DORMEZ !

L'Ours de Lippe s'était arrêté comme irrésolu devant le poignard que Bertha levait sur lui ; mais exalté par un sourire dédaigneux de la jeune femme, il s'avançait vers elle, les yeux étincelants de passion, lorsqu'elle cria d'une voix retentissante :

— Mathias ! Frédéric ! ouvrez la porte !

Comme elle s'adossait déjà au mur où donnait cette porte, sa voix fut entendue enfin, et les deux serviteurs se précipitèrent dans la chambre.

Le comte avait vivement rabattu sur son visage le capuchon de son manteau, et il fermait la fenêtre du balcon.

Les veilleurs de la nuit s'étaient tus en le voyant fermer cette fenêtre.

Bertha se tourna vers l'écuyer Mathias :

— Je ne reste pas un instant de plus dans cette maison, dit-elle d'une voix brève et décidée. Je veux partir sur l'heure pour Herminsberg, où j'attendrai le retour de Conrad. Mathias, laissez cette porte ouverte et restez sur le seuil. Vous, Frédéric, faites préparer la litière et avertissez mes femmes. La nuit est belle! Vous avez entendu les veilleurs.

Les serviteurs s'inclinèrent et obéirent.

Se rapprochant alors du franc-comte et lui rendant son poignard :

— J'espère, monseigneur, lui dit-elle avec calme, que vous ne vous opposerez pas à mon départ et que le gardien de la porte de Thuringe me laissera passer.

— Mon anneau vous servira de sauf-conduit sur tout le territoire de Dethmold et de Lippe, noble dame, répondit Othon en affectant une insouciante courtoisie et en lui remettant ce précieux talisman. Certes, je vous fais bien horreur, puisque, pour éviter mon aspect ou mes paroles, vous affrontez les périls d'un départ qui ressemble à une fuite... Dieu veuille, madame, ajouta-t-il avec un sourire sardonique, que vous n'ayez pas bientôt à vous repentir d'avoir quitté cette maison!

— Vous raillez bien, monseigneur, dit la belle châtelaine, surprise de la subite condescendance du franc-comte, mais en qui ne s'éveilla cependant aucun soupçon. Où puis-je courir plus de danger que dans cette demeure qui vous appartient, et où vous m'avez parlé avec tant d'audace?

— Madame, souvenez-vous, dit le veilleur de nuit, que je ne vous ai pas forcé de quitter cette maison, que je ne vous en ai pas arrachée par la violence, que vous l'abandonnez librement, volontairement, sous les yeux de vos serviteurs et escortée par eux. Peut-être ai-je été trop hardi en paroles, mais je vous supplie de me pardonner et je vous déclare que je suis prêt à me retirer et à vous laisser libre dans cette maison, où vous serez respectée par tous et par moi-même, qui vous y ai donné l'hospitalité.

— Vous pouvez rester dans votre maison, monseigneur; c'est à moi d'en sortir, répondit fièrement Bertha.

L'écuyer Mathias entra en ce moment.

— La litière est prête, noble dame, dit-il.

La belle châtelaine jeta sur le franc-comte un dernier regard de mépris, et sortit de la chambre, suivie de Mathias.

— L'insensée! elle l'a voulu! s'écria Othon... Je vais donc me venger!

— La première heure a sonné! cria la voix d'un veilleur sur la place. Gens de Dethmold, dormez, tout est calme!

Le comte de Lippe alla droit au balcon, et se penchant un peu en dehors frappa dans ses mains.

A ce signal, les dix ou douze veilleurs de la nuit, qui erraient sur la place ou se groupaient sous le balcon, se dispersèrent avec leurs torches et coururent occuper les entrées des quatre rues aboutissant à la place de Dethmold.

Othon attendit alors ce qui allait se passer, les bras croisés sur sa poitrine, les sourcils froncés, les lèvres agitées d'un tremblement nerveux.

Bientôt la litière sortit de la maison, traînée par deux mules richement caparaçonnées, et au col desquelles tintaient de petites clochettes et des grelots d'argent.

Mathias était l'automédon de la litière dont la dame d'Herminsberg occupait, avec trois de ses femmes, l'intérieur.

Frédéric et trois varlets l'escortaient, armés de fouets, de longs bâtons ou d'épieux de chasse.

La litière s'avança tranquillement sur la place jusqu'à l'entrée de la rue de l'Ondine.

Mais là une grande clameur s'éleva à son approche, et deux veilleurs de la nuit s'élançant vers Mathias, en élevant leurs torches pour éclairer son visage, lui crièrent :

— Arrête, jeune fou! ne sais-tu pas qu'il est défendu d'être hors du logis à pareille heure?... A qui donc appartient cette litière?

— Je ne suis qu'un serviteur et j'obéis aux ordres que je reçois, répondit l'écuyer sans se troubler et en excitant d'un coup de fouet les mules, qui, effrayées par l'agitation des torches, se cabrèrent et n'osèrent avancer.

— N'aggrave pas ta faute, dit alors un des veilleurs de la nuit en saisissant la bride d'une mule. Descends à l'instant et rends-moi ton fouet. Si tu es obéissant, on pourra user d'indulgence envers toi.

— Je ne reçois d'ordre que de mes maîtres, repartit rudement Mathias.

— Entêté, prends garde! dit l'autre veilleur. Ne connais-tu pas l'édit du couvre-feu?... Allons, descends vite, et fuis sans retourner la tête, ou tu te repentiras de ton opiniâtre témérité.

Mathias secoua la tête avec une sorte d'hésitation. Il se souvenait parfaitement de l'édit du franc-comte; mais au moment où il songeait au parti qu'il devait prendre, une voix altérée par une émotion profonde, sortit de la litière, en criant :

— En avant, Mathias, en avant! au nom du ciel! au nom de ton maître.

Cet appel décida tout à fait le fidèle écuyer de Conrad et chassa toute hésitation de son esprit. Il tira vivement à lui les rênes de ses mules, leur cingla un coup de fouet et leur rendit en même temps la main, ce qui les fit partir aussitôt au galop, en renversant à terre les deux veilleurs de la nuit.

Mais alors de terribles exclamations croisèrent les cris de douleur de ces derniers.

Les autres veilleurs firent résonner leurs trompes avec force, et plusieurs de leurs compagnons apparurent à l'autre extrémité de la rue de l'Ondine, dans laquelle la litière venait de s'engager.

Mathias alors rebroussa chemin et revint sur la place, cherchant une autre issue.

Mais l'entrée des quatre rues était également gardée par les veilleurs de la nuit, dont le nombre s'augmentait de minute en minute, et bientôt un cercle de ces redoutables gardiens de Dethmold entoura la litière d'une ligne de torches et de bâtons ferrés.

En vain Mathias avait essayé d'échapper à la poursuite de ces ombres menaçantes et sinistres, dont les yeux luisaient comme des charbons ardents à travers les trous de leurs capuchons noirs.

La sueur découlait de son front; ses forces s'épuisaient dans cette lutte stérile et désespérée.

L'effroi finit par le pétrifier. Le fouet glissa de sa main raidie, et la litière s'arrêta.

— Ah! misérable! s'écria un des veilleurs, voilà donc comme tu braves l'édit du comte Othon! tu sors de nuit et tu résistes à nos ordres; tu engages une lutte avec les fidèles gardiens de la ville, qui remplissaient leur devoir et ne te faisaient aucun mal. Tu as cru nous échapper, mais tu t'es trompé; il te sera demandé un compte sévère de ta conduite. Qu'on l'emmène! ajouta-t-il en faisant un signe d'intelligence à deux de ses compagnons.

— Je ne quitterai pas la litière, répliqua Mathias, qui puisa dans ces menaces mêmes un nouveau courage. Frédéric! Franz! aux bâtons! aux épieux!

Les autres varlets se rangèrent aussitôt devant les

portières, prêts à défendre bravement leur châtelaine et leur vie.

Cependant le veilleur de la nuit recula en voyant ces préparatifs de résistance, et leur dit :

— Ah ! vous en venez à la rébellion ! Fort bien ! Vous ignorez donc, malheureux, que nul ne doit porter d'armes la nuit dans les rues et places de Dethmold, sous peine de mort ? Vous voulez essayer d'un combat, eh bien ! soit. Vous savez ce qui vous attend, mes agneaux révoltés ! un bon tour de corde autour du cou, et tout sera dit. Vraiment, vous me faites pitié. Encore une fois, voulez-vous jeter à terre, devant nous, vos bâtons et vos épieux ?

— Non ! s'écria Mathias, nous n'abandonnerons pas notre maîtresse.

— Une femme ! répétèrent tous les veilleurs de la nuit avec un accent de joyeuse surprise.

— Comment ? votre maîtresse ! reprit celui qui semblait leur chef en arrêtant du geste la terrible bande, qui allait commencer la bataille. Ceci est une autre affaire. Si c'est une femme qui occupe cette litière, très-fidèle écuyer, elle nous appartient pour cette nuit, aux termes de l'édit du couvre-feu, et nul pouvoir n'a droit de nous l'enlever. Toute femme qui court de nuit les rues de Dethmold et qui tombe en nos mains, mon vaillant écuyer, doit nous servir d'échanson au repas de l'aube, fût-ce une nonne rentrant à son couvent, au retour d'une douce et mystérieuse entrevue !

Et il termina cette phrase en éclatant de rire.

— Avant que vous touchiez à notre maîtresse et que vous en fassiez votre servante de table, nous serons tous morts à ses pieds, répliqua généreusement Mathias.

— Une femme ! répéta le chef des veilleurs ; vous l'avez entendu, compagnons ! c'est le fanfaron lui-même qui l'avoue ! Par sainte Gudule ! je suis curieux de voir son visage.

— Est-elle jolie, au moins, téméraire conducteur de litière ? demanda en riant un autre.

Et ils s'avancèrent tous deux vers la litière, leurs torches à la main, tandis que leurs compagnons resserraient leur cercle en s'écriant :

— Une femme ! excellente aubaine, en vérité !

— N'approchez pas ! crièrent de leur côté les serviteurs de la dame d'Herminsberg en brandissant leurs armes.

Aussitôt les veilleurs de la nuit se mirent à hurler :

— A la rescousse ! à la rescousse !

Et les pieux et les bâtons se croisant en l'air commencèrent à voler en éclats, tandis qu'un des veilleurs, se tenant à l'écart, sonnait de la trompe et criait :

— Tout est calme ! gens de Dethmold, dormez !

XI

LA SERVANTE DES VEILLEURS.

A ce bruit les femmes se mirent à pousser des cris aigus d'effroi ; mais la jeune châtelaine, qui jusqu'alors était restée au fond de la litière plus morte que vive, pencha sa tête hors de la portière et s'écria :

— Arrêtez, de grâce ! j'ai le droit de sortir la nuit de cette ville. Mathias ! Frédéric ! ne résistez pas. Laissez approcher le veilleur.

Les deux serviteurs, obéissant avec une visible répugnance, s'écartèrent pour livrer passage au joyeux watchman.

Celui-ci s'avança donc la torche à la main, mais lorsqu'il se trouva devant la portière, il n'aperçut plus le visage de la belle dame d'Herminsberg. Il ne vit qu'une main blanche qui lui tendait un anneau et une voix qui murmurait :

— Voici le sauf-conduit du franc-comte de Lippe.

Le veilleur saisit l'anneau et baisa la main, qui se retira comme l'éclair s'évanouit.

Mais quand il eut bien regardé l'anneau, il s'écria :

— Ceci n'est pas le sceau du comte Othon ; c'est une de ces bagues qu'il a l'habitude de donner à ses maîtresses.

Et ce fut alors un immense éclat de rire parmi tous les veilleurs.

Ces cris bruyants ne purent étouffer le cri d'effroi mortel et désespéré qui sortit de la litière.

Il se fit alors un grand silence.

La portière s'ouvrit, et Bertha, la fièvre dans le regard et le visage décomposé, posant sa main sur l'épaule du veilleur surpris, lui dit :

— Vous mentez, mon maître, car je ne suis pas, moi, la maîtresse du comte Othon. Lui-même n'oserait soutenir cette calomnie infâme.

Et levant les yeux comme pour attester le ciel de la sainteté de son serment, elle vit en face d'elle le balcon où se dressait toujours l'ombre silencieuse du terrible amant qu'elle avait dédaigné.

Alors tendant les mains vers lui, elle s'écria :

— Parlez, parlez donc, monseigneur ! Dites que cela n'est pas vrai. Rétractez à haute voix le mensonge de ce lâche qui flétrit une femme lorsqu'elle n'a pour défense que ses supplications et ses larmes.

Mais l'Ours de Lippe ne répondit que ces mots cruels :

— Vous m'avez demandé mon anneau, madame !

— Infâme ! s'écria-t-elle en frissonnant de désespoir et d'indignation. Il est donc permis d'outrager ainsi une créature innocente et faible, sans défense, sans que de chaque fenêtre sorte une voix pour te maudire, un regard pour te menacer, et de chaque porte de ces maisons un bras pour te frapper, seigneur sans pitié et sans foi ! Mais tuez-moi donc plutôt que de me torturer ainsi !

Le franc-comte ne répondit pas une parole à cette imprécation suprême. La place demeura silencieuse. On eût dit une ville morte et pétrifiée. Elle n'appartenait qu'aux veilleurs de la nuit.

— Vous voyez bien que vous nous avez trompés, jeune dame, reprit avec calme le watchman. Ainsi donc soyez prête à nous suivre, car nous sommes las des fatigues de notre veillée, et aux termes de l'édit, c'est vous qui devez entonner le chant de joie qui la termine et nous verser le vin au repas de l'aube.

— Mais vous ne savez donc pas qui je suis ? reprit avec hauteur Bertha, qui retrouva dans l'excès de sa détresse le sentiment de sa dignité féodale.

— Peu nous importe, répliqua d'un ton de galanterie brutale le watchman, pourvu que vous ayez la main blanche pour remplir nos coupes, la voix sonore pour le chant de joie et le pied léger pour la ronde.

Et il lui prit la main pour l'aider à sortir de la litière.

— Arrière ! s'écria-t-elle d'une voix sourde et que lui seul entendit, je suis Bertha d'Herminsberg, la femme du gaugrave Conrad.

— Nous serons honorés d'avoir pour échanson la plus belle châtelaine de Westphalie, dit le veilleur. Mais ici nous ne connaissons plus de noble dame. Il n'y a devant nous qu'une femme surprise la nuit dans les rues de Dethmold, malgré la défense expresse de l'édit, une femme condamnée, par ce seul fait, à être, pour cette nuit, la servante des veilleurs.

— Jamais je ne subirai cette honte! répondit fièrement la dame d'Herminsberg. J'ai encore à mon service la dague de Mathias, et je ne serais pas la première de ma race qui aurait essayé si la main d'une Varenholz ne tremble pas en se donnant la mort.

Le veilleur se sentit ému de l'héroïque résolution de cette belle et noble châtelaine.

— Malheureuse femme! ajouta-t-il d'une voix plus douce, la mort ne sauverait pas votre nom du déshonneur, et l'Église n'accorderait point de prières à votre âme. Si vous tentez de nous résister, vos serviteurs seront tués, mes compagnons vous contraindront par violence à vous soumettre à l'édit, et nul ne peut répondre de ce qui arrivera ensuite. Les outrages, les railleries de ces débauchés vous atteindront sans que personne ose ou puisse vous protéger. Mais si vous vous conformez rigoureusement aux termes de l'édit, les veilleurs de la nuit ne peuvent exiger rien de plus, et moi, qui ai été le compagnon d'armes de Conrad d'Herminsberg, je promets et je jure d'être au besoin votre champion et de vous défendre.

— Non! dit Bertha avec une nouvelle énergie; plutôt mourir que d'être la servante et la risée de tous ces complices du comte Othon! En avant, Mathias! à l'aide, Frédéric!

Ces braves gens se dévouèrent aussitôt au salut de leur maîtresse, malgré l'inégalité de la lutte. Mais les veilleurs se précipitèrent sur eux avec furie.

En moins de deux minutes l'écuyer et les fidèles varlets furent blessés, terrassés, garrottés et emmenés prisonniers avec les femmes de la châtelaine d'Herminsberg, qui resta seule, écrasée de désespoir, inerte, sans voix et sans regard, au milieu d'un groupe de ses ennemis, comme une colombe effarée dans l'aire d'un vautour, tandis que la litière disparaissait dans l'ombre, du côté du château.

Puis le groupe des veilleurs s'entr'ouvrit et laissa passer le franc-comte Othon, qui s'arrêta devant elle et lui dit avec une ironie farouche :

— N'est-ce pas que vous eussiez mieux fait, fière châtelaine, de ne pas franchir cette nuit le seuil de votre maison et d'écouter mes paroles d'amour, quelque hardies et téméraires qu'elles fussent?

A ce dernier coup Bertha se sentit dominée par cet instinct de la peur qui ne raisonne plus. Elle crut se débattre dans le délire d'un rêve affreux; tout prit pour elle des proportions fantastiques; le comte lui apparut comme un démon qui allait l'emporter, et la pauvre femme cria d'une voix qui n'avait plus rien d'humain :

— Grâce! pitié! Au secours! A l'aide! Pitié! mon Dieu!

En ce moment trois cavaliers débouchèrent sur la place, par la rue de l'Ondine.

L'un d'eux entendant ces cris plaintifs et cette voix déchirante, s'avança rapidement vers le groupe des veilleurs de la nuit.

Deux de ces derniers se détachèrent aussitôt pour s'opposer à l'approche des nouveaux venus.

Les cavaliers s'arrêtèrent en effet, et échangèrent quelques paroles avec les veilleurs.

Aussitôt ces derniers, fort troublés, agitèrent leurs torches et crièrent d'une voix éclatante, afin d'être entendus de leurs compagnons :

— Salut au noble Conrad d'Herminsberg!

Bertha entendit ce nom et elle se crut sauvée.

Elle voulut prononcer aussi le nom de Conrad et s'élancer vers lui, mais tout son corps tremblait et ses genoux chancelants ne pouvaient la soutenir.

Les veilleurs de la nuit paraissaient consternés de cet incident imprévu, mais celui qui avait conseillé la soumission à Bertha ne l'eût pas plus tôt entendue essayer d'appeler Conrad d'une voix faible, qu'il lui dit :

— Silence, madame! si vous dites une parole, si vous faites un seul geste, votre époux est perdu. Il voudra vous venger, et nous sommes vingt contre lui et ses deux compagnons. Par pitié pour lui, soyez muette comme la tombe!

— Je veux revoir Conrad, répéta la jeune femme avec la persistance machinale des enfants et des insensés.

Elle fit un effort convulsif, mais impuissant, pour se traîner du côté de la rue de l'Ondine.

— Vous voulez donc qu'il meure! dit le watchman avec rudesse.

— Mourir! lui mourir! oh! non! répondit-elle. Mais pourquoi ne répond-il pas lorsque je l'appelle?

— Parce qu'il ne se doute pas, madame, que ce soit votre voix qui ait frappé ses oreilles, reprit cet homme. Le gaugrave croit qu'il s'agit d'une femme perdue, et lui aussi, il a prêté le serment des veilleurs de la nuit, et il ne doit aucune pitié aux femmes arrêtées, à cette heure, dans les rues de la ville.

En même temps il couvrit Bertha de sa mante, qui était tombée à terre, et se hâta de poser sur son visage le masque de velours noir que portaient toutes les femmes nobles de cette époque, en Westphalie, en Saxe et en Thuringe, lorsqu'elles sortaient en litière ou faisaient soit un voyage, soit un pèlerinage de quelques lieues. Cette précaution était devenue absolument nécessaire, dans ces temps de troubles et de divisions intestines, pour dérouter souvent la curiosité malveillante de voisins puissants et hostiles.

Le veilleur disait en même temps à Bertha :

— Ainsi cachée sous cette mante et ce masque, Conrad ne vous reconnaîtra pas; aucun de nous ne sera assez lâche ou assez hardi pour dévoiler votre secret. Si vous ne vous trahissez pas par votre agitation, nous préviendrons tout malheur. Tout votre rôle consiste, vous le savez, à verser du vin du Rhin dans nos hanaps et à chanter avec nous le chant des veilleurs.

Bertha se laissa envelopper de la mante; elle se laissa attacher le masque comme une enfant, n'ayant plus conscience de ce qui se passait autour d'elle, et se demandant seulement dans son trouble si en effet elle ne devait pas redouter les soupçons et la colère de Conrad.

Cependant le watchman avait deviné juste.

Le gaugrave s'était informé de ce qui se passait et avait voulu passer outre pour protéger la femme dont il avait entendu les cris.

Mais les veilleurs qu'il avait interrogés lui répondirent en riant :

— C'est une vierge folle, surprise de nuit sur cette place, malgré l'édit du couvre-feu, et qui se fait prier pour remplir envers nous les fonctions d'échanson et de reine du refrein, auxquelles la belle fille est condamnée.

— Ah! c'est différent, avait dit alors Conrad en haussant les épaules d'un air de commisération méprisante.

— Dieu me pardonne! j'ai vu le moment où vous alliez prendre la défense de cette malheureuse, comme un vrai chevalier errant! dit le veilleur avec un faux sourire.

— Walther de Thann, reprit sérieusement le gaugrave qui avait reconnu la voix de son interlocuteur, toute femme, même déchue et tombée dans la fange, m'inspire un certain respect et quelque pitié, quand je songe que j'ai une mère si noble et si sainte de cœur et que j'ai pour femme une enfant si pure et si chaste que les anges pourraient la nommer leur sœur. Ce n'est pas moi qui m'amuserais de la frayeur et des plaintes de cette pauvre créature. Jamais je n'ai pu voir de sang-froid une femme pleurer et supplier sous les menaces d'un homme. C'est lâche.

— Vous êtes bien rigide, repartit Walter. Mais ces femmes des ténèbres sont la honte de leur sexe, et ce serait une insigne faiblesse de leur témoigner quelque pitié.

— Soit! dit Conrad, mais je laisse à d'autres le courage de leur faire sentir leur ignominie. Et tenez, Walter, la voix de cette femme m'a touché, m'a ému au plus profond du cœur, chose étrange! comme si elle appartenait à une créature innocente et opprimée. Et si je la voyais, je serais surpris et attristé de trouver sur son visage un sourire insolent et un regard hardi!

Tout en discourant ainsi, Conrad, Walter de Thann et leurs compagnons s'avançaient sur la place, et le premier arriva bientôt à quelques pas de Bertha, qu'il regarda avec une expression de douleur et de pénible émotion.

Tous les veilleurs de la nuit l'observaient.

Sa présence avait glacé leur odieuse gaîté. Un seul mot de la victime pouvait changer la face de cette scène, et ils tenaient tous leur main droite sur le pommeau de leur dague.

Mais Bertha tremblait pour Conrad, et ses lèvres restaient scellées par la pensée du danger qu'il courait. Elle voyait toujours le comte Othon, qui s'était retiré sous le balcon de la maison déserte, dès l'annonce de l'arrivée de Conrad, et qui attendait l'issue de l'événement, prêt à donner aux veilleurs le signal du combat avec le gaugrave et ses deux cavaliers.

— Pauvre femme! dit Conrad en fixant sur elle son regard doux et serein, pourquoi cours-tu ainsi à ta perte? Pourquoi abdiques-tu ainsi cette pudeur qui est la seconde beauté de la femme, son charme le plus attrayant, le voile sacré donné par Dieu? Peut-être est-il encore temps de te repentir! Peut-être es-tu victime de quelque méprise et n'as-tu pas commis de faute irréparable! Parle, s'il en est ainsi. Élève la voix sans crainte, si tu es innocente. N'aie pas peur de ces gais compagnons de la nuit. Rassure-toi. Tu auras parmi nous de loyaux protecteurs!

Il attendit la réponse de cette femme.

Ce fut un silence plein d'anxiété.

Pauvre Bertha! elle eût voulu se jeter au cou de Conrad. Il était là, près d'elle. Elle le trouvait si grand, si généreux, si bon! Tous les yeux étaient fixés sur elle, les veilleurs avaient déjà tiré à moitié leurs dagues du fourreau; à travers les trous de son masque, elle devinait déjà les armes dirigées sur la poitrine du gaugrave, qui ne se croyait pas en danger, lui! Et il lui parlait, à elle, il lui offrait aide et secours. Elle eut la force de ne pas laisser échapper un seul mot de ses lèvres et de rester calme, immobile, comme une statue sous sa mante.

— Ainsi tu t'abandonnes toi-même, infortunée! Tu ne saisis pas la main qui t'est tendue? dit tristement Conrad.

— Ah çà! dit en riant Walter de Thann, tu deviens tout à fait le champion de la belle, seigneur d'Herminsberg. Tu répondrais, je gage, de la vertu de la comtesse de Toscane elle-même, Mathilde, la belle alliée du saint-père!

— Si je croyais, reprit dédaigneusement Conrad, que cette femme qui souffre devant nous fût victime d'une séduction, d'une violence ou d'un piége, je vous jure Dieu qu'au péril de ma vie je la défendrais contre vous tous. Et je ne sais, messires chevaliers, mais il me semble, en voyant le silence et la résignation de cette malheureuse, que ce n'est pas là la conduite d'une vulgaire créature, qui prendrait joyeusement son parti de votre rencontre. Et si c'est une femme qu'un hasard terrible, une folle passion peut-être, a égarée dans les rues désertes de Dethmold, ne serait-il pas plus noble et plus digne de braves chevaliers, maîtres veilleurs, de la prendre sous votre sauve-garde que de la torturer ainsi?

Le cœur de Bertha se brisait à ces généreuses paroles. Oui, elle eût voulu pouvoir nouer ses bras au cou du vaillant gaugrave et lui crier : — Sois aimé et béni, Conrad!

Mais une autre voix reprit, et cette fois c'était celle du franc-comte Othon, qui venait de s'avancer au milieu du groupe :

— Le gaugrave d'Herminsberg oublie-t-il que l'édit est formel, et voudrait-il en transgresser les clauses lorsque lui-même a prêté serment de ne venir en aide et protection à aucune femme surprise ainsi de nuit?

Conrad courba la tête devant ce reproche. Mais la relevant bientôt par un mouvement soudain qui agita ses longs cheveux blonds comme une crinière, il s'écria :

— Eh bien! qu'il en soit ainsi! mais terminons au plus vite les angoisses de cette femme. Prolonger sa torture, ce serait faire métier de bourreau. L'aube va bientôt paraître. Entrons à l'hôtellerie des veilleurs, et là nous viderons les hanaps en l'honneur d'une bonne nouvelle.

Il se dirigea alors vers l'hôtellerie, qui se trouvait à un autre angle de la place; tous les veilleurs de la nuit le suivirent, à l'exemple du franc-comte, et Walter de Thann aida la démarche chancelante de Bertha, qu'il était presque obligé de porter par moments.

Dès qu'ils furent entrés dans l'hôtellerie, les joyeux compagnons s'assirent sur des escabeaux de bois autour d'une vaste table en fer à cheval, sur laquelle se dressaient les brocs de vin du Rhin et les hanaps d'argent aux armes du comte Othon. La partie solide du repas consistait surtout en gibier des montagnes et en truites de la Lippe, fort renommées à cette époque.

Bertha se tint debout, raide et glacée, derrière l'escabeau du chevalier Walter de Thann. Elle était plongée dans une sorte d'anéantissement moral, au moment où l'hôtellier s'approcha et lui remit un broc rempli jusqu'aux bords, qu'elle garda machinalement à la main.

— Buvons! dit alors le comte Othon; et buvons tout d'abord au bonheur du mari de cette belle invisible qui nous sert d'échanson!

— Au bonheur de son époux! répétèrent en éclatant de rire les convives, qui tendirent leurs gobelets d'argent à Bertha.

La malheureuse se sentait pétrifiée et clouée à sa place. Il lui semblait que les dalles de cette salle lui montaient jusqu'aux genoux et l'emprisonnaient par une affreuse étreinte; mais Walter de Thann se pencha à son oreille et lui dit :

— Il faut obéir, madame; autrement Conrad ne sera pas toujours aveugle et il finira par comprendre.

Le nom de Conrad produisit sur elle un effet magique. Elle commença à faire le tour de la table, remplissant les hanaps d'une main tremblante, et marchant ou plutôt se traînant avec la raideur mécanique d'un automate.

Chacun des buveurs s'inclinait ironiquement pour la remercier.

Quand elle arriva à Conrad, elle recula d'épouvante, chancela et fit un geste convulsif, comme si elle eût eu horreur de son action.

Le gaugrave voulut la rassurer et lui prendre doucement la main, mais alors son tremblement devint tel, qu'elle laissa échapper le broc qui roula à terre, et le vin éclaboussa plusieurs des veilleurs et ruissela sur les dalles.

— Maladroite! dit l'hôtelier.

— Ne rudoyez pas cette femme, dit Conrad ému. Elle souffre, elle étouffe sous ce masque et cette mante.

Et il se leva comme pour les détacher.

Ce mouvement effraya assez la pauvre Bertha pour la tirer de sa défaillance; elle poussa un cri sourd et tendit ses mains en avant pour repousser le gaugrave.

— Ne craignez rien, madame, reprit celui-ci. Nul ne dénouera les cordons de ce masque. Votre honneur ne sera pas livré comme une proie à se partager au milieu des fumées et des vantarderies de l'ivresse. Si vous êtes coupable, que vos angoisses pendant cette nuit expient votre faute. Ce n'est pas moi qui, pour avilir une femme et abuser de son malheur, vous arracherais ce masque et cette mante. Nous sommes les gardiens de la cité, mais non les espions des femmes, et aucun de nous n'est capable de vous livrer à la vengeance d'un mari justement irrité. N'est-il pas vrai, compagnons?

— Non certes, non! répondirent-ils tous avec une joie brutale, car la haine de tous ces débauchés contre le noble seigneur d'Herminsberg, dont la vie était la satire vivante de leur dépravation, leur faisait trouver un âcre et secret plaisir dans la scène terrible dont ils étaient acteurs.

Ils voyaient Bertha frissonner sous sa mante.

— Tu commences à douter de la vertu de notre gracieuse servante, Conrad, dit le comte, et tout à l'heure tu paraissais prêt à en répondre comme de celle de la belle châtelaine d'Herminsberg!

— Que le nom de ma femme ne soit jamais prononcé en pareil lieu! répliqua le gaugrave, dont le front se rembrunit et dont les joues s'empourprèrent. Tout à l'heure je n'avais pas vu trembler ainsi cette femme, seigneur comte!

Mais les paroles imprudemment hasardées par Othon avaient rappelé Bertha au souvenir de Conrad; il surprit en même temps quelques regards railleurs et entendit bourdonner dans la salle des chuchotements mystérieux qui jetèrent un trouble vague dans son âme, et sa main inquiète, impatiente, froissa la mante de la jeune femme, tandis qu'il répétait machinalement :

— Non! il n'est point d'homme assez lâche pour livrer une femme coupable à la vengeance de son mari!

Et involontairement, poussé par un instinct étrange, il retenait la mante de sa main crispée et il plongeait ses yeux dans les ouvertures du masque de Bertha.

Et la jeune femme se sentait mourir sous ce regard qui interrogeait déjà; elle allait fléchir et s'agenouiller devant Conrad, comme le suppliant devant son juge; elle allait crier : Sauve-moi, car je ne suis pas coupable! en un mot, elle allait se perdre.

Tous les veilleurs de la nuit redoutaient eux-mêmes ce qui arriverait, si Conrad entrevoyait la vérité, et ils eussent voulu distraire son attention. Ils n'osaient plus rire maintenant, en voyant leur fier ennemi près de reconnaître la honte qu'ils lui avaient préparée, car déjà il ressentait une vague défiance au milieu d'eux.

Ce fut alors que le franc-comte les tira d'inquiétude en élevant son hanap et s'écriant :

— A la santé du gaugrave d'Herminsberg, qui est de retour à Dethmold, dès le début de la guerre!

— Soit! répéta Conrad, sans paraître s'offenser de ce toast ironique; à la santé d'un chevalier qui rentre à Dethmold, après avoir battu les ennemis du franc-comte et de notre gracieux empereur Henri!

— Que dis-tu? fit le comte avec étonnement.

— Je dis, reprit le gaugrave en souriant, la pure vérité. Pendant que vous vous occupiez de la sûreté de la ville et que vous faisiez la chasse aux coureurs et aux belles de nuit, j'ai dispersé à Feldron l'armée de Rodolphe de Souabe.

— J'ai en vous, Conrad d'Herminsberg, reprit le comte rayonnant de joie, un vaillant et dévoué serviteur!

— Et j'ai, moi, un noble et généreux suzerain, dit Conrad.

— Femme! verse à boire au vainqueur! s'écria impérieusement Othon, et choquons nos hanaps, brave gaugrave!

Bertha s'approcha et remplit les gobelets d'argent. Conrad choqua le sien contre celui du franc-comte, et tous deux les vidèrent d'un seul seul trait en signe de bonne et loyale amitié.

— Maintenant, poursuivit Othon, il faut entonner le refrain des veilleurs de la nuit! Que cette femme commence!

Bertha tomba agenouillée devant lui et joignit ses mains comme elle eût fait devant l'image de Dieu.

Mais le comte de Lippe ne daigna pas seulement la regarder et continua en s'adressant au gaugrave :

— Conrad, je ne veux pas être ingrat. Quelle récompense désires-tu pour tes loyaux services?

— Monseigneur comte, dit le gaugrave en se levant et en lui montrant la pauvre femme agenouillée, je veux la grâce de cette malheureuse créature qui pleure sous son masque et vous implore comme une femme ne devrait jamais être réduite à implorer un homme!

L'Ours de Lippe jeta un regard autour de lui.

La plupart des veilleurs de la nuit s'étaient levés, et, sous leurs manteaux, ils avaient tiré à moitié leurs dagues du fourreau.

Les autres, émus des tortures de la dame d'Herminsberg, honteux de tant de lâchetés, restaient immobiles et les yeux baissés.

Bertha les surveillait tous, et, au premier geste du comte, elle se préparait à se jeter au-devant de Conrad comme un bouclier vivant en criant :

— Prends garde à la dague!

Mais le franc-comte n'eut pas le courage de pousser plus loin la vengeance à cette heure, car le gaugrave était à deux pas de lui, armé, déterminé, et si le signal du guet-apens était donné, Conrad allait devenir un adversaire terrible et désespéré.

Othon aima mieux feindre la clémence.

— Je ne puis rien refuser, dit-il au seigneur d'Herminsberg. Que cette femme sorte de l'hôtellerie! Walter, accompagnez-la.

Et il ajouta, en s'adressant au chevalier de Thann, à voix basse :

— Les serviteurs et les femmes de Bertha ne doivent pas reparaître à la maison du gaugrave. S'il demande compte de leur disparition, on les accusera de s'être enfuis en volant les joyaux de la noble châtelaine. Allez!

La servante des veilleurs se releva et s'éloigna accompagnée du chevalier Walter de Thann.

Les convives entonnèrent alors leur fameux refrain. Pendant ce chœur formidable, le comte dit à Conrad avec une sorte d'inquiétude :

— Par quel hasard êtes-vous revenu si vite à Dethmold, après votre premier combat?

— Par quel hasard! répéta Conrad surpris ; mais d'après un ordre revêtu de votre sceau, monseigneur.

Et il lui montra en même temps une dépêche qu'il avait reçue au camp de la part du franc-comte.

— Je reconnais la main d'Irène dans tout ceci, murmura le comte ; elle a bien joué cette fois, mais je prendrai ma revanche.

En ce moment, l'aube jeta sur les fenêtres de la salle une lueur blafarde qui fit pâlir l'éclat des torches.

Les veilleurs de la nuit se levèrent, engourdis par les fumées du vin, et quittèrent l'hôtellerie. Ils accompagnèrent le gaugrave jusqu'à sa maison ; puis ils se dispersèrent dans les rues en criant :

— Voici l'aube! gens de Dethmold, réveillez-vous et priez Dieu pour les trépassés!

XII

UNE CHASSE AU HÉRON.

Quelques années s'étaient écoulées depuis ces événements.

Bertha était devenue mère, et, entièrement occupée de son enfant, elle n'avait pas quitté le manoir d'Herminsberg, pendant que Conrad contribuait aux succès des armées de l'empereur Henri et au gain de la bataille de Mersbourg, où Rodolphe de Souabe eut la main droite coupée et fut blessé à mort. A sa dernière heure, ce malheureux prince se fit apporter sa main coupée sur un bouclier par le gaugrave et lui dit :

— Conrad, voici la main avec laquelle j'ai prêté à mon seigneur Henri le serment de fidélité que j'ai violé par ordre de la cour de Rome, et à l'instance de quelques évêques, pour aspirer par un parjure à un honneur qui ne m'était pas dû.

Le franc-comte de Lippe fut récompensé par l'empereur des exploits de Conrad. Le landgraviat de Thuringe fut ajouté à ses autres fiefs, et il devint un des plus puissants princes de l'Allemagne. Mais l'ambition ne put combler le vide de son cœur. L'image de Bertha le poursuivait partout, et il éprouvait un désir effréné de la revoir. En vain continua-t-il sa vie de violences, de débauches et de brigandages. Chevalier écumeur de grandes routes, il accablait ses sujets d'impôts et de corvées, il laissait le vol et la débauche avoir droit d'asile dans Dethmold, en faveur de ses redoutables familiers les veilleurs de nuit. Mais rien ne pouvait étourdir son esprit, distraire sa pensée, étouffer dans son cœur cette passion qui le consumait incessamment. Bertha, renfermée dans le château d'Herminsberg, ne recevait aucun visiteur, et il n'avait pu la revoir depuis ces deux années.

Irène Colonna, l'ambitieuse Italienne, pensait aussi souvent à la jeune femme du gaugrave, qu'elle regardait comme sa rivale et comme l'obstacle vivant qui la séparait du trône ducal de Thuringe et de Gueldres.

En effet, elle n'était que la maîtresse d'Othon ; maîtresse toute puissante, il est vrai, courtisée par les comtes, les chevaliers et les barons, dispensatrice des faveurs, gardienne des trésors de son amant ; mais elle n'avait point encore atteint le but si longtemps rêvé.

En vain faisait-elle grand étalage de son pouvoir, en vain était-elle la reine des fêtes et des tournois qu'elle prodiguait avec un luxe insensé, elle n'était toujours qu'une courtisane. Derrière les sourires, les louanges et les adulations, elle devinait bien les mépris et les sarcasmes. Quand elle jetait au peuple des florins d'or et d'argent, on les ramassait avec empressement, mais nul ne la bénissait, nul ne criait : Merci à la comtesse Irène! et les châtelaines de Lippe et de Thuringe ne paraissaient pas à sa cour. Elle était isolée et perdue au milieu de sa fausse splendeur, déjà redoutée, mais pas aimée. Son caractère altier s'aigrit facilement alors et devint capricieux, cruel et dédaigneux.

Orgueilleuse comme Satan, cette femme souffrit peut-être plus que toute autre à sa place. Elle finit par porter toute l'énergie et l'ardeur de son esprit dans l'étude des sciences secrètes, et, pendant de longues heures, elle s'enferma dans une sorte de laboratoire, au haut d'une tourelle du château de Dethmold.

Souvent elle y veillait des nuits entières avec l'argentier d'Othon, le juif Manassès, qui, penché sur les alambics et les cornues, cherchait à résoudre le mystérieux problème de faire de l'or et du diamant. Et les gens attardés, qui voyaient parfois des flammes étranges et blafardes illuminer les vitraux de la tourelle, fuyaient au plus vite en se signant et murmurant :

— C'est le juif et la sorcière qui causent avec le démon!

A l'instant où nous reprenons notre récit, Irène Colonna venait d'entrer dans le laboratoire où Manassès travaillait déjà depuis une heure, à la lueur d'une petite lampe d'argent suspendue par une chaîne de même métal aux solives brunies du plafond. Elle était vêtue d'une longue robe flottante de soie pourpre, dont les larges manches arrêtées un peu au-dessous du coude laissaient étinceler les bracelets d'or qui ornaient son bras nu.

Elle alla droit au juif, courbé sur un des fourneaux, et lui dit avec impatience :

— Eh bien! Manassès, les coffres sont vides. Avez-vous enfin trouvé dans votre alambic cet or pour lequel j'ai dissipé en fumée tant de lingots, de florins et de marcs d'argent?

— Pas encore. Patience, répondit le juif d'une voix nasillarde ; mais le moment approche. Patience.

— Ma patience est épuisée comme celle du franc-

Tout est calme! gens de Detmold, dormez! — Page 15, col. 1re.

comte, reprit Irène. Prends garde à toi, Manassès, si tu nous a trompés! Devons-nous épuiser les mines du Mont-d'Argent avant de voir luire au fond de ton creuset une paillette de cet or tant de fois promis? Othon est irrité contre toi, et il menace de faire exécuter l'édit qui confisque tous les biens de tes frères et vous livre tous aux persécutions des gens de Rome.

— O noble dame! s'écria Manassès tremblant et s'agenouillant devant elle, vous nous protégerez?

— Quel est donc mon pouvoir pour te protéger? dit l'Italienne.

— Celui d'une femme aimée sur le cœur de son seigneur et maître, répliqua le juif.

— Tu te trompes, dit amèrement Irène; je ne suis qu'une favorite, c'est-à-dire une servante qu'un caprice asseoit sur les marches d'un trône ducal et qu'un caprice peut chasser du château de Dethmold comme la plus vile des mendiantes.

— Non pas, interrompit Manassès avec gravité; c'est vous qui vous trompez, noble dame! une étoile brillante a présidé à votre naissance. Il faut que la destinée s'accomplisse. Esclave chez les païens d'Asie, pendant de longues nuits passées au désert sans sommeil, j'ai appris la langue des étoiles, telle que dans ce pays des mages on peut la lire distinctement au ciel. Les sages au turban vert m'ont enseigné comment le zodiaque se réfléchit dans la main de l'homme. Montrez-moi votre main, belle Irène!

— Dis-tu vrai, Manassès? es-tu sûr de ta science? s'écria avec un frémissement de joie la superstitieuse Italienne en lui tendant sa main par un mouvement subit et involontaire.

Le juif se mit à regarder avec une profonde attention la main blanche de la favorite.

— Oui, dit-il enfin après un long silence, je puis l'affirmer par serment sur le sceau de Salomon. Voyez plutôt, noble dame! la ligne si faible et si souvent coupée de la vie ne réunit-elle pas à la fin toutes ses branches en couronnes, comme les sages l'ont toujours remarqué en étudiant les signes de la main des rois et des princes?

La physionomie d'Irène devint radieuse. Elle regarda le juif avec plus de bienveillance et répondit :

— C'est bien, Manassès, et je parlerai en ta faveur; mais, ajouta-t-elle d'une voix basse, si je ne t'abandonne pas, il faut que tu m'aides, de ton côté, à réaliser la destinée que tu me prédis.

— Je suis votre esclave, noble dame, dit le juif en jetant sur elle un regard oblique et humble.

— Ne t'ai-je pas entendu te vanter un jour, reprit l'Italienne, de connaître parfaitement la vertu des plantes, le suc des herbes dangereuses? tu sais composer, n'est-ce pas, des parfums, des onguents et des breuvages mortels?

Le juif, à cette question terrible, trembla de tout son corps et dit avec hésitation :

— C'est une science secrète, défendue et condamnable que celle dont vous parlez, madame Irène, et si un ennemi de ma race ou un envieux de la fortune

Le juif se met à regarder avec une profonde attention la main blanche de la favorite.—Page 48, col. 2.

que les chrétiens me supposent vous avait entendue, votre question m'eût fait monter sur le bûcher.

— Réponds, je le veux, reprit Irène Colonna d'un air impérieux. Sais-tu l'art de composer ces philtres subtils, familiers aux gens de mon pays, qui donnent infailliblement la mort sans laisser une trace violette ou livide sur le cadavre? Ne te serait-il pas possible d'endormir d'un sommeil éternel et glacé ceux qui respireraient le bouquet, ceux qui porteraient les gants de senteur, ceux qui glisseraient à leur doigt l'anneau, secrètement envoyés par un ennemi? Dans cette contrée de neiges et de brumes, les haines ne savent s'assouvir qu'avec la corde, la dague ou la lance! Sous notre ciel de feu, des princes ont été empoisonnés par la tranche d'un fruit que leur offraient les adversaires qui se réconciliaient avec eux, et quelques-uns même par l'hostie sainte, au pied de l'autel! Ne le sais-tu pas?

— Oui, noble dame, répliqua Manassès; ces secrets terribles m'ont été révélés.

— Eh bien! poursuivit l'orgueilleuse Italienne, pour que je sois véritablement reine de Westphalie et de Thuringe, pour que je t'accorde dans ces provinces le privilége du commerce et du change, pour que je te fasse le plus puissant de ta nation, il faut qu'une femme meure.

Manassès tressaillit en entendant ces paroles cruelles, et il s'empressa de répondre :

— Mais ne vous avais-je pas enseigné, belle Irène, des conjurations magiques qui devaient vous délivrer de celle que vous appelez votre rivale?

— Elles ont été inutiles, répliqua l'Italienne. En vain, suivant tes conseils, j'ai enfoncé dans son image en cire, à la place du cœur, autant d'aiguilles d'or qu'elle compte d'années! Cette femme est toujours belle, toujours rayonnante de vie et de bonheur, toujours aimée! ajouta-t-elle avec un accent de rage sourde. Ainsi donc, à l'œuvre, Manassès!

— On la dit généreuse et charitable, reprit le juif.

— Générosité qui sert de manteau à l'orgueil! dit la favorite; charité qui cache l'ambition!

— L'avez-vous donc revue depuis son départ de Dethmold? demanda Manassès.

— Si je l'ai revue! s'écria Irène frémissante d'une sombre colère. Certes, je l'ai revue, l'insolente, et j'ai hâte de me venger de l'humiliation qu'elle m'a fait subir. Ce matin, j'avais donné un grand repas à tous nos joyeux veilleurs de la nuit, qui burent et chantèrent de façon à laisser tout leur bon sens au fond des hanaps. Je leur proposai ensuite de m'accompagner à une chasse à l'oiseau que je devais faire le long de la Lippe. Ils acceptèrent avec de grandes acclamations de joie, et nous partîmes. Pendant deux lieues, nous ne rencontrâmes pas de proie digne d'une si brillante chevauchée.

« Enfin, en approchant des rochers où se dresse l'ermitage de Notre-Dame-des-Tilleuls, entre la fonderie du Mont-d'Argent et les terres du gaugrave d'Herminsberg, nous vîmes se lever un héron, et alors je déchaperonnai mon faucon que je portai sur le poing et qu'une petite chaîne d'argent retenait à mon

Montmartre. — Imp. Pillot.

bracelet. Une fois détaché, il prit son vol sur le héron. Mon brave Astaroth est de fine race norwégienne, tu le sais ; il eut bientôt rejoint le fugitif, et je mis ma haquenée au galop pour assister à la mort. En ce moment, nous entendîmes retentir des chants d'église, mais nous ne pensions pas à nous arrêter, lorsque, devant nous, déboucha, presque sous l'haleine et l'écume de nos chevaux, une procession de religieuses et de pénitentes voilées qui se rendaient à l'ermitage. Elles ne parurent point s'apercevoir de notre présence, ne hâtèrent point leur marche, n'interrompirent pas leurs chants, et ne daignèrent même pas lever les yeux sur notre joyeuse troupe. Outrée de cette insolence, je leur criai :

« — Arrêtez, mes sœurs, et laissez passer la chasse du franc-comte de Lippe.

« Mais la pénitente qui marchait à leur tête étendit sa main vers moi et répondit sans s'arrêter, d'une voix douce, mais ferme :

« — Laissez d'abord passer les religieuses de Varenholz et les humbles femmes qui vont prier Notre-Dame-des-Tilleuls pour leurs péchés et les vôtres.

« — Je te le jure, Manassès, la voix sévère de cette femme m'imposa presque un instant, et je restai indécise. Mais je souris bientôt de ma faiblesse, et, au lieu de reculer devant cette procession de nonnes et de pénitentes, je levai mon fouet sur celle qui m'avait parlé, en m'écriant :

« — Je suis maîtresse et souveraine sur cette terre, et je vous ordonne de ne pas avancer !

« Mais les nonnes ne discontinuèrent ni leur marche ni leurs chants. Le rouge me monta à la figure. « Que Dieu vous garde ! » criai-je. Chevaliers, suivez-moi ! Et, lançant ma haquenée au galop, je passai à travers les rangs de ces femmes, me croyant suivie de tous mes chasseurs ; mais quand je me retournai en riant, je me vis seule, sans un page, sans un écuyer à ma suite. Une pénitente avait été renversée à terre, et les chants s'étaient transformés en chœurs de plaintes et de lamentations. Tous les chevaliers qui m'accompagnaient s'étaient arrêtés immobiles et silencieux devant la pénitente étendue sur le sol. J'allais élever la voix pour leur demander compte de l'abandon où ils me laissaient, lorsque, du milieu d'une troupe de mineurs qui suivait les religieuses, sortit un homme qui s'avança soudainement vers moi, et, saisissant la bride de ma haquenée, eut l'audace de s'écrier :

« — Fille de perdition ! oses-tu bien outrager et frapper de ton fouet de chasse les femmes pieuses qui viennent expier les crimes de leurs frères aux pieds de la divine mère de notre Sauveur !

« Je fus tellement saisie de surprise et de fureur que je ne pus pas d'abord ni bouger ni répondre. Puis, voyant que nul n'accourait à mon aide, je dis à cet homme :

« — Misérable ! lâche la bride de ma haquenée. Qui es-tu pour me parler ainsi ? Mais tu te repentiras bientôt de ton insolence ? A moi, chevaliers !

« Mais aucun d'eux ne parut m'entendre.

« — Ils ne t'obéiront pas, reprit l'inconnu avec force.

« Je restai stupéfaite de l'assurance de cet homme, dont le ton solennel et les yeux brillant d'un feu étrange m'imposaient, malgré ses pauvres vêtements.

« Un long manteau de bure tombait jusqu'à ses talons. Sous ce manteau, il ne portait qu'une tunique de laine. Il avait les bras et les pieds nus, ses traits étaient vulgaires, mais dans ses yeux de lion brillait l'expression d'une âme enthousiaste. Je remarquai aussi qu'une croix de drap rouge était attachée à son manteau.

« — Tu es bien hardi, mendiant, lui dis-je.

« — J'ai une mission divine à remplir, répondit-il, et ce n'est pas toi qui peux m'arrêter dans ma route.

« — Ignores-tu donc qui je suis ? lui demandai-je avec une hautaine colère.

« — Non, répliqua-t-il froidement. Tu es une fille perdue. Je parle à la maîtresse de l'Ours de Lippe !

« Je fus frappée au cœur, humiliée et irritée tout à la fois, comme si le gant d'un chevalier eût touché ma figure ; mais à peine avait-il fini de parler que mon fouet avait balafré d'un sillon sanglant sa tête nue et chauve.

« Le malheureux ne s'emporta pas ; il me regarda d'un air de pitié et dit avec douceur :

« — Tu peux me frapper, moi qui t'ai offensée. Je suis un homme et j'ai subi sans me plaindre les outrages des Sarrasins, qui défendent aux chrétiens l'entrée du saint sépulcre. Mais cette femme innocente, qui ne t'offensait pas, pourquoi l'as-tu foulée aux pieds de ta haquenée.

« Et, s'agenouillant, devant la pénitente, il releva son voile, et je reconnus Bertha d'Herminsberg, pâle et inanimée. Néanmoins, je voulus braver les reproches muets de ces femmes austères, dont le dédain me glaçait le cœur, et je criai aux chevaliers mes compagnons de chasse :

« — Eh bien ! messires, êtes-vous changés en statues et abandonnerez-vous ainsi aux insultes des vagabonds de grand chemin une femme qui est sous votre garde et protection ? vous qui prétendiez, au château de Dethmold, que vous donneriez votre vie pour un sourire ou un regard d'Irène Colonna, vous voilà donc timides et muets comme des enfants devant ces voiles de nonnes et de pénitentes !

« Ils se regardèrent indécis. Je continuai à affecter un visage joyeux et railleur et à piquer leur vanité par mes sarcasmes. Ils parurent enfin ébranlés par cette grêle de moqueries, et la plupart allaient me rejoindre, lorsque l'homme à la croix rouge s'écria en s'avançant devant leurs chevaux :

« — Ne suivez pas cette pécheresse, messeigneurs, si vous ne voulez pas être complices de son crime et déshonorer votre nom et la race d'où vous sortez.

« En même temps, il fit un signe de commandement aux pénitentes. Elles relevèrent toutes leurs voiles, et cet homme reprit avec une force extraordinaire :

« — Fils, mépriserez-vous vos mères ? Frères, renverserez-vous vos sœurs sous les fers de vos chevaux ? Jeunes gens, laisserez-vous flétrir l'innocence de vos chastes et pures fiancées par les menaces et les insultes de la favorite du comte Othon ?

« Tous les chevaliers pâlirent et baissèrent les yeux, même les plus hardis et les plus débauchés ; ils allèrent aussitôt se ranger près des pénitentes, dans lesquelles ils venaient en effet de reconnaître leurs mères, leurs sœurs et leurs femmes, comme s'ils eussent voulu les défendre contre mon approche, les protéger contre moi, tandis que je les regardais avec le dédain sur les lèvres et la rage dans le cœur.

« Pas un écuyer ne vint à mon aide. Je me sentais mourir ; mais je résolus de payer d'audace, Manassès, et j'eus le courage d'éclater de rire et de m'écrier :

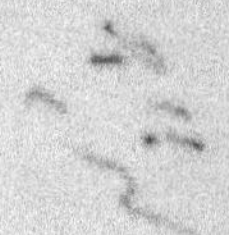

« — Bien ! messires ! vous êtes de vaillants chevaliers ! Réunissez-vous tous contre une femme ! C'est une si terrible ennemie que vous ne sauriez jamais être trop nombreux et trop résolus. Défendez bien ces femmes pieuses, dont Dieu écoute les prières, parce qu'elles n'ont jamais failli à l'honneur, du souffle de la femme venimeuse et maudite ! Il faut que je sois étrangement redoutable pour faire peur à tant de nobles dames que le ciel protége et à tant de chevaliers courageux et armés. Toutefois, mes fiers ennemis, gardez l'insulte de la femme perdue ! Vous êtes des lâches ! entendez-vous ! des lâches ! puisque vous n'avez pas osé défendre celle qui devait compter sur vos serments. Quant à toi, mendiant, et à toi, belle châtelaine d'Herminsberg, vous me rendrez un compte terrible de ces outrages.

« Et comme Bertha, qui venait de rouvrir les yeux, me regardait avec une sorte d'étonnement et d'effroi :

« — Souviens-toi, ajoutai-je, souviens-toi, femme pieuse et honorée du gaugrave Conrad, que les veilleurs de la nuit ne m'ont pas surprise dans les rues de Dethmold et que je ne leur ai pas servi de risée, et que je n'ai jamais eu besoin de couvrir ma figure d'un masque pour cacher à personne ma pâleur et mon épouvante.

« Bertha poussa un gémissement sourd.

« Tais-toi, langue de vipère ! s'écria alors le mendiant en se relevant :

« — Pour vous, messires, continuai-je en m'adressant aux chevaliers, allez user vos genoux sur les dalles de l'ermitage, et demain vous reviendrez implorer votre pardon et rire de votre faiblesse en vidant les hanaps du franc-comte de Lippe !

« Les chevaliers ne firent pas un mouvement ; mais la troupe des mineurs m'entoura aussitôt en criant :

« — Meure la mauvaise chrétienne !

« Leurs visages noirs et grossiers, leurs regards menaçants me firent peur. Déjà leurs mains calleuses froissaient ma robe, lorsque Bertha, fixant ses yeux sur le mendiant, murmura d'une voix faible :

« — Grâce et vie sauve pour elle !

« Ces mots produisirent un effet magique. L'homme à la croix rouge dit impérieusement aux mineurs :

« — Ne touchez pas à cette femme ! La sainte dame d'Herminsberg lui pardonne.

« Les mineurs se retirèrent et me laissèrent passage libre. L'inconnu me fit alors signe de partir par un geste de commandement souverain, et j'obéis, Manassès. J'enfonçai l'éperon au ventre de ma haquenée et je revins seule au château de Dethmold. Tu comprends pourquoi il me faut un philtre qui me délivrera de la femme vertueuse qui a eu pitié de moi, Irène Colonna ; de celle que tous honorent lorsque tous me méprisent, de celle devant qui j'ai été abaissée et flétrie. Bertha d'Herminsberg, qui a couvert de sa protection la vile maîtresse du comte Othon, doit mourir. Je te paierai royalement ta peine, fils d'Israël ! et voici, en gage de ma promesse, mes bracelets d'or et mes bagues ! »

Et, détachant ses anneaux et ses bracelets, elle les remit à Manassès, dont l'œil cupide pétilla, tandis qu'il palpait ces joyaux dans ses mains sèches et ridées. Puis il répondit d'une voix humble :

— Vous serez obéie à souhait, belle Irène.

— Bien, reprit l'Italienne en souriant à l'idée de sa vengeance. Je vais te laisser à ton œuvre, Manassès, car je dois partir tout à l'heure avec Othon pour accomplir l'autre moitié de mon serment. Je veux retrouver le vagabond qui m'a tenu un langage si audacieux, et je ne lui ferai pas attendre la corde.

— Il se sera sans doute caché dans la hutte d'un des charbonniers ou des fondeurs du Mont-d'Argent, observa Manassès.

— On fera cerner le bourg, répliqua Irène, et malheur à ceux qui ne dénonceront pas le coupable ou qui lui donneront asile !

Puis elle s'éloigna, laissant le juif incliné ou plutôt courbé humblement devant elle.

Mais dès qu'il n'entendit plus le bruit de ses pas, il redressa sa longue taille et courut à une petite porte, que masquaient aux regards d'anciennes panoplies couvertes de rouille et de poussière.

Il frappa à cette porte trois coups auxquels un seul coup répondit, puis il ouvrit, et le comte Othon parut sur le seuil.

— Vous avez entendu, monseigneur, dit Manassès reprenant son humble posture ; que dois-je faire ?

— Obéir, répliqua froidement le franc-comte.

XIII

LA FOURNAISE.

Le juif n'entendit pas sans une vive surprise la réponse d'Othon :

— Obéir ! répéta-t-il.

— Oui, dit le comte ; mais c'est à moi seul que tu remettras le poison. Irène croit se jouer de moi, et c'est moi qui me jouerai d'elle. Je ne vais pas au Mont-d'Argent, pour la venger comme elle l'a dit. Une cause plus grave m'y conduit, Manassès.

— Qu'est-il donc arrivé ? demanda le juif.

— Les événements que tu m'avais prédits commencent à se réaliser, reprit Othon. Une grande agitation remue tous les peuples d'Occident. Ils veulent se précipiter comme un torrent sur l'Asie pour reconquérir le saint sépulcre, profané par les Sarrasins. Urbain II vient de tenir un concile à Clermont, où la croisade a été publiquement prêchée. Quatre cents évêques ou abbés titrés et mitrés y assistaient. Tous les chevaliers de France vendent fiefs et terres et s'arment pour la guerre sainte en criant : Dieu le veut ! Le petit peuple aussi crie : Dieu le veut ! et émigre de tous côtés, entraîné par un moine mendiant d'Amiens, qui est revenu de Jérusalem enthousiaste et à demi fou, et qui prétend avoir reçu de Dieu la mission d'être leur guide. Les serfs mêmes quittent leur glèbe ; ils n'aspirent qu'à voir Jérusalem, et les seigneurs partagent leur folie. Mes espions m'ont assuré que cette masse de hordes indisciplinées, cette invasion pieuse et féroce se dirige sur la Westphalie, car elle veut arriver en Orient par la vallée du Danube. Ils ajoutent que le moine d'Amiens a déjà précédé cette multitude pour prêcher la croisade aux Saxons et aux gens de Thuringe. Je crains donc que ce soit lui qui m'ait déjà bravé ce matin dans ma maîtresse, Irène Colonna, car un serf n'aurait pas eu tant d'audace. Il pourrait entraîner dans sa folle entreprise nos mineurs du Mont-d'Argent, cet inestimable fleuron de ma couronne ducale, ce trésor qui me fait le plus riche prince de l'empire d'Allemagne. Je veux donc surprendre ce moine insolent dans la retraite qu'il aura choisie et le faire disparaître avant que son armée de serfs, d'artisans et de ribauds français ait traversé le Rhin.

— Prenez garde, monseigneur, qu'il ne vous convertisse vous-même à la croisade, dit Manassès avec un sourire obséquieux, et qu'il ne vous attache la croix rouge à l'épaule.

— On ne me séduit pas par des paroles aussi facilement que le saint-père et les seigneurs de France, répliqua l'Ours de Lippe. Que la foudre m'écrase si je laisse souiller mon pourpoint par ce chiffon de drap.

— Les serments sont toujours téméraires, monseigneur, observa Manassès.

Le son du cor interrompit cet entretien.

Irène et la suite du franc-comte étaient déjà à cheval, n'attendant plus qu'Othon. Ce dernier disparut aussitôt par la porte secrète, et, quelques instants après, il se dirigeait vers les mines du Mont-d'Argent, accompagné des baillis de Dethmold et des principaux serviteurs de sa maison, qui avaient reçu l'ordre d'endosser de fines cottes de mailles d'acier sous leurs pourpoints de drap vert. La favorite n'avait pas changé de costume, et on eût dit qu'elle se rendait à une joûte chevaleresque. Derrière l'escorte, chevauchaient le bourreau à tunique rouge, que nous avons déjà vu sur l'échafaud de Conrad, et ses sinistres varlets, qui étaient chargés de porter le réchaud, les cordes, les coins et les chevalets, instruments de torture en usage à cette époque.

Cette petite troupe arriva vers la fin du jour près du bourg formé par les huttes des charbonniers et des fondeurs.

La fonderie était enfouie au fond d'une sorte d'entonnoir creusé par une brèche de la montagne, qui semblait avoir été fendue par le coup d'épée d'un géant.

C'était un lieu triste, nu, misérable, stérile, où l'on n'aurait jamais soupçonné l'existence d'êtres humains, sans la fumée rougeâtre et les gerbes d'étincelles qui s'échappaient comme du cratère d'un volcan.

La crête de l'entonnoir était couronnée d'arbres que les charbonniers n'avaient qu'à couper avec la hache et à précipiter de cette hauteur dans l'abîme de la fournaise, dont ils alimentaient le bouillonnement continuel.

Othon et Irène s'arrêtèrent à contempler ce spectacle étrange.

Le crépuscule ne devait pas tarder à jeter son ombre grise sur tout ce paysage abrupte.

A quelque distance de la fonderie, on voyait s'élever le Mont-d'Argent, le plus précieux mamelon du Teutoburgerwald et le trésor le plus envié par tous les princes électeurs et les comtes de l'empire. Lorsque le ciel était sombre, la forme et la couleur de cette colline, les bouches des galeries souterraines s'ouvrant çà et là, le mouvement des mineurs à l'extérieur faisaient ressembler le Mont-d'Argent à une fourmilière gigantesque

Mais, à cette heure, le soleil se couchait en teignant l'azur du ciel d'une éclatante lueur de pourpre et d'or. Aussi la poussière suffocante et mortelle des mines, qui aveugle et étouffe les pauvres travailleurs, s'allumant à ces derniers rayons du soleil, embrassant les mornes du Teutoburgerwald et les faisant flotter dans un voile étincelant, prêtait-elle un aspect féerique à ce paysage ordinairement terne, décoloré et sauvage.

Le Teutoburgerwald était riche en mines de cuivre, de plomb et d'argent, avidement exploitées par les divers seigneurs westphaliens et saxons, dont cette chaîne de montagnes traversait les juridictions. Aussi était-ce le pays que l'imagination mystique des travailleurs souterrains peuplait de gnômes et de cacheurs de trésors, esprits malfaisants auxquels ils attribuaient les ravages du feu grison, les éboulements et les infiltrations d'eaux intérieures dont tant de leurs frères étaient devenus victimes.

Le franc-comte avait raison de craindre que la parole enthousiaste du moine de la croisade ne trouvât un terrain fertile dans ces esprits fervents, simples et ignorants, éprouvés par une vie de ténèbres et de misères.

Il ordonna au veneur Werner de cerner avec ses autres serviteurs les huttes éparpillées autour de la fonderie; puis il s'avança avec Klaüs, son héraut d'armes, Irène et les deux baillis de Dethmold, vêtus comme lui de pourpoints de velours; seulement les agrafes de leurs manteaux étaient d'acier, tandis que celles du comte étaient d'argent, et les lourdes chaînes à deux rangs qui se balançaient sur leurs poitrines étaient d'argent, et non d'or comme la chaîne d'Othon.

En ce moment, le soleil n'illuminait plus que les hauteurs.

La fonderie, plongée dans l'obscurité crépusculaire, ressemblait à l'antre de Vulcain.

La fournaise embrasée scintillait de lueurs tour à tour blanches, rouges et dorées. L'argent liquéfié bouillonnait au cœur de cet immense bûcher, de cette forêt pétillante et rubescente, et ruisselait dans d'énormes moules de terre et de basalte, d'où il ne devait sortir qu'à l'état solide de lingots.

Les fondeurs, qui apparaissaient comme des fantômes au milieu de cette fumée étincelante et de cette chaleur intolérable, offraient une image saisissante des Cyclopes chantés par les poëmes antiques. Ils étaient nus à l'exception des jambes, que couvraient de méchants hauts de chausses de toile. La plupart étaient borgnes par suite d'éclats de métal ou de poussière infiltrée dans les yeux. La chaleur, à force de rougir et de calciner leur peau, avait fini par lui imprimer une teinte de brique. L'œil oblique et jaunâtre enfoncé sous une arcade de sourcils épais et hérissés, la crinière roussie par la flamme et tombant en désordre sur leurs épaules amaigries, ces pauvres diables avaient réellement une expression de visage farouche et repoussante.

Le premier qui aperçut monseigneur Othon et sa suite avertit ses compagnons en sifflant; puis il dit en riant d'un rire amer :

— La justice du franc-comte ne se fait pas attendre. Heureusement nous nous en doutions, et elle nous trouvera prêts à lui répondre.

En effet, les fondeurs ne parurent pas surpris de l'arrivée de leur seigneur et des baillis de Dethmold. Ils se réunirent, et, appuyés sur leurs longues barres à tisonner, ils attendirent.

Klaüs, le héraut, s'avança vers eux et leur dit :

— Chauffeurs de la fonderie, divisez-vous sur deux files de chaque côté de cette fournaise. Votre noble maître Othon, franc-comte de Lippe, duc de Gueldres et landgrave de Thuringe, est venu au Mont-d'Argent pour y faire acte de justice!

Les fondeurs obéirent silencieusement; leurs regards n'exprimèrent qu'une pénible curiosité en s'arrêtant sur le riche costume, les toques et les pourpoints de velours, les chaînes d'or et d'argent que portaient Othon et les baillis, et qui contrastaient si fort avec les haillons et la nudité des travailleurs.

Quand le héraut se fut retiré, le comte prit la parole d'une voix rude :

— Vous avez entendu Klaüs, mes dignes vassaux. Ce matin, moi, votre seigneur, j'ai été insulté dans la personne de la haute et puissante dame Irène Colonna. L'outrage a été commis par des fondeurs et des mineurs du Mont-d'Argent. Il faut me dénoncer et me livrer les coupables. Celui d'entre vous qui nommera le misérable qui a donné le signal de cette rébellion, celui-là, quoiqu'il ne fasse en cela que son devoir, sera à jamais exempt de la corvée. Mais si vous me cachez le nom de cet homme, vous répondrez tous sur votre tête de son crime !

Les fondeurs restèrent muets. Le comte sentit la colère monter à son cœur.

— Ne croyez pas me lasser par votre obstination ! s'écria-t-il. J'ai un excellent moyen de tirer de vos bouches maudites l'aveu de la vérité. C'est moi qui vous interroge maintenant ; tout à l'heure, ce sera le bourreau.

— Où est-il, monseigneur ? demanda hardiment le fondeur qui avait sifflé pour prévenir ses compagnons à l'approche du franc-comte.

— Il t'attend à la porte de la fonderie, chien damné ! répliqua Othon, stupéfait de la question.

— J'y vais, répondit l'homme.

Et, jetant bas sa barre à tisonner, il s'avança tranquillement vers l'entrée, après s'être tourné vers les autres fondeurs et leur avoir dit :

— Ecoutez-moi et souvenez-vous tous de notre serment.

Le bourreau, debout à la porte, attendait en effet ses victimes, tandis que les varlets préparaient les instruments de torture ; mais lorsqu'il vit s'approcher le hardi fondeur, il trembla de tout son corps et murmura d'une voix sourde :

— Mon frère Nickell !

— Salut, frère ! dit Nickell.

— Avoue ! avoue ! reprit le bourreau. Je ne pourrai jamais enfoncer les coins de fer dans ton pied.

— Fais ton devoir, je te pardonne ! répondit le fondeur.

Et il tendit lui-même son pied nu vers le brodequin terrible.

Tous les yeux étaient fixés sur eux, toutes les respirations suspendues.

Le bourreau saisit son marteau, et, sur un signe du franc-comte, quand la jambe du pauvre Nickell fut prise dans le fatal bloc de chêne et de ferrures, il frappa un coup, le brodequin se resserra, et on entendit un bruit sec qui retentit dans le cœur de tous les assistants.

Othon s'approcha alors, et, se penchant vers Nickell, dont le visage restait calme, il lui demanda s'il avait connaissance de l'insulte faite à madame Irène.

— Oui, monseigneur, répondit Nickell.

— Nomme donc les coupables, continua Othon, puisque tu avoues le crime.

Nickell fit un effort comme pour se redresser dans les bras de son frère le bourreau, il fixa ses yeux remplis de sang sur le comte et répliqua d'une voix ferme :

— Vous demandez qui a outragé votre maîtresse, seigneur Othon ? je vais vous l'apprendre.

— Parle ! s'écria l'Italienne avec un éclair de joie dans le regard.

— C'est la fonderie du Mont-d'Argent, dit Nickell avec un sourire de mépris et de haine.

— Misérable ! oses-tu plaisanter devant ton maître ! s'écria le franc-comte furieux.

— On ne plaisante pas avec un coin de fer dans le pied, noble seigneur, murmura Nickell en pâlissant. J'ai dit la vérité.

Et, vaincu par la douleur, il tomba défaillant dans les bras du bourreau, et ses yeux se fermèrent de faiblesse.

— Ils croient me braver avec leurs fanfaronnades, dit Othon ; mais nous viendrons à bout de ces entêtés. Klaüs, amène-moi un enfant.

Klaüs, après avoir parcouru les rang des fondeurs, traîna devant le seigneur courroucé un enfant d'une dizaine d'années.

— A cet âge, dit le comte, ils ne savent ni se taire ni mentir. La douleur les épouvante et les dompte ; ils sont traîtres sans s'en douter.

Cependant l'enfant reculait effrayé devant tous ces outils de torture qu'il croyait déjà sentir le mordre et l'étreindre.

— Oh ! ne me faites pas souffrir, monseigneur ! s'écria-t-il en joignant les mains. Ne me faites pas déchirer le corps avec ces pinces et ces tenailles.

Othon sourit en disant :

— En voilà un dont nous aurons bon marché. Si tu es docile et si tu ne mens pas, on aura pitié de toi ? Tu sais, n'est-ce pas, qui a insulté cette belle dame, ajouta-t-il en lui montrant Irène.

— Vous le savez comme moi, seigneur comte, répondit l'enfant d'un air naïf.

— Parle toujours, ordonna Othon.

— C'est la fonderie du Mont-d'Argent, répliqua l'enfant.

— Serai-je le jouet même de ce misérable vermisseau ! s'écria le franc-comte exaspéré. Maître bourreau, saisis cet insolent et serre-lui les pouces avec la corde jusqu'à ce qu'il avoue.

Le bourreau obéit. A la première pression de la corde, l'enfant poussa un cri de douleur effroyable, des larmes de sang jaillirent de ses yeux, et il se débattit en criant :

— Pitié ! monseigneur, pitié ! oh ! je souffre trop !

— Ah ! tu as peur maintenant et tu supplies, dit le franc-comte. Eh bien ! nomme le coupable, et tu seras libre.

— C'est la fonderie du Mont-d'Argent, répéta d'une voix faible l'héroïque enfant.

— Ces diables incarnés jouent avec la douleur ! s'écria Othon. Continue, bourreau !

— Non, non, interrompit Irène émue. C'est une lâcheté de torturer ainsi un enfant. Il est innocent, lui, et ne fait que répéter la leçon qu'on lui a apprise. Si sa mère entendait ses cris de douleur, comme elle nous maudirait !

Le bourreau lâcha l'enfant. Presque aussitôt une des femmes qui commençaient à se grouper à l'entrée de la fonderie se précipita sur lui, le serra dans ses bras avec un sourire triomphant et lui dit :

— Bien, mon petit Ulrick, tu as été fidèle et courageux. Notre-Dame-des-Tilleuls te récompensera comme elle punira les traîtres !

Le comte lui-même resta surpris de cette touchante solidarité, de cette résistance passive et invincible, opposée à l'excès de sa tyrannie. Il comprit que tous ces malheureux s'étaient dévoués pour ne pas trahir le vrai coupable, et qu'il pourrait les envelopper tous dans sa vengeance sans atteindre l'ennemi inconnu qu'il poursuivait.

— Si les femmes et les enfants nous résistent, dit-il en se tournant vers les baillis de Detmold, il ne se trouvera pas un homme pour trahir le coupable.

— Il s'en trouvera un, dit une voix qui provenait du groupe des femmes et des enfants réunis à l'entrée.

— Qui a parlé? demanda vivement Othon.

— Moi, qui vais vous nommer et vous livrer celui que vous réclamez, répliqua un homme qui sortit du groupe et s'avança vers les seigneurs.

Il avait les bras et les pieds nus. Il portait la tunique de laine sous son manteau de bure à la croix rouge.

— C'est lui qui a arrêté ma haquenée! s'écria l'Italienne. Je le reconnais.

— Je serais arrivé plus tôt si je t'avais cru capable de faire expier mon crime à des innocents, Irène Colonna, répliqua l'inconnu. Mais je suis venu dans un autre but.

Et se tournant vers Othon :

— Orgueilleux seigneur, franc-comte de Lippe et landgrave de Thuringe, continua-t-il, tu es à cette heure dans la main de Dieu, qui va te demander compte de tes cruautés. Mais il peut encore te pardonner par ma voix, si tu veux t'armer pour sa sainte cause et attacher la croix rouge à ton épaule!

— Quel est donc ce fou! s'écria Othon. Par les cornes du diable! pourquoi n'est-il pas déjà bâillonné et enchaîné, lui qui se mêle de parler si haut à un prince de l'empire! Ton nom, vil bohème!

— Mon nom est simple et humble parmi les petits et les humbles, dit l'inconnu. Je me nomme Pierre l'Hermite.

A ce nom, qui avait déjà retenti depuis quelque temps dans la France et l'Allemagne entière, le comte ne put s'empêcher d'éprouver une sorte d'émotion, ainsi que la favorite. Les baillis et les serviteurs eux-mêmes attachèrent un regard plein d'une avide curiosité sur le pèlerin du saint-sépulcre et le prédicateur de la croisade.

Cependant le moine d'Amiens, promenant autour de lui des yeux étincelants, s'écria d'une voix enthousiaste :

— Je vous apporte le pardon de Dieu, mes frères. Les chrétiens d'Asie versent des larmes de sang sous les avanies des Sarrasins. J'ai vu les infidèles entrer à cheval dans les églises, boire dans les calices et manger sur l'autel. J'ai dû, pour arriver jusqu'au sépulcre du Sauveur, marcher pieds nus sur une croix d'épines et sur des clous ardents. Puis j'ai vu les enfants d'Ismaël cracher sur ce sépulcre sacré, mes frères! Ainsi donc, armez-vous pour chasser ces maudits! Suivez-moi, et marchons sans nous lasser vers le soleil levant!

— Tais-toi, insensé! interrompit le franc-comte : as-tu seulement des armes à offrir à ces malheureux pour qu'ils puissent se défendre, des vaisseaux pour les transporter et des vivres pour que la famine ne disperse pas leurs os dans les plaines de sables de l'Asie?

— Des armes! des vivres et des vaisseaux! répéta Pierre l'Hermite avec un sourire méprisant, nous trouverons tout cela sur notre route! ceux qui combattent pour Dieu ne manqueront de rien. Chrétiens! n'écoutez que la voix de votre Seigneur Jésus qui pleure et qui gémit dans son tombeau! Plus de misère ni de servage désormais! Jésus vous fait libres. Les trésors du soudan vous feront riches. Brisez vos colliers de serfs, mes frères, Dieu le veut! Dieu le veut!

— Dieu le veut! répétèrent tous les assistants d'une voix tonnante, comme un seul homme, entraînés qu'ils étaient par le sentiment religieux, si puissant dans tous les cœurs au moyen âge.

Mais Othon, furieux de cet enthousiasme qui menaçait de lui enlever ses serfs et de dépeupler ses fiefs, ordonna de nouveau au moine de se taire et dit au héraut :

— Klaüs, saisissez le fou et liez ses mains avec la corde qui lui sert de ceinture.

— Oh! liez mes mains, dit Pierre l'Hermite, dont l'expression de ferveur d'un martyr faisait rayonner les traits. Mon peuple saura bien me délivrer!

— Ton peuple est loin, dit le comte de Lippe. Nous n'attendrons pas qu'il ait traversé le Rhin pour prononcer ton arrêt.

— Aveugle! murmura le moine.

Puis haussant la voix :

— Enfants du monde souterrain, venez à moi! cria-t-il. Et il se tourna la main étendue vers le Mont-d'Argent.

Le comte leva les yeux dans la même direction et resta terrifié.

Un peuple entier venait, pour ainsi dire, de se lever à la voix du prophète.

C'étaient les nombreux mineurs du Mont-d'Argent armés de leurs lourds marteaux, les charbonniers avec leurs barres à tisonner, les forgerons avec leurs haches, qui couvraient les crêtes et commençaient à descendre vers la fonderie pour assister à la prédication du moine d'Amiens. Toute une armée de femmes et d'enfants les suivait pour se nourrir aussi de la sainte parole.

Cette fourmilière d'hommes noirs était sinistrement éclairée çà et là par les reflets de la fournaise, qui grondait et pétillait toujours.

Le petit groupe des baillis et des serviteurs du comte se détachait à peine comme un point brillant au milieu de cette sombre multitude à demi nue.

Lorsque Othon se vit ainsi entouré, il éprouva un sentiment de vague terreur. Mais il se rassura bientôt. Que pouvaient oser ces serfs dégradés contre leur redoutable seigneur, franc-comte de Lippe et landgrave de Thuringe?

Il avait à un trop haut degré la conscience de sa puissance féodale pour supposer chez cette foule la pensée même de se révolter contre ses volontés.

Il regarda le moine et lui dit d'un ton de raillerie :

— Tu as convoqué, digne prêcheur, une bien grande multitude pour assister à ton châtiment!

Puis il commanda de nouveau à Klaüs de garrotter le coupable. Klaüs s'avança en hésitant vers Pierre l'Hermite.

Mais déjà quelques mineurs arrivaient à la fonderie. Celui qui marchait à leur tête s'élança en brandissant son marteau, et, prenant la main du moine, il s'écria :

— Ne crains rien, envoyé de Dieu! les mains qui ont touché le saint sépulcre resteront libres!

— Oui, reprit alors l'enthousiaste moine, tout pour le Christ Sauveur et malédiction sur le César qui boit les larmes de ses sujets! Comte Othon, tu viens de faire torturer un enfant. Tu vas être jugé à ton tour! notre voix a appelé tous ces pauvres mineurs à leurs noirs soupiraux! nous les avons vus sortir presque nus des entrailles de cette terre qu'ils baignent de leurs sueurs pour en tirer l'argent que tu prodigues en débauches et en folies, ainsi que cette Italienne insolente et cruelle!

— Maudite soit l'Italienne! crièrent tous les fondeurs et les gens des mines en se rapprochant du groupe formé par le comte et les baillis de Dethmold.

Othon ne pouvait en croire ses yeux ni ses oreilles. Voir cette plèbe s'insurger et le menacer, sans compter un seul chevalier, un seul homme noble dans ses rangs, c'était là quelque chose d'inouï!

— Quel vertige les a saisis? dit-il à Irène. Ah! si j'avais ici mes archers, j'aurais bientôt apaisé cette révolte.

Cependant le moine poursuivait :

— Et tandis que tu donnes à ta maîtresse et à tes compagnons de fête, seigneur Othon, des festins où vos lèvres ne touchent que des hanaps d'argent, où les mets sont servis sur des plats d'or, les misérables qui s'épuisent à la corvée pour payer tes festins, tes tournois et tes chevauchées, sont réduits à se repaître d'un brouet fétide servi dans des auges de bois, car tu traites tes vassaux comme des bêtes de somme!

— Meure l'Italienne! maudit soit le comte Othon! reprit le chœur formidable des mineurs, dont le nombre s'accroissait toujours.

Et, se rapprochant du petit groupe comme une marée furieuse, ils parvinrent à séparer le seigneur et sa maîtresse des baillis de Dethmold et de ses serviteurs.

Lorsque Othon se vit seul avec Irène, enveloppé de regards de haine qui bravaient l'expression menaçante de son visage, il porta la main à la poignée de sa dague et leur dit :

— Oserez-vous bien, vile engeance, insulter votre maître?

Les mineurs, dominés par leur respect inné pour la noblesse, hésitaient encore. Seulement ils formaient une muraille vivante et mobile qui pressait toujours davantage le comte et sa favorite vers le milieu de la fonderie où étincelait la fournaise.

— Écoute, Othon, dit encore le moine. Tu veux, n'est-ce pas, empêcher tout ce peuple de quitter ton fief pour aller reconquérir le sépulcre du Sauveur? Toi, seigneur de la terre, tu veux t'opposer au Seigneur du ciel. Eh bien! malheur à toi! car Dieu t'a abandonné à la vengeance humaine.

— Dieu le veut! cria la foule.

Le moine s'avança alors vers l'Italienne, qui fixait un regard hardi et dédaigneux sur tout ce peuple.

— Fille de Bélial, lui dit-il, ton noble amant ne te protégera pas ici. Il a peur de moi, car il n'a pas cinq cents hommes d'armes prêts à aider son courage. Tu as entendu, pécheresse, les malédictions de ces pauvres gens qui ont payé tes joyaux de leur travail sans relâche. Repens-toi! il est temps. Arrache ces joyaux! porte une robe de bure et viens avec nous pour soigner les malades et les blessés! Dieu, peut-être, acceptera cette expiation de tes fautes et pardonnera à ton âme pénitente!

— Vous suivre! répliqua Irène avec mépris, servir tous ces vagabonds, obéir à leurs ordres, être étourdie de leurs chants grossiers, moi qui commande comme une reine à des chevaliers. Ah! vraiment, la proposition est plaisante!

— Eh bien! s'écria alors d'un ton farouche celui qui paraissait le chef des mineurs, par la croix rouge que tu refuses! sois brûlée dans la fournaise, comme tous les juifs et les infidèles devraient y être brûlés!

Et saisissant l'Italienne à bras le corps, il l'emporta vers la fournaise.

Irène frissonna d'épouvante et se débattit en criant :

— Othon! défendez-moi! sauvez-moi! Oh! j'ai peur! c'est une mort horrible, mon Dieu!

Le franc-comte arrêta le mineur, grâce à sa force herculéenne, et, jetant un regard menaçant autour de lui, il dit aux compagnons de cet homme :

— Mineurs, le moine français vous perd. Rentrez sur-le-champ dans les mines, ou ma justice sera inexorable.

Les mineurs ne répondirent à cette menace que par un éclat de rire féroce, et, se pressant contre lui, ils le poussèrent, lui aussi, vers la fournaise par la force de leur masse compacte, mais sans porter la main sur lui.

Le comte, irrité, tira alors sa dague du fourreau, appuya soudainement sa main gauche sur l'épaule du mineur qui tenait encore Irène dans ses bras, afin de le renverser à terre, en lui criant : — À genoux, misérable! et il essaya de le frapper au cœur; mais pressé par la foule, il manqua son coup. Le mineur se redressa, et, lui arrachant la dague, il la leva sur Othon avec un ricanement sauvage, en murmurant :

— Morte la bête, morte le venin!

Le franc-comte eut peur. Il baissa les yeux et recula devant l'éclair de la lame.

— Monseigneur, dit alors le mineur, vous êtes un lâche et vous ne méritez pas de mourir comme un chevalier. Compagnons, reprit-il à voix haute, nous sommes sortis à jamais des sombres galeries où nous vivions exilés du soleil. À la fournaise donc cet homme et cette femme qui nous condamnaient à nous ensevelir vivants dans ces tombeaux!

Ce fut alors une lutte effroyable.

Irène Colonna, entraînée entre ces deux files d'hommes noirs, voyait rougeoyer au milieu de la fonderie cette fournaise ardente dont les fondeurs activaient l'ébullition avec leurs énormes barres. Des arbres entiers tombés de la crête s'enflammaient subitement, se tordaient en crépitant et s'affaissaient tout d'un coup en poussière rouge. L'argent bouillonnait et ruisselait en spirales ardentes dans les moules. La chaleur intolérable de cet immense foyer au lourd panache de fumée semblait aspirer et devoir calciner d'avance les malheureux qu'on allait y précipiter.

C'était bien là une de ces vengeances barbares et implacables dont les époques de servitude et de tyrannie comptent tant d'exemples, vengeance d'opprimés qui n'oseraient frapper leur maître avec le fer, mais qui le brûleront dans son château ou le pousseront dans l'abîme.

D'horribles plaisanteries éclataient autour du comte et de la favorite.

Celle-ci, éperdue, le cœur battant à se briser dans sa poitrine, étreignait les mains du chef des mineurs et lui disait à voix basse :

— Sauvez-moi, et je vous donne tous ces joyaux qui ont irrité vos frères contre moi, et j'obtiens votre grâce du franc-comte!

— Pense d'abord à obtenir la tienne de nos compagnons, répondit le mineur. Mais d'ailleurs, qu'as-tu à craindre? on dit que tu es sorcière. Eh bien, tu n'as qu'à t'échapper de la fournaise sous la forme d'une vipère!

Fille de perdition, oses-tu bien outrager et frapper, etc. — Page 56, col. 1re.

— Grâce! pitié! au nom de Dieu! murmura-t-elle encore.

— Au nom du Dieu que tu as refusé de servir! dit le mineur. Tu sais bien qu'il ne peut l'écouter.

Et il l'entraînait malgré sa résistance et ses cris.

Le franc-comte, toujours poussé en avant, sentait déjà l'haleine dévorante de la fournaise embraser son visage. Ses cheveux se hérissaient d'effroi sur son front à l'aspect de cette horrible mort. Il comprenait enfin toute la réalité de la rébellion; il se disait qu'un peuple esclave, qui osait ainsi tenir tête à son seigneur, devait être d'autant plus inexorable qu'il ne pouvait espérer de pardon.

Nul n'osait pourtant mettre la main sur lui. Les mineurs se laissaient insulter, prier, menacer et frapper par lui, mais ils resserraient toujours leur cercle formidable. Enfin, lorsque l'Ours de Lippe ne fut plus qu'à quelques pas de la fournaise, dont les langues de flamme semblaient s'élancer vers lui, son orgueil fut vaincu; il se résigna à supplier le moine d'Amiens, qui l'avait suivi dans sa marche désespérée, et, tendant les mains vers lui, il s'écria :

— La croix! je veux prendre la croix! je veux te suivre!

— Il est trop tard, répondit Pierre l'Hermite. Dieu n'accepte pas les services de ses ennemis.

Le comte frémit à cette réponse, car déjà il se croyait sauvé. Il reprit avec force :

— La croix, saint homme! je promets de t'accompagner en Palestine avec cent chevaliers et quatre cents hommes d'armes équipés!

— C'est la foi qui fait vaincre et non pas le nombre des guerriers et la forte trempe des armes! répliqua le moine enthousiaste.

Othon, de plus en plus effrayé, tenta un dernier effort.

— Je fais vœu, dit-il, de ne pas rentrer à Dethmold que les chrétiens ne soient entrés à Jérusalem et ne soient maîtres du saint sépulcre!

— Nous n'acceptons pas le vœux arrachés à la peur, dit froidement Pierre l'Hermite. Tu ne rentreras jamais en effet à Dethmold. La fournaise vous attend, monseigneur.

Tous les mineurs firent silence. On n'entendit que le cri suprême d'Othon :

— La croix, moine! tu ne peux me refuser la croix!

Mais le moine ne daignait plus lui répondre. Quant à Irène, tout son courage l'avait abandonnée, et elle pleurait, elle implorait grâce à genoux, car cette fois elle n'avait plus au cœur aucun de ces nobles sentiments qui élèvent souvent les plus faibles femmes au-dessus des plus grands dangers. Ce n'était plus qu'une créature presque inerte et folle de terreur.

En ce moment le galop d'un cheval résonna sur le sentier pierreux qui conduisait à la fonderie. Le silence redoubla. La foule s'écarta et fit place au cavalier, qui s'avança jusqu'à l'endroit où se passait cette scène effrayante.

Nomme donc les coupables." — Page 53, col. 1re.

XIV

DIEU LE VEUT!

C'était le gangrave d'Herminsberg. Il était accompagné de plusieurs seigneurs et chevaliers westphaliens qui s'étaient rendus au Mont-d'Argent avec leurs femmes, leurs pages et leurs écuyers, pour entendre prêcher la croisade par le moine d'Amiens. Les hommes noirs des mines furent refoulés par cette noire cavalcade, et Conrad arriva devant la fournaise et se trouva en face du franc-comte.

— A moi, à moi, Conrad! s'écria Othon dès qu'il l'eut aperçu. Vous m'avez prêté serment. Tirez l'épée et la dague! le vassal ne doit pas laisser périr son suzerain.

— Que se passe-t-il donc? demanda le gangrave surpris. Je venais entendre la prédication d'un moine, et je vois une multitude révoltée qui menace de mort le seigneur comte et landgrave!

— Monseigneur Othon a voulu faire garrotter le saint homme, répondit hardiment le chef des mineurs. Il a voulu nous défendre de l'écouter et de le suivre!

Le franc-comte l'interrompit vivement.

— Je vous prends à témoin, Conrad, et vous tous, nobles chevaliers, que je jure de prendre la croix et de partir pour la Palestine. C'est vous, Conrad, qui régnerez en mon absence sur le comté de Lippe et le landgraviat de Thuringe, vous, mon fidèle serviteur, ma vaillante épée, mon frère!

— Ne l'écoutez pas, gangrave d'Herminsberg, dit d'une voix sombre le mineur.

— J'affranchis tous les serfs qui me suivront à la croisade, poursuivit Othon.

— A la fournaise l'Italienne et le franc-comte! grondèrent encore quelques voix éloignées.

— Je ne souffrirai pas qu'un crime si monstrueux s'accomplisse! s'écria le gangrave. Je me fais garant de la parole du comte Othon. Ceux qui n'auront pas foi en lui me trouveront prêt à leur répondre par serment sur les saints Évangiles, ou par la lance et l'épée, en champ clos. Othon n'aura pas fait vainement appel à ma fidélité. Il a dit vrai, je suis son vassal. Je lui ai prêté hommage et lui dois le service du glaive. Je saurai mourir pour lui, et quiconque l'attaquera me rencontrera sur son passage!

Le chef des mineurs s'approcha du gangrave et lui dit :

— Prenez garde, seigneur Conrad, à ce que vous allez faire. Cet homme est votre ennemi mortel.

— Tu mens! tu mens! interrompit Othon.

— Cet homme que vous voulez arracher à notre justice, continua le mineur, a poursuivi de son amour infâme la noble et sainte Bertha; il a voulu l'enlever à Dethmold, il l'a outragée et humiliée devant ses indignes courtisans, pendant que vous combattiez Rodolphe de Souabe!

— Que dis-tu, misérable! s'écria le gangrave bouleversé par cette étrange révélation. Quel est ce mensonge? Oh! répète tes paroles, car je n'ose encore les comprendre!

— Ne l'écoutez pas, Conrad, dit le franc-comte. C'est un fou qui veut me perdre!

— Silence! dit alors Conrad d'une voix tonnante. Parle, mineur, mais souviens-toi que chaque parole que tu vas prononcer engage ta vie, et que tu accuses un prince de l'empire!

— De quel droit te fais-tu mon accusateur! dit encore Othon à l'homme noir.

— Je répète seulement, poursuivit froidement le mineur, qu'une nuit, à Dethmold, pendant l'absence de monseigneur Conrad, la dame d'Herminsberg a été arrêtée dans sa litière par les veilleurs de la nuit, sur l'ordre du comte Othon. Je dis que ces chevaliers savaient qu'ils insultaient la femme du gaugrave et qu'ils ont ri de ses terreurs et de ses angoisses, et qu'ils ont repoussé ses prières comme ils eussent repoussé celles d'une femme perdue!

— A-t-il dit vrai? demanda Conrad au comte avec un regard terrible, car un souvenir et un soupçon étrange lui revenaient à l'esprit.

— Crois-tu donc cet odieux mensonge? répondit Othon, et le landgrave de Thuringe doit-il se défendre contre l'accusation d'un serf imposteur? Du reste, qu'il trouve seulement une preuve ou un témoin de ce qu'il avance, et je me reconnais coupable.

— Oui, répéta vivement le gaugrave, une preuve, un témoin; je l'exige!

— Le misérable va rester confondu, dit tout bas le franc-comte à Irène. Les veilleurs de la nuit ont prêté un serment qu'ils ne trahiront pas.

Mais au même instant le mineur se tourna du côté de la fournaise, qui éclaira son visage creusé, sillonné de rides précoces et noirci par la poussière du minerai, et il reprit avec le même calme menaçant:

— J'ai été moi-même témoin de cette violence, et c'est pour avoir résisté aux complices du comte Othon que j'ai été englouti vivant dans les mines, et depuis je n'ai pas revu le soleil jusqu'à ce jour, car ce digne seigneur ne voulait pas que je pusse révéler le secret de cette nuit à l'homme qu'il avait offensé.

— Ton nom? s'écria brusquement Conrad, dont une pâleur subite couvrit le visage.

Le mineur sourit amèrement, et secouant le bras inerte du comte:

— Votre vengeance m'a donc bien changé, dit-il, puisque mon maître ne reconnaît plus son fidèle écuyer? En effet, mes longs cheveux sont tombés, mon visage s'est flétri, mes membres ont perdu leur vigueur et leur souplesse dans ces galeries humides où manquait l'air du ciel. Cependant votre espoir a été trompé, monseigneur Othon, car je suis encore assez vivant pour me souvenir de votre crime et pour vous accuser.

— En effet, ce regard... cette voix... dit Conrad, tu serais...

— Gaugrave d'Herminsberg, poursuivit le mineur, ne reconnaissez-vous pas votre écuyer Mathias?

— Mathias, si singulièrement disparu?

— Par ordre du franc-comte de Lippe, monseigneur.

— Toi qu'on avait accusé d'avoir volé les joyaux de ta maîtresse! reprit Conrad.

— D'avoir volé! répéta la voix de Mathias vibrante de colère. Moi, accusé de vol! Ah! cette calomnie manquait à la litanie de crimes dont le comte Othon a chargé sa conscience. Qu'il ose donc le répéter devant moi!

Les yeux de Conrad s'allumèrent de courroux en voyant le puissant seigneur se troubler. Son cœur loyal fut révolté de tant de lâchetés accumulées, et ce fut avec un accent de mépris hautain qu'il demanda à Othon:

— Nierez-vous encore?

— Grâce pour le passé! répliqua le comte d'une voix suppliante.

— Ainsi, cette femme que j'ai vue trembler devant moi et que vous m'avez empêché de protéger, s'écria l'époux offensé, dont le visage prenait une expression de plus en plus altière et menaçante, c'était Bertha! cette noble femme était réduite à trembler devant vous comme une coupable, et réduite à se cacher de moi! Elle n'osait me demander secours, car c'eût été sans doute diriger sur ma poitrine les dagues de vos veilleurs de la nuit. Ah! seigneur Othon, vous avez bien dû rire de moi, cette nuit-là, car je traitais devant vous, comme une femme vile et sans cœur, la plus pure et la plus chaste créature que la terre ait jamais portée.

Et Conrad, s'éloignant du comte avec dédain, fit avancer son cheval vers les mineurs.

— Bien! dit Mathias, vous nous l'abandonnez, n'est-ce pas?

Mais avant que le mineur eût pu le retenir, Othon, qui voyait fuir avec le gaugrave sa dernière et suprême chance de salut, se précipita au-devant de son cheval et cria:

— Ton serment, Conrad! l'oublies-tu? Est-ce là la loyauté de chevalier? Par le nom de ton père, le brave Rupert, écoute-moi!

Le gaugrave s'arrêta, mais il lui dit avec impatience:

— Comment osez-vous encore réclamer l'aide de l'homme que vous avez mortellement outragé?

— Outragé! répéta Othon. Eh bien! oui, j'ai aimé la fière châtelaine d'Herminsberg. Si c'est là un crime, j'ai commis ce crime. Bertha était si belle! Je n'ai pu empêcher mes yeux d'être éblouis à sa vue, je n'ai pu empêcher mon cœur de battre en sa présence, je n'ai pu empêcher mon esprit de rêver à elle quand elle était loin de moi. Que n'aurais-je pas sacrifié pour être aimé d'elle! Mais Bertha t'aimait, et elle a repoussé avec haine et mépris les tentations les plus brillantes comme les plus humbles prières. Alors je suis devenu insensé de douleur et j'ai tenté de la revoir. Mais là encore j'ai échoué. Mathias t'a dit vrai! Oui, j'ai aimé Bertha, voilà mon crime!

— Silence! interrompit durement Mathias; comte Othon, ne profanez pas le nom de cette noble dame. Vous avez tout avoué, c'est bien; vous nous appartenez maintenant.

Et il lui montra du geste la fournaise.

Le gaugrave détournait la tête comme s'il ne voulait plus écouter les supplications du comte.

Celui-ci saisit la bride de son cheval et dit d'une voix convulsive:

— Conrad, je me repens de mon crime, je prends la croix pour aller l'expier en terre sainte. Seras-tu donc inflexible? as-tu oublié que mon père t'a donné le gau d'Herminsberg, qu'enfants nous avons joué ensemble, que nous sommes frères d'armes!

Mais voyant que le gaugrave restait impassible, il tenta un dernier effort, et lâchant la bride du cheval:

— Va donc, vaillant chevalier! si tu voulais te venger de l'offense que je t'avais faite, tu pouvais me combattre en champ clos, à armes égales, à pied ou à cheval, avec la dague ou l'épée! mais non! tu aimes mieux confier ta vengeance à des serfs. Toi, noble, tu laisses ton suzerain aux mains de ces forceurs. Va donc ! mais partout et à toute heure, sur ton passage, chacun dira que tu as eu peur de me combattre, que tu as fui devant l'Ours de Lippe, enfin que tu es un lâche !

Le gaugrave d'Herminsberg tressaillit de tous ses membres à cet outrage lancé par un homme qui allait périr.

— Ils mentiraient par leur gorge, ceux qui diraient cela, comte Othon ! car je vous fais grâce, dit le noble jeune homme en le toisant fièrement du regard. Vous m'avez fait descendre de l'échafaud où vous m'aviez fait monter ; je vous arrache à cette horrible fournaise que vous destinaient les malheureux que votre cruauté a exaspérés. Nous sommes quittes, monseigneur. Le mépris de Bertha vous a puni de votre amour coupable. Quant à cette nuit fatale dont Mathias a révélé les secrets, je vous en demanderai compte un jour. Maintenant, vous êtes libre.

— Vous avez tort, seigneur Conrad, murmura Mathias. Défiez-vous de l'Ours de Lippe.

— Je suis le vassal du franc-comte Othon, reprit le gaugrave d'une voix haute et ferme, et je dois lui faire un bouclier de mon corps !

— Nous ne lutterons pas contre vous, vaillant gaugrave. Mais avant de lâcher l'Ours en liberté, il faut que l'homme de Dieu lui attache la croix rouge à l'épaule.

Le comte Othon s'avança aussitôt vers Pierre l'Hermite, et, s'agenouillant devant lui, il dit :

— Pèlerin du saint sépulcre, je te supplie de me donner la croix !

Le moine mendiant d'Amiens attacha la croix rouge au pourpoint de velours du seigneur westphalien. Dès qu'il se vit protégé par ce talisman sacré, Othon se releva, et Pierre l'Hermite cria :

— Mes frères ! libre passage à monseigneur Othon, le croisé de la terre sainte !

— Demain, mon frère, j'irai vous porter moi-même mon anneau et le sceau du franc-comté de Lippe, et prier la belle châtelaine d'Herminsberg de me pardonner.

Irène, qu'il oubliait, voulut le suivre, mais de nouveaux cris s'élevèrent :

— Meure l'Italienne ! à la fournaise la sorcière !

La malheureuse courut vers le gaugrave et lui cria d'une voix brisée de larmes et de sanglots :

— Vous qui avez sauvé votre ennemi, laisserez-vous périr une femme sans défense ! Au nom de votre femme ! au nom de votre petit Berthold, que vous avez laissé dormant dans son berceau, sauvez-moi, loyal chevalier ! C'est moi, monseigneur, qui ai eu pitié de la douleur de Bertha de Varenholz, quand elle suppliait vainement Othon de vous arracher des mains du bourreau ; c'est moi qui ai exigé de lui qu'il ordonnât votre mariage avec votre belle fiancée !

— Que ceux qui veulent la mort de cette femme viennent la saisir et la traînent à la fournaise ! s'écria alors Conrad d'Herminsberg, mais qu'ils renoncent à recevoir la croix des mains de Pierre l'Hermite, car l'armée de Dieu doit se présenter au combat avec des mains pures même de la vengeance.

Pas un homme de cette troupe sauvage et irritée n'osa s'avancer et mettre la main sur Irène. De nouveau le gaugrave l'avait sauvée.

— Maintenant, mes frères, s'écria à son tour le moine mendiant d'Amiens, prenez la croix ! Dieu le veut ! Dieu le veut !

Et tous, seigneurs, baillis, écuyers, serfs et mineurs, se précipitèrent vers Pierre l'Hermite, qui distribuait les insignes sacrés, et répétèrent avec un fervent enthousiasme le cri immortel de la croisade :

— Dieu le veut ! Dieu le veut !

XV

L'ORATOIRE.

Le lendemain, Pierre l'Hermite quittait le franc-comté de Lippe et se dirigeait vers la Thuringe avec toute une armée de serfs et de menu peuple.

Othon, loin d'être reconnaissant de la généreuse conduite du gaugrave, avait passé la nuit entière à chercher un moyen assuré de satisfaire sa haine contre lui. Il eut, dès le matin, avec son argentier le juif Manassès, dans son laboratoire, une mystérieuse conférence qui dura deux heures, et dont le lecteur pourra apprécier les résultats dans le cours de ce chapitre. Puis, après avoir conçu la plus infernale pensée qui ait jamais traversé cervelle humaine, il se rendit, accompagné d'un seul page, au château de l'homme qui l'avait vu pâlir et trembler devant la mort, et qui l'avait sauvé.

La poterne du château lui fut ouverte par Heino, auquel la garde des portes était confiée, conjointement avec son fils Franz. Le comte leur sourit comme à de vieilles connaissances, et leur fit jeter par son page quelques marcs d'argent et une poignée de deniers à la croix.

Le gaugrave, entouré de tous ses serviteurs, vint recevoir Othon dans la cour du château et lui tenir l'étrier pour descendre de cheval.

— Vous voyez ma confiance en vous, Conrad, en vous qui m'avez défié en combat singulier, dit le franc-comte ; j'ai voulu venir vous demander l'hospitalité, seul, sans hommes d'armes, sans dague, sans armure et sans épée !

— Mon château sera votre cotte de mailles et mon bras votre épée, monseigneur, tant que vous nous honorerez de votre présence, répondit le généreux vassal.

— Je n'en doute pas, mon féal gaugrave, dit Othon ; aussi suis-je venu, comme je vous l'avais promis, pour vous remettre mon anneau et mon sceau. C'est vous qui allez régner sur le franc-comté de Lippe, Conrad, et mes vassaux n'auront pas lieu de me regretter, j'en suis sûr.

Le comte passa ensuite familièrement son bras sous celui de Conrad et ils montèrent le grand escalier de la tour principale, pour se rendre à la chambre réservée à monseigneur Othon, et dans laquelle le gaugrave voulait lui offrir le repas d'adieux.

Pendant ce temps, la châtelaine d'Herminsberg venait de prendre une résolution étrange et subite.

Elle avait douté que le comte vînt au château jusqu'au moment où le cor de Franz annonça son arrivée. Mais alors elle ne put résister aux secrètes inquiétudes qui lui faisaient regarder cette visite comme un malheur, et elle fit mander sur-le-champ près d'elle, par une de ses femmes, Mathias, qui avait été rétabli depuis la veille dans son titre et ses fonctions d'écuyer du gaugrave.

Mathias s'empressa de se rendre aux ordres de sa maîtresse, et, après s'être respectueusement incliné devant elle, lui demanda ce qu'elle avait à lui commander.

Bertha le regarda fixement et lui dit :

— N'es-tu pas dévoué à ton maître, à la vie et à la mort, Mathias ?

— Madame, en suis-je donc réduit à devoir protester de mon dévouement, pour que vous y ayez confiance ? répondit l'écuyer.

— Non, reprit la châtelaine; mais aimes-tu assez Conrad pour lui faire au besoin le sacrifice même de ton honneur et de ta loyauté ?

Mathias, à son tour, regarda la dame d'Herminsberg avec une expression de surprise; puis, après un court intervalle de silence, il répliqua d'une voix brève :

— Madame, là où il s'agirait du salut du gaugrave, je donnerais mon honneur comme je donnerais ma vie !

— Ecoute donc, reprit vivement Bertha. Tu as entendu le son du cor de Franz qui annonce que le comte Othon arrive au château. Je ne sais quel sinistre pressentiment m'oppresse ; mais la présence de cet homme m'a toujours été funeste ; j'ai peur qu'il ne médite encore quelque lâche tentative contre le gaugrave, et j'ai bien recommandé à Heino, le gardien de la poterne, de fermer la porte après son arrivée et de veiller, avec Franz et les archers de garde, de façon à nous préserver de toute surprise.

— Vous avez raison, noble dame, dit Mathias. Le franc-comte est un ennemi hypocrite et implacable, et notre seigneur Conrad est trop confiant, trop généreux pour un tel adversaire.

— Tu as la même idée que moi, Mathias, reprit la dame d'Herminsberg. Sache donc mon projet. Conrad doit causer avec Othon d'affaires politiques et tout à fait secrètes, puisqu'il va régner sur le comté de Lippe en son nom, pendant toute la durée de ce pèlerinage forcé en terre sainte. Ils dîneront seuls dans la chambre de Conrad, parce qu'elle est isolée de toutes les autres ; mon oratoire seul aboutit à cette chambre. Eh bien! j'ai peur qu'un souvenir du passé, une parole imprudente ne provoquent entre eux un défi, qu'une querelle ne s'engage lorsque leurs esprits seront échauffés par le vin du Rhin. Conrad n'a nulle défiance de son hôte ; il est dans son propre château, entouré de ses serviteurs ; il rougirait de prendre la moindre précaution contre un homme désarmé qui semble se livrer à lui. Je n'ose éveiller ses soupçons. Il rejetterait mes craintes en riant. C'est donc à moi de veiller sur lui sans qu'il s'en doute.

— Que faut-il faire, madame ? demanda Mathias. Je suis prêt à vous obéir.

—Mon oratoire s'ouvre seul, poursuivit Bertha, sur la chambre de Conrad, dans laquelle le repas sera servi. La porte de l'oratoire est recouverte d'une tapisserie. Il faut que tu te caches derrière cette porte, armé de ta dague, et que là tu écoutes et tu surveilles le comte. Leurs paroles doivent s'effacer de ta mémoire, une fois la conférence terminée, comme le sable est chassé du sol par le vent. Mais si Othon a conçu quelque dessein fatal et désespéré, s'il veut frapper Conrad, au premier soupçon, au premier geste, entre hardiment dans la chambre et défends ton maître. Si c'est à tort que j'ai soupçonné le franc-comte, nul ne doit jamais savoir la mission dont je t'avais chargé.

En écoutant la belle châtelaine d'Herminsberg, Mathias avait pâli, et, quand elle attendit sa réponse, il garda le silence.

— Hésiteriez-vous, sire écuyer? dit alors Bertha.

— Mais vous savez bien, noble dame, reprit-il, que l'oratoire d'une châtelaine est un lieu sacré où nul autre homme que son époux ou un prêtre ne peut pénétrer, et que le téméraire qui ose violer cette défense, non-seulement risque sa vie, mais attire une honte publique sur la femme soupçonnée de complicité!

— Pourquoi me rappeler cela ? murmura la jeune femme frémissante de douleur et de crainte. Mais il s'agit de sauver Conrad. Oui, je sais que si on te surprenait dans mon oratoire, tu serais un homme coupable et perdu ; tu n'aurais pas même à compter sur ma protection et mon aveu. Vois donc si tu veux accepter ce péril. Je ne te tiens pas encore pour engagé envers moi.

— Je vous ai dit que je donnerais mon honneur comme ma vie pour mon maître, répondit Mathias. Je ne puis hésiter à marcher dans le chemin où vous me conduisez, madame.

— Viens donc ! dit la dame d'Herminsberg.

Et, marchant devant lui, elle le guida vers la chambre de la tour à laquelle allaient se rendre le gaugrave et le comte.

Mathias frissonna involontairement en franchissant le seuil de cet oratoire que ses yeux n'avaient jamais entrevu, et, lorsque Bertha poussa la porte et fit retomber la tapisserie qui la masquait, il crut que le couvercle d'un tombeau se fermait sur lui.

La châtelaine avait à peine disparu que les deux seigneurs arrivèrent à la chambre du gaugrave. Conrad s'arrêta à l'entrée et demanda à son hôte la permission de le laisser seul quelques instants, afin d'aller prévenir sa femme d'une si noble visite et de donner des ordres pour empêcher que leur conférence fût interrompue et troublée.

Pendant que les serviteurs s'empressaient de dresser la table pour le repas d'adieux, et la chargeaient de gibier, de poissons pêchés dans la Lippe et de ces immenses pâtés de venaison en si grand honneur à cette époque, le franc-comte étudiait de son regard perçant la chambre où il se trouvait.

Il ne tarda pas à s'approcher de la tapisserie, et, la froissant, la soulevant du coude comme par hasard, il remarqua que la porte de l'oratoire était un peu entr'ouverte. En revenant sur ses pas, il plongea un œil curieux par cette ouverture et aperçut le surcot vert de Mathias, qui était agenouillé devant le prie-Dieu de la châtelaine.

Othon comprit tout, et un sourire méchant crispa ses lèvres. Il feignit de s'appuyer machinalement contre cette porte, qui se referma ; puis il poussa sans bruit le verrou en murmurant :

— L'oiseau est en cage; ses serres ne m'égratigneront pas.

Au même instant, Conrad et Bertha reparurent dans la chambre. La châtelaine s'avança vers le comte sereine et radieuse. Il tressaillit en la retrouvant plus belle encore qu'autrefois; son regard prouva à la jeune femme que la passion d'Othon ne s'était pas éteinte par la séparation, et elle se promit de redoubler de prudence.

— C'est un homme bien coupable envers vous, madame, dit le franc-comte, qui vient solliciter votre pardon à Herminsberg, avant d'aller chercher celui de Dieu en terre sainte.

— Seigneur comte, je ne serai pas plus inexorable que Dieu, répondit Bertha avec une froide dignité. Si vous accomplissez votre serment, si vous allez servir la cause de la chrétienté en Palestine, nos prières vous y suivront. Alors je pourrai sans doute pardonner ce qu'il me sera toujours impossible d'oublier. Mais vous avez à vous entretenir avec Conrad d'affaires importantes et sérieuses, pour lesquelles la présence d'une femme est tout au moins inutile. Permettez-moi de me retirer, monseigneur.

Le comte la retint courtoisement.

— Madame, lui dit-il, je ne croirai pas que vous me faites grâce, si vous vous éloignez ainsi. Je ne dois pas confier à mon frère d'armes de secrets que vous ne puissiez entendre. Rappelez-vous que c'est un repas de réconciliation qui nous réunit à cette table, que je vais partir et ne reverrai peut-être jamais la Westphalie.

— Qu'il soit donc fait comme vous le souhaitez, répondit Bertha, heureuse intérieurement d'assister à cet entretien, et comptant sur sa présence pour observer Othon et empêcher tout malheur.

Le gaugrave fit alors signe aux serviteurs de se retirer, et tous trois s'assirent à la table somptueusement servie dans le goût un peu barbare de l'époque. Aux angles de la chambre, de grands vases de fleurs placés de chaque côté de la porte répandaient de suaves parfums.

— Comte, reprit Conrad, n'avez-vous pas bon espoir de la croisade entreprise pour reconquérir le saint sépulcre? Pour moi, je bois d'avance à la défaite de ces Sarrasins maudits, qui n'oseront pas tenir compte, je pense, contre nos rudes chevaliers allemands.

— Oh! cette guerre ne sera ni si facile ni si prompte que vous le pensez, répondit Othon. Pour nous autres hommes du Nord, ce sera une dure tâche que d'affronter ce soleil de feu qui donne la fièvre, emprisonnés que nous serons dans nos casques et nos lourdes cottes de mailles d'acier. Il nous faudra traverser d'immenses déserts, où nous ne trouverons pas une citerne, pas une source où nos chevaux bardés de fer puissent s'abreuver. Comment franchirons-nous ces sables brûlants et mouvants où le pied du voyageur ne peut suivre aucune trace, et qui engloutissent une caravane dans leurs tourbillons plus perfides que nos lavanges?

— Vous parlez de l'Asie comme si aviez déjà fait le pèlerinage de terre sainte! s'écria Conrad.

— Mon argentier, le juif Manassès, a été esclave de ces damnés païens, dit le franc-comte, et c'est lui qui m'a fait d'étranges descriptions de ces contrées. Il parle avec admiration du luxe et de la pompe du soudan et des émirs; ces infidèles ont des cimeterres à poignée incrustée de rubis et de diamants, des tentes de soie brillante frangées de perles, des chevaux légers comme le vent du désert, des danseuses souples comme des serpents, des esclaves noirs et des tigres apprivoisés, sur la tête desquels ils appuient leurs pieds.

— Ce sont là des fables, des chimères! s'écria Conrad. Tous ces juifs qui ont couru le monde aiment à mentir.

— En tout cas, reprit le franc-comte, j'aurai bientôt occasion de m'assurer de la véracité de ses récits. Mais si mon corps doit rester dans les plaines de sable de ce merveilleux pays, vous savez, Conrad, que vous êtes mon héritier, car je ne laisse en Westphalie ni un être qui me soit attaché par les liens du sang, ni un cœur qui m'aime et qui me regrette!

Et, en disant ces mots, il regarda fixement Bertha, qui baissait les yeux.

— Voici, continua-t-il, le parchemin écrit de la main de mon chapelain et signé par les baillis de Dethmold, qui vous octroie toute mon autorité, pendant mon absence, et qui vous donne, à vous seul, droit à mon héritage si je meurs!

— Monseigneur, répliqua le gaugrave, je n'accepte ceci que comme un dépôt sacré.

Othon lui tendit le parchemin, et, par une maladrese feinte, le laissa glisser et se mouiller au vin contenu dans le hanap de Conrad, sans que ce dernier y prît garde.

Conrad ressaisit le précieux rescrit, et lorsque, après avoir parcouru la première page, il voulut tourner le feuillet, il s'aperçut que ce feuillet était presque collé au suivant, et il ne le sépara que difficilement.

— Maintenant, dit Othon, il faut que je passe à votre doigt mon anneau de franc-comte.

Il ôta son anneau d'or, où était ciselée en relief la tête d'un serpent dont la langue fourchue s'élançait pour mordre. Mais Othon le plaça si maladroitement au doigt du gaugrave, que, lorsque ce dernier referma la main, il se sentit piqué par la petite langue d'or, et un peu de sang jaillit de l'épiderme.

Ces deux incidents passèrent pour ainsi dire inaperçus.

La belle châtelaine d'Herminsberg commençait à se rassurer et à prendre confiance dans la sincérité d'Othon.

XVI

LE HANAP.

— A cette heure, mon cher Conrad, reprit le franc-comte, vous êtes plus puissant que moi sur toute l'étendue du comté. J'ai abdiqué en votre faveur. Avouez que vous êtes l'homme le plus heureux de la terre. Tandis que je vais aller combattre, souffrir et mourir sous la bannière des croisés, vous restez seigneur et maître sur cette terre où nous sommes nés. Vous êtes jeune, noble et beau; vous avez une réputation de courage qu'envieraient les plus vieux chevaliers. L'empereur Henri vous tient pour un de ses féaux serviteurs, et, pour comble de bonheur, vous avez obtenu l'amour d'une femme dont la vertu et la beauté mériteraient la couronne impériale. Ah! si j'avais été aimé d'une femme telle que Bertha, j'aurais voulu voir les princes électeurs agenouillés à ses pieds.

— Si elle était moins humble de cœur, dit le gaugrave en souriant, vous la rendriez folle d'orgueil par vos louanges et vos flatteries, seigneur comte. Certes, ma Bertha est belle; mais je l'aime moins pour cette rare beauté que pour la modestie qui l'empêche d'en tirer vanité. Moi qui connais la noblesse et la fierté de son âme, qui la vois mettre tout son orgueil à faire partout bénir et respecter notre nom et veiller comme un ange gardien sur mon bonheur, je me demande souvent si je suis digne d'avoir une si parfaite compagne, et je n'adresse qu'un souhait à Dieu dans mes plus ferventes prières, c'est de mourir avant elle.

— Quelle horrible parole as-tu prononcée, Conrad! s'écria Bertha les yeux humides.

Othon laissa passer sur son visage un sourire étrange et fugitif comme l'éclair.

— Buvez donc, frère, dit-il au gaugrave en choquant son hanap contre le sien.

Conrad but. Il ressentit presque aussitôt une chaleur pénétrante et aiguë traverser sa poitrine, et, après avoir replacé son hanap sur la table, il porta vivement la main à son front, qui venait de se mouiller d'une sueur froide.

— C'est singulier! dit-il, cet excellent vin du Rhin m'a semblé amer! Ne trouvez-vous pas, comte, que l'air de cette chambre est étouffant?

— C'est sans doute le parfum de ces fleurs qui est trop subtil, répondit Othon, qui le regardait fixement.

Puis il se leva et alla enlever les vases de fleurs qu'il transporta hors de la chambre.

— Souffres-tu, Conrad? demanda Bertha à son mari avec inquiétude.

— Je me sens mieux, dit le gaugrave. Le comte avait raison : le parfum de ces fleurs était trop pénétrant dans cette chambre fermée, pour moi, habitué à l'air vif de nos montagnes et de nos forêts.

Othon avait repris sa place à table et ne quittait pas des yeux son frère d'armes.

— Avouez donc, reprit il, que nos destinées ont été bien différentes. Moi, j'ai eu toutes les apparences du bonheur, j'ai eu la puissance, j'ai eu des courtisans pour flatter mes passions, la fortune m'a prodigué ses trésors pour les satisfaire : mais tandis que chacun m'enviait, je n'ai trouvé au fond de tous mes caprices assouvis que le vide et l'ennui. Je me suis trouvé isolé de tous les autres hommes, parce que ma tête s'élevait au-dessus d'eux, et je n'ai jamais rencontré sur mon passage que des haines embusquées et armées, ou des haines qui me souriaient pour mieux me tromper. Mon cœur s'est aigri, et je suis devenu méchant. Vous, Conrad, au contraire, vous avez été aimé pour vous-même, parce que vous n'offensiez pas les autres par un rang trop élevé. Vos malheurs mêmes ne vous ont-ils pas rendu plus cher à votre charmante Bertha, qui semble avoir été destinée par Dieu à un trône, tant elle montre toujours de grâce et de majesté, soit qu'elle prie agenouillée sur les dalles d'une chapelle, soit qu'elle franchisse les ravins qui effraient les plus hardis chasseurs, soit qu'elle reçoive les hôtes de son époux!

Une rougeur subite empourpra les joues de la châtelaine, dont le visage prit une expression sérieuse.

— Ne t'offense pas, Bertha, de l'admiration du franc-comte, reprit le gaugrave; il ne dit que la vérité.

— Je vais vous quitter, ajouta Othon, car j'ai à m'occuper des préparatifs de mon départ; mais, avant de nous séparer, buvons le coup de l'étrier, Conrad.

— Soyez heureux et vainqueur dans la croisade, répliqua celui-ci, et rapportez-nous de ces beaux cimeterres de Damas et de ces magnifiques tentes d'émir dont vous nous parliez tout à l'heure.

Et, disant cela, il vida son hanap.

Mais il n'eut pas la force de le replacer sur la table. La coupe lui échappa des mains et roula à terre :

— O mon Dieu! murmura-t-il en essayant de sourire, il a passé comme un nuage de feu sur mes yeux... Ma vue s'obscurcit... Quel feu me ronge les entrailles!

Bertha se leva soudain, et, se penchant vers Conrad, déjà saisie de défiance et de soupçon :

— Souffres-tu? répéta-t-elle.

— Oh! ce n'est rien, dit le gaugrave; un étourdissement... un peu de fatigue... Buvons! je me sens altéré d'une soif irritante... Remplis mon hanap jusqu'à bord, Bertha! ma main est lourde comme du plomb...

La châtelaine ramassa le hanap.

— Verse donc! répéta-t-il avec impatience; le vin chassera cette chaleur qui me brûle les entrailles!

Bertha remplit son hanap, et le gaugrave essaya de boire; mais chaque goutte glissait dans son gosier comme une goutte de feu. La jeune femme le regardait avec une inquiétude croissante. Il posa le hanap sur la table avec un geste de répugnance, et, cachant son visage dans ses deux mains, il resta silencieux comme s'il était tout à coup tombé dans une méditation profonde.

— Oui, reprit le comte, Conrad est plus heureux que moi, car votre amour, belle Bertha, doit enivrer un homme plus que toutes les fausses joies de l'ambition et de l'orgueil. Depuis que je vous ai vue, j'ai compris le néant de la puissance et de l'or. Que m'importe de voir les plus fiers seigneurs trembler devant ma colère ou se réjouir quand je leur souris? Que m'importe d'avoir droit de vie et de mort sur des êtres qui me sont indifférents? Que m'importent ces chevaux magnifiques qui piaffent dans mes écuries, ces armes qui étincellent dans ma salle des panoplies, ces faucons perchés au poing de mes veneurs, ces meutes de chiens qui attendent l'heure de la chasse, ces festins où je ne puis assez étourdir ma raison pour vous oublier? Qu'importent tous ces biens qu'on m'envie, puisque je les donnerais pour pouvoir presser un instant votre main blanche dans mes mains, et que cette puissance si vantée se brise contre la volonté d'une femme!

La dame d'Herminsberg avait écouté le franc-comte avec une stupéfaction profonde. Mais alors elle l'interrompit en s'écriant :

— Que signifie cette folie, monseigneur? où donc croyez-vous être, devant qui croyez-vous parler?

Et elle lui montrait d'un geste d'épouvante le gaugrave, qui, toujours accoudé à la table, n'avait pas quitté sa position immobile.

— Il est vrai, madame, continua Othon, votre divine beauté me rend fou. Je ne puis vous voir ainsi près de moi et rester calme, quand je pense que je vous aime avec furie, que je donnerais pour un sourire de vous mon sang, mon âme, mon salut, et que rien au monde ne peut faire briller ce doux sourire sur votre visage!

— Sans doute, vous raillez, seigneur comte, dit Bertha; mais c'est là une raillerie peu convenable à la table du gaugrave d'Herminsberg.

— Ne vous irritez pas, madame, reprit le franc-comte, lorsque Conrad m'entend sans en être offensé. Que voulez-vous? il a un cœur trop froid peut-être pour sentir tout le prix de votre amour; il est heureux de l'admiration que les autres hommes éprouvent pour votre angélique beauté. Moi, si j'étais votre mari, madame, je serais plus jaloux que lui, je ne pardonnerais pas à l'homme qui vous aurait parlé d'amour; je tuerais sans miséricorde celui qui aurait effleuré vos cheveux de son haleine! Je serais jaloux de votre enfant quand vous le baiseriez au front dans son berceau! Enfin, je haïrais tout ce que vous aimeriez, fût-ce votre chien favori, madame!

La dame d'Herminsberg se leva et dit avec une froide dignité à Othon :

— Je croyais, monseigneur, que vous vous étiez repenti de votre témérité d'autrefois et que vous comptiez l'expier dans la croisade. Je veux croire que votre hardiesse nouvelle est un jeu, puisque Conrad vous écoute si patiemment, mais ce jeu m'offense. Ainsi donc, permettez-moi de me retirer, seigneur comte.

En effet, chose singulière, le gaugrave restait toujours comme assoupi et étranger aux paroles qui s'échangeaient devant lui.

— Avez-vous peur de moi, madame? répliqua Othon en ricanant. Mais je n'ai pas ici à mes ordres mes terribles veilleurs de la nuit. Je suis seul dans ce château qui est le vôtre, entouré de vos serviteurs et de vos vassaux. N'êtes-vous pas bien gardée, bien en sûreté dans cette chambre, à côté de votre loyal et vaillant mari? Ne porte-t-il pas une épée, tandis que je n'ai pas même un poignard à la ceinture? Ma seule arme, c'est ce hanap où je bois au bonheur de Conrad. Que craignez-vous donc, madame?

Mais Bertha ne l'écoutait plus. Elle sentait instinctivement l'effroi grandir dans son cœur, et, au milieu de son château, près de son mari, les paroles du comte lui paraissaient plus sinistres et plus menaçantes dans leur hypocrite douceur que son ancienne violence sur la place de Dethmold, lorsqu'il la livrait aux veilleurs de la nuit. Elle s'étonnait de plus en plus de l'inexplicable silence de Conrad. Enfin, dominée par cette vague terreur, elle saisit son bras et le réveilla de sa torpeur inerte. Il releva péniblement sa tête, et alors la pauvre femme vit son visage affreusement pâle et décomposé.

— Conrad! Conrad! comme tu as le regard fixe et troublé!

Le gaugrave semblait avoir vieilli de dix ans en quelques minutes. Il fit un violent effort pour parler et balbutia péniblement :

— Je voudrais me lever de cette table, Bertha... quitter... cette chambre!... Tout chancelle autour de moi!... Oh! si je pouvais boire... de l'eau glacée!...

Une écume blanchâtre vint aux lèvres raidies du gaugrave.

Bertha fixa alors sur le franc-comte un de ces regards qui sont toute une accusation. Othon resta impassible.

Alors elle ne put plus contenir son épouvante; elle comprit pourquoi cet homme avait eu l'audace inouïe de lui parler encore de son amour en face de son mari, et elle s'écria :

— Oui, Conrad, quittons cette chambre; viens. Mais tu ne peux te soutenir, n'est-ce pas? Attends, je vais appeler nos serviteurs et faire venir le maître mire du château, qui nous dira bien la cause de cette souffrance soudaine et qui te guérira!

Elle s'élança en même temps vers la porte, mais le franc-comte s'était levé à son tour, et saisissant son bras avec force :

— Pas encore, lui dit-il. Avant de sortir de cette chambre, il faut que vous m'écoutiez, Bertha!

La châtelaine éperdue le repoussa et lui répondit en reculant vers son mari :

— Cessez de m'insulter, comte Othon, et prenez garde. Souvenez-vous que vous êtes au château d'Herminsberg. Debout! debout, Conrad! car c'est ta femme qu'on outrage devant toi, ajouta-t-elle en posant sa main sur l'épaule du gaugrave.

Conrad entendit vaguement cet appel au milieu de l'assoupissement mortel contre lequel il cherchait à lutter. Il l'entendit comme dans un rêve; il essaya de se lever et fit le geste de porter sa main à la poignée de son épée.

Mais Othon l'étreignit avec force et le fit se rasseoir comme un enfant; puis il reprit toujours en riant :

— Prenez-vous au sérieux cette plaisanterie, madame. Laissez votre mari en repos. Avec un si bon gardien, vous n'avez rien à craindre.

— Trêve à vos horribles sarcasmes, dit la malheureuse femme. Debout, Conrad! répéta-t-elle. Nous sommes en danger ici!

Et elle prit la main du gaugrave pour l'entraîner, mais cette main retomba pesamment; les yeux de Conrad se fermèrent, un souffle haletant soulevait sa poitrine.

— Mon Dieu! mon Dieu! s'écria la jeune femme, va-t-il donc mourir! Reviens à toi, Conrad! C'est moi qui te parle, moi, Bertha! N'entends-tu plus la voix de celle qui t'aime? Ne disais-tu pas souvent que ma voix te réveillerait même de la mort? Eh bien! c'est moi qui te supplie de me regarder, de me répondre! Oh! mon Dieu! ajouta-t-elle avec un cri déchirant : Son visage est glacé!

Et, se penchant vers lui, elle le réchauffait de son souffle et de ses baisers; elle ranimait ses mains froides dans les siennes. Puis elle se retourna pour interroger Othon et lui demander compte de ce mal terrible et subit, et le voyant sourire, les yeux fixés sur le hanap du gaugrave, comme s'il savourait sa vengeance, un soupçon étrange traversa son esprit, et, laissant Conrad, elle alla droit à la table, saisit le hanap et le porta à ses lèvres en disant :

— Ce que je soupçonne est horrible... Je vais m'assurer de la vérité.

Le franc-comte devint pâle aussitôt; puis, par un geste aussi rapide que la pensée, il lui arracha la coupe des mains en s'écriant :

— Ne buvez pas dans ce hanap, pas dans ce hanap, Bertha!

— Pourquoi donc? répliqua-t-elle. C'est celui de Conrad. Pourquoi me l'arracher ainsi?

— Parce que je vous aime, madame! dit-il les yeux étincelants de passion; et, après avoir répandu le vin à terre, il brisa le hanap sous ses pieds.

— Ah! ce vin était empoisonné, n'est-ce pas, empoisonné par vous! s'écria la jeune châtelaine terrifiée. Misérable! répondez, répondez, vous avez empoisonné Conrad! Mais peut-être est-il encore temps de le secourir. Traître et félon chevalier, laissez-moi passer.

Mais Othon se plaçant devant elle :

— Avez-vous donc cru, madame, pouvoir toujours me braver impunément? C'est vous qui avez perdu Conrad, car vous saviez combien je vous aimais et combien j'étais jaloux. Pourquoi m'avez-vous toujours repoussé sans vouloir comprendre la force de cet amour assez violent, assez insensé, assez aveugle pour me faire commettre tous ces crimes et toutes ces lâchetés? Quelle vie ai-je menée depuis la nuit de Dethmold? cette nuit fatale où j'ai manqué de courage pour vous rendre flétrie et déshonorée à Conrad! Votre souvenir restait dans ma tête, et je ne pouvais le fuir, ni sur le champ de bataille, ni dans la lice des tournois. Votre image éblouissait toujours mes yeux quand je voulais regarder d'autres femmes, et toutes me semblaient laides. Alors je voulais vous voir et je rôdais, sous les haillons d'un mendiant, sur les terres d'Herminsberg; je franchissais l'enceinte qui m'était interdite, je me mêlais à la foule des misérables auxquels vous faisiez l'aumône, et j'étais heureux quand votre main avait laissé tomber dans

Les mains qui ont touché le saint sépulcre resteront libres. — Page 54, col. 2.

la mienne quelques deniers à la croix que je gardais sur moi comme des reliques et que je baisais avec amour, car vous les aviez touchés. Fou que j'étais! Quand je vous eus revue une fois, il me fallut vous revoir toujours, épier votre passage dans la forêt, quand vous chassiez le daim avec Conrad. Et que de fois, vous voyant passer tous deux et vous sourire comme deux amants, je sentis un feu rapide me brûler le cœur, et je cherchai des yeux un arc et une flèche pour atteindre cet amant heureux de la seule femme que j'ai aimée! Pouvais-je aussi, sans frissonner, le voir vous soulever dans ses bras pour vous faire traverser un gué sur des pierres tremblantes et visqueuses à fleur d'eau, moi qui devais me contenter d'épier, la nuit, la lumière illuminant les vitraux de votre oratoire dans la tour d'Herminsberg. C'étaient encore là mes heures de bonheur. Mais quand je revenais à Dethmold jouer mon rôle de prince, comme je souffrais, Bertha! Quel froid et quelles ténèbres dans mon cœur! Oh! ayez pitié de moi, Bertha, ayez pitié de moi!

La femme du gaugrave étendit sa main vers son mari, qu'elle n'avait pas cessé de regarder :

— Et Conrad! dit-elle d'une voix brisée.

— Toujours ce nom! reprit le comte avec rage. C'est avec ce nom que vous avez rejeté toutes mes prières, madame. Oh! vous ne me connaissez pas. Est-il vraiment possible qu'une femme repousse un amour comme le mien! un amour qui accepterait l'enfer comme un paradis, s'il fallait vous y suivre. Oh! mais dites-moi de quitter Dethmold, de renoncer à mon nom, à ma noblesse, de fouler aux pieds mes armoiries et de fuir avec vous, là où vous l'ordonnerez, et vous verrez si je n'obéis pas. Mais si vous rejetez encore mon amour, c'est à vous de trembler, madame, car vos mépris ont exaspéré et ulcéré mon cœur; car je vous aime avec une violence qui touche presque à la haine; car j'ai assez souffert pour ne pas craindre de vous faire souffrir à mon tour! et je préférerais vous voir morte à mes pieds, que vivante et heureuse au bras d'un autre homme!

— Je vous ai écouté, seigneur comte, répondit froidement Bertha. Maintenant, dites-moi que vous n'avez pas commis le crime dont je vous accusais; dites-moi que Conrad n'est qu'endormi et que tout à l'heure ses yeux vont se rouvrir.

— Bertha, je ne voulais plus d'obstacles entre nous, répéta le franc-comte. Une première fois, pour me rapprocher de vous, j'ai osé vous disputer à Dieu et vous enlever du couvent de Varenholz. Aujourd'hui j'ai écarté de mon chemin un rival important.

La jeune châtelaine recula d'horreur et s'écria avec un accent déchirant :

— Cela est faux, monseigneur Othon. Une si infernale pensée n'a pu venir à l'esprit d'un chrétien. Vous n'êtes pas venu vous asseoir à la table de votre frère d'armes Conrad, vous n'avez pas partagé son pain avec lui pour lui verser froidement la mort dans son hanap! Non, c'est impossible. Vous vous jouez de moi. Conrad va se réveiller. Comme son visage est toujours froid et terne! Oh! vous qui l'avez plongé dans ce sommeil terrible, comte Othon, par

Ah ! ce vin était empoisonné. — Page 65, col. 2.

pitié, rendez-lui la vie, que je l'entende me parler, que je le voie encore fixer ses yeux sur moi, ou c'est moi qui mourrai ! Cette épreuve infâme a assez duré. Je vous en conjure à genoux, monseigneur, ne soyez pas sans pitié

Le franc-comte prit la main du gaugrave ; puis, la laissant retomber, il répondit avec calme :

— Il est trop tard, madame. Le gaugrave d'Herminsberg est mort à cette heure.

Bertha s'avança vers lui comme une lionne furieuse, les yeux étincelants, le visage livide, les lèvres tremblantes, et le repoussant loin de Conrad avec une force surhumaine :

— Mort ! répéta-t-elle ; oh ! c'est un mensonge ! Va-t'en, lâche ! va-t'en, assassin ! Mais que me parlais-tu d'être à toi ! qu'y a-t-il donc de commun entre Othon l'empoisonneur et la femme de sa victime ! Oh ! comme mes idées se confondent et se heurtent dans ma tête ! j'ai fait un rêve depuis une heure. Tout ce que tu me dis là est impossible ! Toi, lâche ! tu aurais tué Conrad, toi que son seul regard eût fait pâlir ! Tu aurais tué Conrad ! mais tu ne me crains donc pas ! Sauve-le, si tu le peux encore, ou moi aussi je te dirai : Il est trop tard pour invoquer la femme qui t'a sauvé de l'avalanche, le vassal fidèle qui t'a arraché à la fournaise des mineurs ! C'est cette femme qui va t'accuser devant tous ! C'est le cadavre de ce vassal qui va témoigner contre toi !

— Essayez donc, madame, reprit le franc-comte impassible. Vous m'accuserez, soit ; mais qui donc ajoutera foi à votre accusation ? qui donc me croira coupable ? Suis-je le maître de ce château où je reçois l'hospitalité ? Ce vin qui a empoisonné Conrad, est-ce le vin de ma table ? Vous oubliez, Bertha, que je suis le juge souverain du comté, et que c'est vous qui êtes à ma merci ? L'instant est suprême ; ne soyez donc pas aveugle devant le danger qui vous menace.

Mais la jeune châtelaine n'avait écouté sa réponse que comme de vaines paroles. Elle ne pouvait concevoir l'adresse infernale du piége que lui avait tendu le franc-comte. Pour la première fois, la haine entrait en son cœur, ainsi que le désir de la vengeance.

— Misérable ! répliqua-t-elle d'une voix brève et mordante, ne croyez pas sortir libre de cette chambre. Non, vous n'êtes pas au château de Dethmold où tout vous obéit, mais au château d'Herminsberg, dont vous vous vantez d'avoir tué le maître. Parce qu'il ne reste devant vous qu'une femme, vous avez cru l'effrayer facilement par vos menaces et la trouver déjà à moitié vaincue par la douleur et l'angoisse. Mais je me sens encore assez de force pour crier à l'aide, comte Othon, et faire accourir tous les amis et les serviteurs de Conrad dans cette chambre où vous êtes enfermé comme dans une prison.

— Folle ! dit froidement Othon, croyez-vous donc que j'aie l'habitude d'agir comme un enfant étourdi. Je suis seul, je suis sans armes, il est vrai, et pourtant je ne crains rien dans ce château dont j'ai empoisonné le maître.

Bertha le regarda avec des yeux égarés, stupéfaite et terrifiée qu'elle était par tant d'audace. Puis, sans chercher à comprendre, elle s'élança vivement, ma-

Montmartre — Imp. Pillot.

chinalement vers la fenêtre pour l'ouvrir et appeler au secours.

Le franc-comte l'arrêta encore :

— Silence, lui dit-il. Vous pouvez encore empêcher l'éclat de ma vengeance. Vous n'avez plus rien à attendre de Conrad : son amour ne peut plus vous recompenser de ce que vous sacrifieriez pour lui. Voulez-vous être fidèle à un mort et endurer pour lui la honte publique et des souffrances que votre esprit n'oserait rêver. Sachez bien que je vous poursuivrai sans pitié et que je suis sûr de vous perdre. Je brûlerais ma main dans un brasier pour vous épargner un soupir ou une plainte, si vous m'aimiez; mais je vous verrai souffrir avec joie si vous me résistez toujours. La fuite nous est encore possible, Bertha. Promettez-moi seulement de ne pas me haïr. Venez! venez! hâtons-nous!

— Mais vous êtes donc insensé! s'écria la jeune femme avec stupeur et en allant toujours à la fenêtre. Vous me parlez comme à une criminelle qui aurait peur de voir apparaître les témoins de son crime, tandis que c'est moi qui appelle mes serviteurs pour témoigner de votre félonie. Ma place est à côté de ce cadavre devant lequel vous osez me parler d'amour, à côté de Conrad que vous insultez lâchement, maintenant que vous n'avez plus peur de lui!

— Allons, dit Othon, je veux avoir pitié de vous et je me retire.

— Ah! tu espères fuir, assassin, dit la châtelaine. Non, tu resteras.

Et, ouvrant la fenêtre avec une précipitation fébrile, elle s'écria :

— A moi! à l'aide! fermez les portes!

— Malheureuse! murmura le franc-comte.

De grandes clameurs s'élevèrent aussitot dans le château, et peu après un bruit de pas retentit dans les escaliers.

XVII

L'ACCUSATION.

Bertha revint s'agenouiller près du corps de Conrad, et, embrassant son front glacé, elle dit :

— Tu vas être vengé, mon bien aimé! Tes serviteurs vont demander compte de ta mort à ce monstre!

— Pauvre Bertha! dit Othon toujours calme, vous comptez sur le dévouement des hommes, comme s'il ne fléchissait jamais devant leur intérêt ou leur terreur égoïste, quand il s'agit de frapper les puissants. Vous allez apprendre à les connaître, madame!

Cependant la porte de la chambre tremblait déjà sous des coups redoublés.

Le comte l'ouvrit lui-même, et tous les gens du château se précipitèrent dans la chambre, puis ils reculèrent d'horreur à la vue du gaugrave inanimé.

Alors Bertha se releva frémissante, et joignant les mains devant eux :

— Conrad est mort! dit-elle d'une voix sourde; le laisserez-vous sans vengeance?

Les écuyers et les serviteurs s'approchèrent du cadavre, et le vieil Heino, qui avait quitté la garde de la poterne pour se joindre aux autres, demanda au milieu du silence :

— Qui donc a tué notre maître?

— Cette femme! s'écria aussitôt le franc-comte d'une voix éclatante, en étendant sa main vers Bertha, avant qu'elle eût eu le temps de répondre. C'est en vain qu'elle voudrait nier son crime. Je porte témoignage contre elle!

— La dame d'Herminsberg! répétèrent les serviteurs pétrifiés de surprise.

La châtelaine ne répondit à cette terrible accusation que par un sourire écrasant de mépris.

Cependant le silence continuait.

Les serviteurs du gaugrave se consultaient du regard, et le doute se peignait sur leurs physionomies bouleversées.

Tout à coup la jeune femme eut peur de ce silence et de cette hésitation menaçante.

— Est-il possible que vous ajoutiez foi au mensonge de cet assassin! leur cria-t-elle. Ne suis-je pas la femme bien-aimée de Conrad? ne me reconnaissez-vous pas? est-ce un rêve que tout ceci.

— Vous voyez le trouble de la châtelaine d'Herminsberg, reprit le franc-comte. Interrogez son visage, ses yeux hagards, son effroi convulsif. Le signe de Dieu est sur elle. Quant à moi, ai-je besoin de descendre à me justifier d'un crime inutile et insensé? Dans quel but aurais-je tué le gaugrave, mon frère d'armes? Je n'avais rien à gagner à sa mort. C'était mon sujet et mon hôte. Je suis venu seul et sans armes, sans défiance dans son château. Mais cette femme savait que je pouvais révéler à son mari un secret terrible pour elle, et elle a empoisonné Conrad.

— Sur le salut de mon fils Berthold, s'écria la dame d'Herminsberg indignée, cet homme a infâmement menti! Mais arrêtez donc l'assassin, vous, fidèles vassaux du gaugrave!

Et, allant de l'un à l'autre, elle les suppliait et les implorait.

— Toi, Heino, dit-elle à un vieillard, souviens-toi que Conrad t'a affranchi et t'a confié la garde de la poterne du château; ne laisse pas fuir l'empoisonneur.

Heino répondit d'un air sombre :

— Nul ne sortira de ce château que nous ne sachions toute la vérité, madame.

Bertha serra les mains d'une de ses femmes qui accusait avec vivacité l'indécision et les doutes des serviteurs.

— Toi, veuve du pauvre Wilhem, tué par les baillis de Dettmold, tu comprends au moins la douleur de ta maîtresse, et tu la plains!

Puis se tournant vers le cadavre et saisissant sa main froide comme pour le prendre à témoin :

— Oh! si tu entendais cette accusation, si tes lèvres pouvaient se mouvoir et se rouvrir, comme tu maudirais ton hypocrite assassin, comme tu défendrais de ton dernier geste, de tes dernières paroles, de ton dernier souffle, ta pauvre Bertha! Croyez-vous donc, vous tous qui semblez douter de mon innocence, que si j'avais glacé la vie dans le cœur de Conrad, j'oserais ainsi presser sa main et la porter à mes lèvres!

Et elle baisa cette main froide et inerte. Des larmes venaient aux yeux des femmes et des gens d'Herminsberg.

Heino s'inclina alors devant le franc-comte et lui dit :

— Monseigneur, pour que vous puissiez sortir du

château, il faut nous prouver que le crime a été commis par madame Bertha.

— Vous voulez une preuve, bonnes gens ? répliqua Othon. Eh bien ! je commence par déclarer, et les veilleurs de Dethmold l'attesteront, que la châtelaine d'Herminsberg fut arrêtée par eux une nuit sur la place de cette ville, lorsqu'elle fuyait de la demeure de son époux, en compagnie de l'écuyer Mathias. Maintenant, laissez-moi ouvrir la porte cachée derrière cette tapisserie, ajouta-t-il, et vous comprendrez pourquoi j'ai dû rappeler cette circonstance, et pourquoi la belle châtelaine craignait qu'elle ne fût révélée au gaugrave.

— Mais c'est la porte de l'oratoire de madame Bertha, dit Heino, et nul autre que monseigneur Conrad n'a le droit d'y pénétrer.

— N'importe ! je dois l'ouvrir ! s'écria le franc-comte en s'avançant et soulevant la tapisserie.

Bertha tressaillit de tout son corps. Elle sentit son cœur prêt à se briser dans sa poitrine, et si la veuve de Wilhelm ne l'eût soutenue, elle tombait à terre. Elle vécut vingt années pendant qu'Othon tirait le verrou fatal. Ce fut comme une agonie. Elle avait réellement alors l'air d'une criminelle. Le sang battait à ses tempes, mouillées d'une sueur froide. Mille idées confuses se heurtèrent dans sa tête. Elle espéra un instant que Mathias avait pu fuir, desceller avec son poignet d'Hercule les barreaux de la fenêtre de l'oratoire et descendre ou se jeter dans les fossés.

Le comte tira le verrou de l'oratoire. La porte s'ouvrit. Bertha leva les yeux par un mouvement plus fort que la volonté.

Elle vit, ainsi que tous les autres, Mathias immobile, frémissant, indigné, la dague nue à la main, Mathias, dont le dévouement la dénonçait, la déshonorait, la perdait.

Si Bertha ne tomba pas morte, foudroyée à cet instant, c'est qu'elle était mère, et qu'une mère veut toujours vivre pour son enfant, fût-ce avec la faim dans les entrailles, fût-ce dans la honte et la fange.

— Cet homme est l'amant de la dame d'Herminsberg ! s'écria le franc-comte au milieu du silence général.

Mathias s'avança la dague haute.

— N'écoutez pas l'Ours de Lippe, dit-il à son tour. J'ai tout entendu dans cet oratoire. C'est lui qui a empoisonné le gaugrave, et il ose accuser cette femme innocente, pour la punir d'avoir résisté à son amour infâme ! Oh ! si le misérable n'avait pas fermé cette porte, j'aurais déjà vengé mon maître ! mais il est encore temps.

Et il voulut se précipiter sur Othon.

Mais Heino, Franz, les écuyers et les autres serviteurs l'entourèrent.

— Mathias ! demanda Heino, qui t'a permis d'entrer dans l'oratoire de la châtelaine ? As-tu donc oublié que tu as commis un crime en te cachant dans cet asile inviolable ?

L'écuyer tressaillit. Il n'osait dire que Bertha elle-même l'y avait conduit. C'était la condamner.

— L'évidence est contre toi, Mathias, dit Heino. N'as-tu rien à dire pour te justifier ? Comment veux-tu que nous ajoutions foi au témoignage d'un homme que nous surprenons dans l'oratoire de la femme accusée ?

Les cheveux de Mathias se mouillèrent de sueur. Il resta écrasé sous le poids de ce fait terrible.

— Vous voyez bien, s'écria Othon d'une voix retentissante, que l'écuyer est le complice de Bertha d'Herminsberg, qu'ils s'aimaient tous deux d'un amour adultère, et que cet amour explique le crime de cette vertueuse châtelaine, si habile à détourner les soupçons en priant Dieu, en faisant des pèlerinages à Notre-Dame-des-Tilleuls et en choisissant son oratoire pour l'asile mystérieux de ses entrevues avec son amant !

Bertha n'eut pas la force de répondre à cette accusation flétrissante. Elle tomba évanouie dans les bras de la veuve de Wilhelm.

— Aux épées ! aux épées ! hurla alors Mathias, devenu fou d'indignation et de rage ; compagnons sauvez votre maîtresse et châtiez cet assassin !

— Vassaux d'Herminsberg ! s'écria Othon, désarmez cet homme, que je dénonce, ainsi que Bertha, femme du gaugrave Conrad, comme sacriléges, adultères et empoisonneurs tous deux, à la Sainte-Vehme de Dethmold, aux juges de Dieu, voyants et illuminés de la Terre-Rouge, qui ont seuls le droit de disposer du corps et de l'honneur !

Ces paroles mystérieuses n'eurent pas plus tôt été prononcées qu'un cri universel d'épouvante s'éleva de la foule des serviteurs du château, et que la plupart s'enfuirent aussitôt.

— Dénoncés tous deux au tribunal secret ! répéta Mathias lui-même avec accablement en laissant échapper sa dague de sa main défaillante.

La veuve de Wilhem abandonna avec une sorte d'effroi sa malheureuse maîtresse et s'éloigna d'elle comme d'une pestiférée.

— Et maintenant, ajouta Othon en s'avançant fièrement vers le vieil Heino, j'espère que tu ne t'opposeras plus à mon départ, gardien de la poterne, si tu ne veux faire connaissance avec la corde et la branche de saule des francs-juges. Tu sais la loi du code de Dethmold : « Tout franc-comte et franc-juge a le droit d'aller et de venir en sûreté, à pied ou à cheval, quoique désarmé, pour les affaires de l'association de la Vehme, suivant l'ancien usage et les lois du saint empire ! » Or, je retourne à Dethmold pour faire citer deux coupables au tribunal des vengeurs, d'après la formule du serment que j'ai prêté, et pour les faire inscrire au livre de sang.

Heino courba humblement la tête devant le comte en entendant ces mots sacramentels, et il le conduisit jusqu'aux portes du château, qu'il ouvrit, sans que personne osât s'opposer au passage du terrible agent de la justice secrète.

Mathias et Bertha restèrent seuls dans la chambre de la tour, à côté du cadavre de Conrad d'Herminsberg.

XVIII

LA SAINTE-VEHME.

Lorsque la dame d'Herminsberg sortit de son cruel anéantissement, la tête lourde, les pensées confuses dans son cerveau, le souvenir encore vague, elle était dans sa chambre de châtelaine, couchée sur un lit de repos. Le cadavre de Conrad n'effrayait pas ses regards ; un silence de mort régnait autour d'elle. Presque effrayée de ce silence profond, elle appela, et un homme parut sur le seuil de la porte.

C'était l'écuyer Mathias, dont la vue lui rappela tout ce qui s'était passé la veille, et la douleur de ce souvenir fut si forte que la pauvre femme s'écria en pressant son front de ses mains :

— O mon Dieu ! j'avais espéré mourir ! Pourquoi avez-vous voulu que je résistasse à une telle épreuve ! Seigneur, reprenez-moi bien vite cette vie que vous m'avez donnée !

— Madame, dit doucement Mathias, j'étais bien inquiet de voir que vous restiez plongée dans ce sommeil glacé ! le ciel a écouté enfin mes vœux et mes prières. Il vous donnera sans doute le courage de lutter contre les malheurs qui nous frappent et ceux qui nous menacent encore.

— Oh ! maintenant, je n'ai plus rien à craindre ! Mathias, murmura la veuve du gaugrave avec un accent douloureux.

— Peut-être ! répliqua l'écuyer. Nous avons un ennemi si ingénieux à faire le mal ! Mais j'oubliais : une femme inconnue s'est présentée, il y a une heure, à la porte du château, demandant à vous parler avec une insistance singulière. Voulez-vous la recevoir, noble dame ?

— Peut-être est-ce quelque pauvre serve fugitive qui me croit toujours l'heureuse et puissante dame d'Herminsberg, répliqua amèrement Bertha. N'importe ! ma douleur ne doit pas rendre mon cœur indifférent aux souffrances des autres. Mathias, dis à Heino de la laisser passer.

— Je vais la chercher, madame, dit l'écuyer, car Heino, Franz et tous vos autres serviteurs ont disparu, craignant d'être enveloppés dans la terrible accusation que l'Ours de Lippe a fait peser sur nous.

— Taisez-vous, par pitié, interrompit Bertha. Ne réveillez pas cet horrible souvenir. Allez et amenez-moi cette femme. Je ne crains pas qu'elle puisse m'annoncer un nouveau malheur.

Mathias s'éloigna.

Alors Bertha chercha à démêler dans sa mémoire la trame brisée et interrompue des événements qui venaient de s'accomplir, mais elle ne put y parvenir : elle sentait seulement un vide et un trouble extraordinaires dans son âme. C'était un de ces désespoirs mornes et profonds, qui ne réclament plus qu'une solitude où le cœur puisse s'envelir à jamais dans sa douleur, comme le héros romain se drapait pour mourir avec un calme stoïque dans les plis de son manteau.

L'écuyer reparut bientôt, accompagnant l'inconnue, dont le visage était à moitié caché par le capuchon de sa mante, et qui tressaillit en apercevant la châtelaine dénoncée aux juges invisibles.

— Dieu soit loué ! dit cette femme ; il m'a permis d'arriver à temps.

— Qui êtes-vous et que voulez-vous ? lui demanda la dame d'Herminsberg.

— Je suis Irène Colonna, répliqua doucement la nouvelle venue.

— Irène Colonna, la favorite du comte Othon chez moi ! s'écria avec horreur la châtelaine. Ai-je donc quelque chose à entendre de votre bouche ! Suis-je descendue assez bas pour être réduite à vous écouter ! Ne suis-je plus maîtresse du château d'Herminsberg ? Vous vous êtes trop hâtée de venir contempler ma douleur et rire de mes larmes, digne fille des princes Colonna ! Mathias, si j'ai encore le droit de donner ici des ordres, si ma voix est encore écoutée et respectée, faites sortir à l'instant cette femme. Je le veux !

Mathias s'avança vers l'Italienne. Celle-ci ne bougea pas ; mais elle répondit avec sa voix harmonieuse, devenue douce et triste :

— Noble Bertha, vous avez tort de me faire chasser d'Herminsberg. Si j'étais encore la maîtresse du franc-comte de Lippe, je sais que ma présence serait une souillure et une profanation pour cette chaste demeure ; mais ce n'est pas la favorite Irène Colonna qui a l'audace de vous demander un entretien. C'est une pauvre fille bannie de Dethmold qui vient implorer votre hospitalité !

— Bannie de Dethmold ! répéta Bertha avec surprise ; qu'avez-vous donc fait ?

— Vous ne m'avez pas regardée, madame, répliqua douloureusement l'Italienne.

Et, s'approchant de la châtelaine, elle ôta son capuchon et découvrit son visage sillonné de taches rougeâtres et de cicatrices de brûlures.

Bertha recula d'étonnement. C'est en vain qu'elle cherchait à retrouver, sous ce masque gonflé et défiguré, les traces de cette physionomie superbe et altière, qui avait fait à Irène Colonna une éclatante réputation de beauté dans toute la Saxe et la Westphalie.

— Je suis affreusement laide, n'est-ce pas, madame ? poursuivit l'Italienne, et vous ne devez plus être surprise que le comte Othon m'ait chassée du château de Dethmold, vous dont il a empoisonné le mari, parce que le gaugrave était coupable d'avoir une femme trop vertueuse et trop belle !

— Comment ! s'écria Bertha, vous savez...

— Je serai franche avec vous, noble châtelaine, continua Irène. Le poison qui a tué votre époux, je l'avais demandé moi-même au juif Manassès, l'argentier du comte, mais pour m'en servir contre vous, dont j'étais jalouse. Oh ! ne me regardez pas avec horreur, madame. J'expierai mon crime, et croyez-vous que l'avouer ainsi devant vous ce ne soit pas déjà un commencement d'expiation ! Lorsque le gaugrave Conrad me sauva de cette fournaise dans laquelle me poussaient déjà les mineurs révoltés, toute ma haine se fondit dans mon cœur, et je résolus de devenir pour vous et pour lui une amie inconnue, mais fidèle, vaillante et dévouée. Le lendemain même, je surpris le comte Othon chez son argentier, au moment où il ordonnait à ce juif de lui remettre le poison qui vous était destiné. Croyant que je vous haïssais toujours, il ne se cacha pas de moi. Je lui dis alors que s'il forçait Manassès à lui livrer le poison, et que s'il s'en servait contre le gaugrave ou contre vous, je n'hésiterais pas un instant à dénoncer son crime. Je ne puis vous dépeindre sa surprise et sa colère. Il essaya de m'effrayer par ses menaces. Je suis fière et orgueilleuse : je résistai, madame. Alors il me cria avec une nouvelle fureur :

« — Prends garde, Irène, ne cherche pas à lutter contre moi !

« Je le suppliai à genoux de renoncer à son projet infâme, au nom de l'amour que j'avais eu pour lui. Il me repoussa. Me relevant indignée, je lui dis froidement :

« — Eh bien ! monseigneur, faites suivant votre désir. Je saurai bien trouver des défenseurs à Conrad et à Bertha d'Herminsberg ! Il y a plus d'un chevalier à Dethmold qui ne méprisera pas les prières d'une jeune femme !

« — Surtout quand elle est aussi belle qu'Irène Colonna, répliqua le comte avec un sourire de rage. Eh bien ! périsse donc cette beauté dont tu es si vaine et dont tu crois pouvoir t'armer contre moi !

« Et en même temps, débouchant une des fioles qui se trouvaient dans le laboratoire de Manassès, le comte me jeta à la figure une liqueur corrosive qui me brûla la chair comme un feu ardent, et, pendant quelques instants, je crus même être aveugle. Je poussai un horrible cri de douleur et je tombai à terre presque évanouie. Pendant que Manassès cherchait à calmer l'effroyable souffrance que j'endurais, Othon montait à cheval et se rendait en toute hâte au château d'Herminsberg. Quand il fut de retour à Dethmold, il ordonna mon bannissement de la ville et du comté de Lippe. J'obéis, car je venais d'apprendre la mort du gaugrave, l'infernale accusation du comte, et je comprenais déjà que vous pouviez avoir besoin de moi, madame. »

— Soyez donc la bienvenue, Irène Colonna, dit la châtelaine, puisque nous avons maintenant le même ennemi et la même haine au cœur.

— Noble dame, dit l'Italienne, permettez-moi de vous faire une seule question.

— Parlez, Irène, répondit Bertha.

— Le comte vous a dénoncée aux voyants de la Sainte-Vehme. Voulez-vous comparaître devant ce tribunal secret ?

— Certes, répondit la dame d'Herminsberg, je paraîtrai avec confiance devant les juges de Dieu, puisqu'ils sont les vengeurs de l'innocence et de l'opprimé, et je leur dirai toute la vérité. Les coupables seuls doivent craindre d'être appelés à leurs assises mystérieuses. Ce sont des hommes loyaux et justes. Conrad m'a souvent dit que le saint tribunal avait sauvé l'empire ; que les francs-juges n'admettaient parmi eux que des hommes qui pouvaient justifier d'une conduite sans reproche et d'une naissance légitime ; qu'il fallait enfin qu'ils aient vu de leurs yeux et entendu de leurs oreilles les délits dont ils accusaient les coupables. Oui, j'irai sans trembler à la séance secrète ou publique de la Sainte-Vehme, je raconterai le crime du franc-comte de Lippe, et ces juges intègres vengeront la mort de Conrad !

— Pauvre femme ! dit Irène Colonna avec émotion ; vous êtes dupe comme Conrad de votre noblesse de cœur ; vous supposez chez les autres les sentiments purs et justes qui vous animent !

— Que voulez-vous dire, Irène ? s'écria la châtelaine.

— Je suis venue, noble dame, répliqua l'Italienne, pour vous conseiller de fuir le château d'Herminsberg avant que les francs-juges vous aient citée à leur tribunal.

— Moi, fuir ! dit Bertha, comme une coupable qui tremble de voir ses juges lire son crime dans le trouble de ses paroles, la pâleur de son visage et l'égarement de ses yeux ! Non pas, Irène ! je paraîtrai tête levée devant eux ! Pourquoi donc me donnez-vous un pareil conseil ?

— Parce que cette cour de justice secrète, dans laquelle vous avez tant de confiance, dame d'Herminsberg, s'écria l'Italienne, n'est, à mes yeux, qu'un tribunal d'assassins et de bourreaux !

— Ne parlez pas ainsi, malheureuse ! interrompit Bertha. Les invisibles sont présents en tous lieux, et si vos paroles étaient entendues, vous seriez perdue.

— Madame, reprit Irène, les francs-juges de la Terre-Rouge ont déjà ravi l'honneur, les biens et la vie d'un grand nombre d'innocents, car ils commencent par pendre les accusés, sauf à examiner ensuite s'ils sont coupables ou non !

— C'est impossible, dit la châtelaine. On vous a trompée, Irène. Ne savez-vous pas que les voyants de la Sainte-Vehme sont revêtus en toute plénitude de la puissance impériale et royale, que le tribunal secret de Dethmold est surnommé *le miroir et la chambre du roi des Romains*, et que l'empereur n'a pu déléguer son droit de justice qu'à des hommes d'une loyauté éprouvée et d'une vie tellement exempte de fautes et de crimes quel nul ne puisse contester leurs priviléges ?

— Châtelaine d'Herminsberg, ne fermez pas les yeux à la vérité, répliqua l'Italienne. La favorite du franc-comte de Lippe a pu découvrir quelques-uns des secrets de cette association formidable, secrets que la femme du gaugrave Conrad n'aurait jamais soupçonnés. Oui, madame, les juges de Dieu tiennent leurs pouvoirs d'une commission impériale, mais ils ne rendent aucun compte de leurs actes au souverain au nom duquel ils exercent cette autorité terrible. Toutes leurs démarches sont tortueuses et secrètes, ils ne rendent jamais publiques leurs sentences, et leurs exécutions sont des guets-apens et de véritables meurtres. La dénonciation faite par un de ces bourreaux invisibles suffit pour que l'accusé soit condamné, même sans avoir été cité ni entendu ; le signalement du prétendu coupable, qui ignore souvent son arrêt, est communiqué à tous les affiliés de la Sainte-Vehme, et cent mille bourreaux inconnus sont chargés de le poursuivre et de l'exécuter par la corde ou le poignard partout où ils le rencontreront. Et ces vengeurs de l'Éternel, comme ils s'appellent orgueilleusement, jurent, dans leur serment de fidélité au tribunal secret, de lui obéir et de le défendre contre père, mère, frères, sœurs, femme, enfants, tous les hommes enfin, le chef seul de l'empire excepté, sans que ni l'affection, ni la douleur, ni l'or, ni l'argent, ni aucune chose que Dieu ait créée, puissent leur faire enfreindre cet engagement. Croyez-vous donc, madame, que les mystères de la Sainte-Vehme ne servent jamais de voile aux passions et aux vengeances particulières de ses membres ? Et la justice a-t-elle besoin de s'entourer de ténèbres lorsqu'elle est franche et loyale dans ses actes ?

— Vous avez peut-être raison, Irène, dit Bertha avec fermeté ; mais je dois à mon propre honneur de comparaître à la séance de la Vehme de Dethmold. Je ne veux pas porter moi-même témoignage contre moi en fuyant comme une criminelle.

— Eh bien ! sachez d'avance, que vous serez condamnée, madame. C'est en vain que vous chercherez à vous justifier, car les illuminés de la Vehme, pour qui nul crime ne peut rester caché, écoutent l'accusateur et non pas l'accusé. Or, quand l'accusateur est un franc-juge, sa dénonciation seule est regardée comme une preuve incontestable du crime.

— Dieu m'aidera à confondre l'empoisonneur de Conrad, dit froidement Bertha. Il est impossible que parmi tous mes juges il ne se trouve pas un homme juste qui soit touché de mes paroles et qui voie clair dans ce qui s'est passé !

— Mais vous ne savez donc pas, madame, s'écria alors l'Italienne surprise de cette opiniâtre résolution, quel est le chef suprême de la Vehme de Dethmold ?

— Non, dit Bertha.

— C'est monseigneur Othon, franc-comte de Lippe, répliqua Irène. C'est lui qui vous interrogera ; c'est lui qui prononcera la sentence portée contre vous.

— Je vois, dit la châtelaine d'Herminsberg avec un sourire froid et amer, que vous croyez que j'ai peur de mourir et que je veux [illegible] tribunal vehmique pour disputer ma vie aux vengeurs. Vous n'avez pas su lire au fond de mon cœur, Irène. Tant mieux si c'est le comte Othon qui me juge et me condamne. Non, je ne crains pas de mourir, car, pour moi, mourir, c'est rejoindre Conrad !

Irène Colonna comprit seulement alors toute la profondeur du désespoir de la veuve du gaugrave. Les ressorts de la vie morale étaient brisés dans le cœur de Bertha. Elle était tombée dans cette sorte d'insensibilité, dans ce marasme et cette stupeur étranges qui touchent presque à la folie, et déjà son esprit n'avait plus qu'une idée fixe : la mort !

L'Italienne s'effraya de cette douleur désespérée et essaya de ranimer la pauvre femme à l'aide du seul nom qui pouvait faire encore tressaillir son cœur. Elle reprit :

— Peu vous importe de mourir ! avez-vous dit madame. C'est là une parole impie. Avez-vous donc oublié que vous êtes mère ?

— Mère ! ô mon Dieu ! répéta la châtelaine frissonnant et regardant Irène avec des yeux éblouis.

— Peu vous importe sans doute, continua l'Italienne, de laisser votre fils orphelin au lieu de fuir avec lui, au lieu de le cacher dans une retraite obscure et de vivre pour lui, qui vous rappellera l'image et le souvenir de votre mari, madame, jusqu'au jour où Berthold, devenu grand, robuste et courageux comme son père, pourrait devenir le vengeur du gaugrave d'Herminsberg !

Bertha saisit les mains d'Irène.

— Merci ! merci ! s'écria-t-elle. Ah ! j'étais folle, et vous m'avez rendu la raison. J'étais aveugle, et vous m'avez forcée à regarder la lumière. Berthold, mon fils, mon enfant ! Et moi qui parlais de mourir ! Et moi qui tout bas accusais Dieu ! Oh ! je suis une femme égoïste et sans foi, car le ciel m'a laissé mon enfant, et je croyais que je n'avais plus de bonheur à espérer ni de devoirs à remplir sur la terre ! Mathias, où est Berthold ? Vous avez eu soin de lui, n'est-ce pas ?

— Écoutez, madame, reprit Irène en l'arrêtant, si vous voulez sauver votre enfant, il faut fuir avec lui. Y consentez-vous maintenant ?

— Si j'y consens, dit Bertha éperdue. Mathias, elle me demande si j'y consens ! Mais venez donc à la chambre où repose le fils de Conrad, ce pauvre enfant qui n'a plus d'autre défenseur que sa mère, sa mère qui l'avait oublié ! Oh ! ne perdons pas une minute !

Et elle se précipita vers la chambre voisine, où le berceau de Berthold se dressait sur une estrade, comme c'était la coutume pour les premiers-nés des seigneurs et chevaliers westphaliens.

— Mathias, dit Irène à l'écuyer, tant que nous ne serons pas hors d'Herminsberg, nous devons nous défier des espions du comte Othon. Ne laissez donc pénétrer personne au château.

— Oh ! j'ai peut-être été imprudent, répondit Mathias, en donnant entrée, il y a une heure, à un ensevelisseur de Dethmold, qui m'a dit être envoyé par le chevalier Walter de Thann, pour veiller aux funérailles de monseigneur Conrad.

— Malheureux ! qu'avez-vous fait ! s'écria l'Italienne. Plusieurs fois déjà le comte Othon a eu le dessein de faire enlever le fils du gaugrave, sachant bien que c'était là le coup le plus cruel dont il pût frapper Bertha. Il disait que la femme de Conrad braverait peut-être ses menaces et sa vengeance, mais que la mère de Berthold n'oserait pas lui résister, quand elle verrait son enfant en son pouvoir.

Cependant la châtelaine était entrée dans la chambre où reposait Berthold, et alors, craignant de l'effrayer et de l'éveiller, elle avait arrêté sa marche brusque et précipitée. Elle s'avançait à petits pas, doucement, le cœur presque joyeux à la pensée de revoir ce petit visage mutin, frais et rose, ces yeux clos, ce sourire si calme dans le sommeil, que l'enfant semblait rêver à sa mère. Déjà elle touchait à l'estrade et elle hésitait à en gravir les degrés. Elle se retourna avec un visage heureux et vit Irène et Mathias qui la suivaient, émus, troublés, tremblants ; leurs craintes lui mirent aussitôt le froid au cœur. Elle écouta pour entendre bruire dans le silence de la chambre la douce respiration de l'enfant. Rien ; c'était un silence qui lui parut lugubre. Les mères ont un instinct qui leur parle au cœur. Bertha tomba à genoux sur les degrés de l'estrade, et, d'un geste brusque, convulsif, elle tira les rideaux de soie pourpre qui cachaient le berceau, et elle plongea un regard avide, effaré, dans ce berceau.

Il était vide !

La jeune mère se retourna vivement et embrassa toute la chambre d'un coup d'œil. Puis elle cria d'une voix éteinte :

— Enlevé ! perdu ! Berthold, mon enfant !

Elle essaya de se relever, de marcher. Elle ne put que se traîner et ramper sur ses genoux, criant toujours :

— Où es-tu, Berthold ! Ne m'entends-tu pas ?

— Oh ! ce misérable voleur d'enfants ne peut être encore loin du château ! s'écria Mathias. Nous le retrouverons, madame, je vous le jure.

Et tous trois, comme s'ils s'étaient communiqué la même pensée, s'approchèrent de la fenêtre qui avait vue sur l'entrée du château.

— Le voilà ! c'est bien lui ! dit aussitôt l'écuyer en désignant aux deux femmes un homme enveloppé d'un manteau noir à capuchon et dont les mains étaient couvertes de gants noirs.

Mathias allait s'élancer hors de la chambre pour se mettre à la poursuite de l'inconnu, lorsqu'une exclamation de surprise que laissèrent échapper à la fois Bertha et l'Italienne l'arrêta.

Les deux femmes venaient en effet de voir cet homme accomplir, à leurs yeux, une cérémonie étrange.

XIX

L'ARCHER.

Le prétendu ensevelisseur s'était avancé près de la statue de saint Gottfried placée devant la poterne, et il avait attaché à la main du saint de pierre une large feuille de parchemin à laquelle pendaient sept sceaux.

Puis se dirigeant vers le tronc des pauvres qui se trouvait, suivant la coutume, en plein champ devant une croix de bois, il y attacha une feuille semblable.

Ensuite, tirant un poignard de dessous son manteau, il coupa un copeau d'un arbre voisin, un copeau de la poterne et de la barrière du château, puis il planta son poignard en travers du verrou de la barrière.

— Madame, s'écria alors Mathias, cet homme est un Frohnbot, un des saints huissiers du tribunal vehmique chargés de parcourir le pays, d'observer et de dénoncer les crimes, de citer et d'exécuter les coupables.

Bertha et Irène ne purent s'empêcher de frissonner en voyant le calme effrayant avec lequel le Frohnbot remplissait sa mission.

Ce dernier élevant alors la voix :

— Gardien de la poterne, dit-il, avertis la dame Bertha d'Herminsberg, coupable d'adultère, d'empoisonnement et de sacrilége, qu'elle est citée à comparaître dans le délai d'un jour royal, six semaines et quatorze nuits, devant le tribunal secret de Dethmold, sous l'aubépine. Bertha, comparais! comparais! Surtout garde-toi de l'enfer de ton château, car les veilleurs de l'Éternel veillent sur toi. J'emporte ces trois copeaux coupés à l'arbre, à la poterne et à la barrière du manoir d'Herminsberg, comme preuves de la citation que je t'ai faite, moi, Frohnbot de la Sainte-Vehme! Elle est écrite sur ce parchemin revêtu des sceaux du franc-comte de Dethmold et de six autres francs-juges, gens loyaux et justes.

Puis tendant sa main vers le tronc des pauvres :

— Mathias! reprit-il, Mathias! écuyer du gaugrave Conrad, adultère et meurtrier, les voyants de Dethmold te citent à la séance du tribunal secret qui se tiendra le premier jeudi avant la Pentecôte. Comparais! comparais!

Ensuite il se dirigea vers un bouquet d'arbres qui s'élevait derrière la croix de bois, et il reparut un instant après monté sur un vigoureux cheval noir et tenant enveloppé dans son manteau un enfant dans lequel la châtelaine et Mathias reconnurent le petit Berthold, qui pleurait et se débattait en criant.

Ils avaient écouté avec stupeur la citation du Frohnbot. Mais dès qu'ils ne virent plus en lui que le voleur d'enfant, toute crainte disparut de leur cœur.

— Mathias! cria la mère, cet homme emporte Berthold. Pourquoi es-tu resté ici au lieu de le poursuivre? Je te croyais déjà à la porte du château, et tu es encore là! Oh! si j'avais su, je serais descendue, moi, et je lui aurais arraché mon enfant. Une mère est plus forte que l'homme qui vient lui voler son fils. Pourquoi ai-je compté sur toi, Mathias! mais va donc! serais-tu devenu un lâche tout à coup, et aurais-tu peur de cet homme parce qu'il est franc-juge?

Pendant que la mère désolée parlait ainsi, Mathias, immobile, impassible, suivait des yeux la direction qu'avait prise le Frohnbot. Enfin, lorsqu'il le vit descendre au galop de son cheval un sentier qui conduisait à la Lippe et que surplombaient les ondulations du Teutoburgerwald, un éclair de joie passa sur le visage du fidèle écuyer, et il dit à Bertha :

— Rassurez-vous, madame. Je vous promets de l'atteindre.

— Mais c'est impossible maintenant, répondit-elle d'une voix tremblante. Tu as trop tardé. Me le rendre, ce serait un miracle.

— Je ferai ce miracle, madame, dit Mathias.

Et tout en parlant il avait saisi son grand arc qui était toujours accroché dans la chambre de l'enfant; il avait choisi avec un soin extrême deux flèches dans sa trousse d'archer, et il les avait placées en équilibre sur un de ses doigts pour s'assurer que le fer de la pointe n'était pas plus lourd que l'ivoire de l'encoche.

Quand il fut satisfait de son essai, il dit à la pauvre mère, qui le regardait dans une attente pleine d'anxiété :

— Madame, le Frohnbot descend le sentier de la Lippe. Moi, je sais un détour à travers la forêt par lequel je puis arriver avant lui à la gorge des Loups avec mes bonnes jambes de chasseur.

— Mais comment veux-tu le combattre? demanda la mère désespérée.

— Je n'ai pas oublié mon métier d'archer, reprit fièrement Mathias. N'étais-je pas, après monseigneur Conrad, le plus adroit tireur du franc-comté? Cette adresse que je dois aux leçons de mon maître, je veux l'employer aujourd'hui à sauver son enfant. Mais laissez-moi partir, madame; je n'ai plus une minute à perdre si je veux arriver à temps.

— Non! non, tu ne partiras pas! s'écria Bertha éperdue. Je vous le défends, Mathias.

— Comment, c'est vous qui me retenez ici, madame! répliqua l'archer surpris. Vous voulez donc ne plus revoir votre petit Berthold et le laisser aux mains de ceux qui lui apprendront à maudire le nom de sa mère?

— Ne plus le revoir! dit-elle avec un accent déchirant; ce serait la mort, entends-tu; et pourtant je ne veux pas que tu partes, Mathias; car j'ai peur, peur pour Berthold! Tu veux tuer le Frohnbot avec une de tes flèches, n'est-ce pas? Mais tu es donc fou, habile archer, puisque tu oublies que cette flèche peut dévier du but et frapper mon enfant!

— Je vous dis que je suis sûr de mon coup, madame, et je vous réponds de la vie de Berthold, dit l'archer. Moi aussi, je l'aime, mais je sais qu'il n'y a aucun danger pour lui. Mais, par l'âme de votre enfant, laissez-moi partir.

— Non! non! dit la châtelaine en l'arrêtant. J'aime mieux le perdre que de le voir mourir sous mes yeux. Il me semble déjà voir ta flèche fendre l'air et menacer sa poitrine. Reste, Mathias, je t'en conjure, je te l'ordonne.

— Encore un instant, madame, et il sera trop tard pour essayer de reprendre Berthold, répliqua l'archer. Et le pauvre enfant sera à jamais perdu pour vous, et il deviendra le jouet de l'ennemi de sa famille.

— Mais, malheureux, s'écria Bertha au comble de l'incertitude et de l'angoisse, es-tu donc sûr que ton coup d'œil ne s'égare pas, que ton bras ne tremble et ne fléchisse pas! Le franc-juge se fera un bouclier de mon enfant, et tu ne pourras atteindre l'un sans risquer de frapper l'autre.

— Que Dieu m'aide donc, répliqua l'archer en repoussant la pauvre mère, mais il ne sera pas dit que j'ai pu arracher le fils de mon maître des mains d'un huissier du tribunal secret et que je me suis laissé effrayer et détourner de mon devoir par les craintes d'une femme!

Et, repoussant Bertha, il sortit de la chambre, ouvrit la poterne, franchit la barrière sans respect du poignard vehmique planté au verrou, et, s'éloignant du château, disparut dans le bois qui couvrait les hauteurs du Teutoburgerwald.

Quand elle l'eut vu partir, la dame d'Herminsberg resta un instant comme terrifiée, puis s'élançant vers la porte : — Suivons-le, dit elle à Irène.

Et les deux femmes s'enfuirent aussitôt du château, allant sur les traces de l'archer, comme si elles avaient été poursuivies.

Un quart d'heure après, Mathias atteignait la gorge des Loups, étroit défilé où un seul cavalier pouvait passer de front.

Il se trouvait sur une hauteur qui dominait le sen-

Compagnons, sauvez votre maîtresse et châtiez cet assassin. — Page 67, col. 2.

tier de la Lippe, sentier difficile où le Frohnbot n'avait pu chevaucher qu'au pas.

Bientôt il entendit résonner les sabots du cheval sur les cailloux, et vit enfin paraître celui qu'il attendait si impatiemment.

Il tira alors de sa trousse la flèche qu'il avait choisie et essayée, l'ajusta sur la corde de son arc, puis il cria au franc-juge d'une voix ferme :

— Arrête-toi ici, voleur d'enfant.

L'huissier de la Vehme leva les yeux en entendant cette voix qui semblait descendre soudainement du ciel, et, en voyant l'attitude menaçante de l'archer, il répondit sans s'arrêter :

— Libre passage au Frohnbot des voyants de Dethmold !

— Misérable ! rends-moi d'abord cet enfant que tu caches sous ton manteau. Est-ce aussi comme huissier de la Sainte-Vehme que tu l'as volé ?

Le franc-juge arrêta son cheval ; puis il entr'ouvrit son manteau, et élevant dans ses bras le petit Berthold, qui, s'étant lassé de crier et de se débattre, dormait en souriant, il répondit à Mathias :

— Es-tu habitué à tirer sur un pareil gibier, maître archer ? Ajuste-le donc, car je ne te le rendrai pas vivant. Pour moi, je porte une cotte de mailles à l'épreuve de tes flèches.

Mathias ne répondit pas. Il posa sa flèche sur son arc, la leva lentement à la hauteur de son œil et du front de l'huissier de la Vehme, retira sa main droite en arrière, jusqu'à ce que la corde de l'arc effleurât son épaule, puis il resta immobile dans cette position comme une statue de granit.

En ce moment, l'enfant se réveilla et poussa un cri plaintif. Il agita ses petits bras et les tendit vers l'archer comme s'il le reconnaissait.

Une larme trembla aux paupières de Mathias et roula doucement sur sa joue ; mais il ne bougea pas. Il attendit qu'elle ne troublât plus son regard. Il sentit sa main se crisper et se raidir un peu.

Enfin, il allait tirer lorsqu'un cri vint frapper ses oreilles, un cri de mère déchirant, insensé, terrible :

— Ne tire pas, Mathias !

C'était Bertha qui arrivait à cet instant suprême, qui entendait la voix plaintive de son enfant et qui le voyait sous le coup de la flèche de l'archer.

La main de Mathias trembla. Il eut peur à son tour, peur de ce petit Berthold qui gémissait, de cette mère qui allait l'accuser, peur de lui-même, car il commençait à douter de son adresse renommée.

La veuve de Conrad poursuivait sa course haletante. Elle joignait les mains, elle priait, elle menaçait, elle suppliait l'archer.

— Malheur ! murmura-t-il ; si j'allais tuer le fils de mon maître !

Et il fut sur le point de laisser tomber à ses pieds son arc et sa flèche.

Mais il rougit alors de sa faiblesse.

Bertha s'approchait ; une minute encore, et elle lui arrachait des mains l'arc et la flèche ! Il fit un violent effort sur lui-même, il se raidit contre son doute et son épouvante, il se fit sourd aux cris de cette mère,

Il resta immobile dans cette position. —Page 72, col. 2.

Il détourna son regard des yeux étonnés de l'enfant, et se disant : « Il faut le sauver malgré elle ; si je tarde un seul instant, tout est perdu ! » Il visa avec une attention calme et profonde. Puis l'huissier de la Vehme le vit remuer machinalement les lèvres et lui cria :

— Avoue donc que tu as peur !

Il avait à peine fini de parler que la flèche partit en sifflant comme un éclair et lui brisa le front. Si les lèvres de Mathias avaient remué, c'est qu'il priait Dieu de venir à son aide et de guider sa flèche.

La mère ferma les yeux et s'arrêta comme pétrifiée en voyant filer dans l'air le trait terrible. Mathias le suivit au contraire de ce regard égoïste et exercé de l'archer qui espère en son adresse et qui tient à s'assurer de son succès.

Quant à l'huissier de la Vehme, il étendit les bras comme pour se cramponner à son cheval, lâcha l'enfant, et tomba à terre en poussant un cri étouffé.

Deux minutes ne s'étaient pas écoulées que la mère, qui avait cru sentir son cœur traversé par la flèche de Mathias, était descendue dans le sentier et embrassait son enfant, le pressait sur son sein, apaisait ses cris et remerciait Dieu avec des larmes et des prières confuses de ce que son bien-aimé petit Berthold ne s'était pas blessé dans sa chute.

Cependant Irène avait relevé le capuchon du franc-juge, et elle avait reconnu, ainsi que Mathias, le visage du chevalier Walter de Thann, un des favoris du comte Othon.

— Maintenant, dit l'Italienne, nous ne pouvons plus retourner au château d'Herminsberg. Vous avez tué un huissier de la Sainte-Vehme, Mathias. C'est un crime dont le saint-père lui-même ne pourrait vous absoudre.

— Il faut nous enfoncer dans les profondeurs du Teutoburgerwald, répondit l'archer. J'y connais une vallée sauvage et cachée où nous retrouverons encore la vieille cabane d'un charbonnier qui me donnait asile dans mes chasses, et où nul n'ira nous chercher et nous découvrir.

— Il va bientôt faire nuit, reprit Irène, et nous sommes menacés d'un orage, car le vent souffle avec violence. Partons, madame. Mathias, emportez l'enfant.

Mais la mère ne voulut pas, malgré sa faiblesse et sa fatigue, céder à l'archer le droit de porter Berthold.

Ils remontèrent sur la hauteur. Mais à peine avaient-ils atteint le sommet que l'Italienne s'écria :

— Dieu nous sauve ! J'aperçois trois cavaliers qui doivent venir d'Herminsberg, et qui suivent, comme le Frohnbot, le sentier de la Lippe. Ils vont trouver son cadavre, et ils nous poursuivront aussitôt.

— Fuyons ! fuyons ! répéta Bertha d'un air égaré. Il faut sauver l'enfant ! Il ne faut pas que ces cavaliers nous atteignent, car ils me sépareraient de lui, car ils me l'enlèveraient !

Ils entendirent les pas des chevaux résonner sur le sentier pierreux.

— Nous ne pouvons plus leur échapper, dit Mathias avec accablement. Des femmes n'ont pas l'agilité et la force d'un chasseur westphalien, et un chasseur seul aurait encore le temps de fuir.

— Ecoutez, reprit Irène Colonna, ces cavaliers doivent être des voyants de la Vehme. Ils nous atteindront, mais nous pouvons les tromper. Cachez-vous dans le taillis qui borde ce carrefour dans la forêt, et laissez-moi seule.

— Vous abandonner! dit Mathias.

— Je le veux, poursuivit fermement Irène, parce que c'est le seul moyen de sauver le fils du gaugrave. Qu'il ne vous échappe donc pas une parole, pas un cri, quelque chose que vous voyiez et que vous entendiez. Les francs-juges m'arrêteront, ils m'interrogeront. Mais je ne saurai rien, je n'aurai rien vu. Oh! nous sommes sœurs, maintenant, par la souffrance, noble dame d'Herminsberg, et je ne vous trahirai pas. Vous tremblez pour votre enfant, vous ne voyez que lui, vous ne pensez qu'à lui, et vous faites bien. Quelle femme n'aurait pas pitié des angoisses d'une mère? Mais ne me répondez pas. Les voyants pourraient déjà nous entendre.

Les trois cavaliers venaient en effet de trouver sur leur chemin et de reconnaître le corps de Walter de Thann.

XX

LA PRÉDICTION.

Les voyants sautèrent aussitôt à terre, attachèrent à un arbre les brides de leurs chevaux et s'élancèrent à la recherche de nos fugitifs.

Ils n'étaient déjà plus qu'à quelques pas d'eux, lorsque Bertha et Mathias, obéissant au généreux conseil d'Irène, se cachèrent dans le taillis qui bordant une clairière où aboutissaient quatre sentiers.

Le jour baissait, et une pluie froide commençait à tomber.

L'Italienne traversait rapidement le carrefour de la forêt, lorsqu'elle se sentit arrêtée par une main qui s'appuyait sur son épaule.

Elle se retourna et vit devant elle le franc-comte de Lippe.

— Irène Colonna! s'écria-t-il avec étonnement, car il avait eu l'espoir de surprendre la châtelaine d'Herminsberg dans sa fuite.

— Vous n'espériez plus me revoir, n'est-il pas vrai, monseigneur Othon? dit avec un accent de mépris et de haine l'Italienne.

— Irène! s'écria le comte, c'est donc vous qui avez conseillé à la veuve du gaugrave de fuir de son château et de se soustraire au jugement de la Vehme?

— C'est moi, seigneur comte, répondit-elle.

— C'est un crime, savez-vous bien, Irène, que de prévenir les proscrits du tribunal secret, un crime qui entraîne le ban pour celui qui s'en est rendu coupable! s'écria Othon avec un frémissement de colère. Comment avez-vous pu risquer ainsi votre vie pour une femme que vous haïssiez, pour une femme que j'aimais et qui est seule cause que vous êtes restée ma maîtresse au lieu de devenir comtesse de Lippe et duchesse de Gueldres.

— C'est que les femmes, seigneur Othon, dit Irène, ne savent pas faire le mal pour le mal. C'est qu'elles peuvent bien se laisser entraîner jusqu'au crime par la jalousie, l'amour et l'orgueil, mais que ces passions violentes ne dessèchent pas tout sentiment généreux de leur cœur. Elles ne savent pas calculer lâchement le crime de sang-froid, comme vous, monseigneur. Elles ne rendent pas toujours le mal pour le bien! Le gaugrave Conrad avait eu pitié de moi. J'ai eu pitié de sa veuve.

— Ainsi, vous l'avouez, reprit encore Othon. Eh bien, je puis encore vous pardonner Irène, si vous me dites où s'est réfugiée cette femme, car vous devez le savoir.

— Vous me demandez une trahison, dit l'Italienne; mais il n'est pas au pouvoir des hommes de me faire commettre une telle lâcheté.

— Peut-être croyez-vous, Irène, que j'aime encore Bertha d'Herminsberg, dit le comte. Non, il n'y a plus dans mon cœur une étincelle d'amour pour elle. Mais, comme chef de la Sainte-Vehme de Dethmold, il faut que je connaisse sa retraite et que je la force à comparaître à notre tribunal.

— Que m'importe maintenant votre amour pour la belle veuve de Conrad, répondit dédaigneusement Irène Colonna, puisque je vous méprise autant qu'elle vous a toujours méprisé?

— Prenez garde, dit le franc-comte. Je puis oublier que vous m'avez aimé, Irène, et ne plus voir en vous qu'une femme qui a révélé les secrets de la Vehme.

— Faites votre métier de bourreau, monseigneur, dit Irène. Je vous ai vu si souvent à l'œuvre, que je m'étonnais de ne pas vous avoir encore entendu menacer.

Le franc-comte, furieux, se tourna aussitôt vers les deux voyants qui l'avaient suivi et leur dit impérieusement :

— Traînez cette femme sous le chêne qui est à l'entrée du carrefour.

Les francs-juges obéirent sans que l'Italienne leur opposât aucune résistance.

La pluie tombait toujours fine et glaciale. Des rafales de vent faisaient craquer les vieux arbres de la forêt, que la nuit commençait à couvrir d'ombre.

Le chêne sous lequel les voyants avaient traîné Irène Colonna s'élevait au bord du taillis dans lequel se tenaient tapis Bertha, Mathias et l'enfant. La pauvre mère baisait les lèvres du pauvre petit pour l'empêcher de crier et le réchauffant dans sa mante, tremblant qu'il ne fût saisi par le froid.

Tout à coup Irène vit déboucher de chaque sentier du carrefour un nouveau cavalier au long manteau noir, portant une torche de résine allumée et grésillant sous la pluie.

Le comte dit à ses deux compagnons :

— Voici nos frères. Échangez les mots de passe.

Les voyants s'avancèrent vers les nouveaux venus, et, tirant leurs couteaux-poignards, ils en dirigèrent la pointe vers leur propre poitrine et tournèrent la gaîne du côté des cavaliers.

Ces derniers s'arrêtèrent aussitôt.

— Le mot de passe, si vous êtes enfants de la Vehme, demanda un des voyants.

— Corde, dit le premier cavalier.

— Pierre, dit le second.

— Herbe, répondit le troisième.

— Pleurs, dit le dernier.

— Passez et rangez-vous sous le chêne, reprit le voyant.

Lorsqu'ils furent tous réunis autour d'Irène Colonna, le comte leur dit :

— Chevaliers francs-juges, nous sommes assemblés en nombre suffisant pour juger sur la vie et l'honneur, conformément aux lois du tribunal secret. L'accusée qui est ici devant vous ayant été surprise en flagrant délit et avouant son crime, nous aurions pu la faire exécuter par la corde, sans citation ni sentence. Néanmoins, nous avons voulu lui laisser le temps de la réflexion et du repentir. Irène Colonna, approchez et regardez vos juges, car notre serment nous ordonne de ne tenir nos séances que visage découvert, pour prouver aux accusés que nous ne nous servons pas du voile de la justice pour assouvir nos haines et nos vengeances.

L'Italienne s'avança avec calme au milieu du cercle des francs-juges.

Sur un signe du comte, ils rejetèrent leurs manteaux derrière leur épaule, ôtèrent leurs toques et leurs gants, et tendirent leurs mains nues vers l'accusée, en disant d'une voix lugubre :

— Irène Colonna! comparais! comparais!

L'Italienne les regarda avec une curiosité involontaire et reconnut, dans les six affiliés de la Vehme, quelques-uns des veilleurs de la nuit, familiers du comte. Mais leurs visages avaient pris une expression inflexible et sinistre.

La dame d'Herminsberg elle-même ne put s'empêcher d'écarter doucement quelques branches du taillis pour entrevoir ce tableau étrange, mais il lui sembla aussitôt que tous les regards des vengeurs se dirigeaient sur elle et la découvraient; elle laissa retomber devant sa figure pâle ce mobile rempart de branchages, et elle écouta avec anxiété la suite de cette assise mystérieuse.

Un des voyants venait de jeter devant le franc-comte un glaive dont la poignée formait une croix et une branche de saule.

Othon reprit alors d'une voix brève :

— Femme, la poignée de ce glaive te représente la croix où Jésus a souffert, et la lame me t'annonce la sévérité impartiale du tribunal secret. Cette branche de saule t'indique le genre de punition réservé aux méchants pour leurs crimes. Irène Colonna, tu avoues, n'est-ce pas, que tu as conseillé à la dame proscrite d'Herminsberg de se soustraire par la fuite à notre justice? Par ce seul fait, tu es devenue sa complice et tu dois être mise au ban de la vie et de l'honneur. Maintenant, dis-nous si tu connais l'asile où s'est réfugiée cette femme criminelle.

— Je le connais, dit sans hésiter l'Italienne.

Bertha et Mathias tressaillirent. Ce dernier serra son arc dans sa main robuste et murmura :

— Si elle nous dénonce, j'aurai le temps de l'ajuster avant que les francs-juges aient mis la main sur nous.

L'enfant poussa un faible gémissement qui fut étouffé par un baiser de sa mère.

Pendant ce temps, l'interrogatoire avait continué :

— Révèle donc l'asile de la proscrite! avait repris Othon.

— Jamais répondit fièrement l'Italienne.

— Eh bien! qu'on lui noue autour du cou la branche de saule! s'écria le franc-comte exaspéré de cette résistance.

Un des voyants ramassa la branche de saule et exécuta l'ordre du chef de la Vehme.

Bertha pressa alors la main de l'archer dans sa main glacée et murmura à son oreille d'une voix sourde :

— Nous ne pouvons pas laisser périr ainsi cette femme qui se dévoue pour nous. Mathias, je veux paraître devant ces bourreaux. Irène les avait bien nommés.

—Vous voulez donc leur livrer Berthold? répondit l'archer en l'arrêtant.

—Mon Dieu! faut-il assister lâchement à un meurtre, lorsque d'un mot, peut-être, nous pourrons l'empêcher! reprit généreusement la pauvre mère, qui se repentait déjà de hasarder la vie de son enfant.

—Madame, dit l'archer d'une voix à peine distincte, si vous vous dénoncez vous-même aux francs-juges, vous ne sauverez pas l'Italienne, et Berthold est perdu! et vous n'avez pas le droit de trahir ainsi le fils du g ugrave!

La veuve de Conrad, vaincue par cet appel aux plus intimes sentiments de son cœur, garda un morne silence.

On n'entendait plus que le bruit monotone de la pluie sur le feuillage.

— Irène Colonna, dit enfin le franc-comte, recommande ton âme à Dieu!

— Misérable! s'écria l'Italienne, oses-tu donc blasphémer le nom du Seigneur, qui devrait brûler tes lèvres! Tu vas apprendre d'une femme à bien mourir, toi que j'ai toujours vu trembler de peur devant la mort. Mais avant de me laisser assassiner, à cet instant suprême où l'on ne sait plus mentir, je veux te démasquer devant ces nobles juges, tes complices, quoique je sache bien que mes paroles présentes vont se perdre comme une vaine fumée. Je t'accuse à haute voix, Othon, franc-comte de Lippe, de l'empoisonnement de ton frère d'armes Conrad, gaugrave d'Herminsberg, et je proclame sa veuve innocente. Peut-être un jour quelqu'un de ces intègres voyants qui m'entendent se rappellera-t-il mon accusation pour témoigner contre toi! Tu souris de dédain, comte Othon. Eh bien! je te prédis, moi, ajouta Irène s'exaltant de plus en plus dans son dévouement héroïque, que Conrad trouvera un vengeur dans l'enfant que tu as essayé d'enlever du château d'Herminsberg, et souviens-toi alors que c'est Irène Colonna qui a contribué à le sauver pour mieux te perdre. Bertha et son fils sont déjà loin d'ici, Othon. Ils t'échapperont. Maintenant, condamne-moi!

Le franc-comte cherchait en vain à conserver sur son visage l'impassibilité d'un juge. De brusques tressaillements dénonçaient sa fureur contenue, et ce fut d'une voix rauque qu'il répliqua :

— Le chef de la Vehme ne juge point les accusés, il prononce seulement la sentence portée contre eux. Mais toi, Irène, tu n'es plus une accusée, puisque tu avoues le crime. Tu es une condamnée. Tu seras pendue par la main des vengeurs, non à une potence, mais à ce royal chêne de la forêt, suivant notre usage, pour bien montrer à tous que les francs-juges rendent leurs arrêts en vertu d'une commission impériale et non d'une justice particulière.

— J'attends! dit Irène en bravant le comte par un regard insolent de mépris.

— Qu'on lui bande les yeux et que sept mains serrent la branche de saule nouée à son cou! ordonna Othon d'une voix lugubre.

Les francs-juges entourèrent Irène, et sept mains nues serrèrent la branche de saule.

Bertha et Mathias, pâles, frémissants, épouvantés, n'entendirent plus qu'un cri sourd et étouffé qui les glaça d'horreur. Leurs cheveux se hérissèrent. Ce cri semblait toujours vibrer à leurs oreilles. Ils croyaient faire un rêve, voir leurs ennemis s'approcher d'eux lentement et ils sentaient leurs membres paralysés refuser de se mouvoir.

Cinq minutes après avoir accompli leur mission secrète, les francs-juges remontaient à cheval et se dispersaient, s'éloignant par les divers sentiers du carrefour.

Le dévouement d'Irène avait sauvé la veuve et le fils du gangrave d'Herminsberg.

Une heure s'écoula avant que la châtelaine et l'archer osassent sortir du taillis. Ce dernier s'était habitué dans les mines à voir clair au milieu de la nuit comme en plein jour. Il distingua une masse informe se balançant à une branche de chêne sous lequel avait été jugée l'Italienne.

C'était le corps de la malheureuse femme.

Les francs-juges avaient planté dans le tronc noueux de l'arbre un poignard au manche duquel était appendu le sceau redoutable du tribunal secret.

— Hâtons-nous, madame, dit l'archer à la dame d'Herminsberg en l'éloignant de cet affreux spectacle. Je connais la forêt, et nous aurons fait assez de chemin cette nuit pour mettre les voyants au défi de retrouver notre trace.

Et les fugitifs disparurent dans un sentier obstrué de ronces et d'arbustes sauvages.

Le franc-comte Othon ne put découvrir ce qu'ils étaient devenus. Le souvenir de la prédiction d'Irène Colonna jeta longtemps une sombre inquiétude dans son esprit, quoiqu'il se plût souvent à en rire avec ses complices les veilleurs de la nuit, car il se croyait invulnérable à toute attaque, comme membre de cette redoutable association de la Sainte-Vehme, qui citait des princes et même des empereurs à son tribunal, et qui devait encore tenir ses poignards mystérieux suspendus sur l'Allemagne pendant trois siècles.

Quinze années s'écoulèrent sans que nul connût en Westphalie le sort de la dame d'Herminsberg, de Bertha l'empoisonneuse, comme on l'avait surnommée, et les minnesingers composèrent des légendes tragiques, qui ne tardèrent pas à rendre populaire, dans tout le saint-empire, le crime prétendu de la veuve de Conrad.

FIN DE LA BELLE NOVICE.

L'AMITIÉ DE L'AMOUR

Histoire invraisemblable

PAR OCTAVE FERRÉ.

I

Il y a une dizaine d'années au plus, la petite ville de Mortage, en Normandie, possédait un pensionnat de jeunes filles très-renommé. C'était là que les familles les plus distinguées du pays plaçaient leurs enfants, qui souvent n'en sortaient qu'au moment d'entrer dans le monde.

Dans la division des *grandes*, suivant les termes techniques, se trouvaient alors Marie de Beaumard et Lucile de Juvigny. Depuis cinq ans qu'elles étaient dans la maison, les deux jeunes filles s'étaient liées d'une de ces amitiés que n'effacent jamais les circonstances ni les préoccupations du monde.

Marie était, sans contredit, la plus légère enfant de seize ans qui eût habité la pension. Elle avait peine à tenir en place; ses broderies, ses ouvrages de perles, de soie, les mille petits riens que l'on façonne à son âge, étaient pour elle une tâche vraiment pénible. Sa corbeille à ouvrage était toujours bouleversée; elle brisait ses aiguilles, ses ciseaux, son dé; elle se mutinait tout de bon contre la gaze et les rubans qu'elle devait employer. Mais quand venait la leçon de dessin, de musique, elle courait à son chevalet ou à son piano avec un véritable enthousiasme. Le parloir était orné de plusieurs de ses dessins, auxquels le goût le plus difficile eût pu applaudir. Vive, spirituelle, elle avait le meilleur cœur du monde. Sa figure, sans être très-régulière, était agréable; elle avait de longs cheveux noirs, qui auraient mérité plus de soin que les moments consacrés à la toilette ne permettaient de leur en donner. Son sourire était franc et ouvert. Elle était grande et élancée.

Lucile, au contraire de son amie, préférait sa broderie au piano, son aiguille au crayon. Elle avait un peu plus de quinze ans et déjà réunissait une grâce infinie. Ses cheveux, légèrement châtains, son visage un peu pâle, le regard de ses yeux bleus, voilés par de longs cils, avait une grande douceur, mêlée de mélancolie; des perles blanches ornaient sa bouche gracieusement dessinée. Elle possédait la taille d'une abeille, le pied d'une fée. Une teinte de douce rêverie la rendait ravissante.

C'était une de ces âmes tendres qui ont besoin de s'attacher à quelque sentiment, pour lesquelles le vide du cœur amènerait un désespoir silencieux et morne, la consomption. Les femmes ainsi nées s'attachent profondément quand elles trouvent à verser tout ce qui surabonde en elle de sentiments intimes et affectueux; âmes descendues haut, elles y retournent, si elles ne rencontrent point le cœur qui doit recevoir le leur; s'attachant lentement, elles avancent pas à pas dans leurs liaisons, pour y demeurer ensuite fermes, inébranlables.

Tels étaient Lucile et Marie, surnommées par leurs camarades *les inséparables*.

En effet, dans leurs heures de liberté, elles ne se quittaient guère. Pour Marie, Lucile devenait un peu plus légère; pour Lucile, Marie prenait un peu de gravité. Délicieuse alliance que celle de ces deux jeunes filles oubliant leurs goûts, leurs caractères, pour ne plus avoir que le goût, le caractère de leur amie! C'était une angélique union, qui leur donnait le bonheur des anges: aussi que de fois elles s'étaient juré de ne jamais s'oublier, de s'aimer toujours!

Dans leurs rêves, dans leurs projets de jeunes filles, ces romans qui se font si beaux dans les têtes de seize ans, elles se promettaient de rester ensemble, ou du moins près l'une de l'autre; elles auraient voulu un moyen de vivre comme deux sœurs, titre qu'elles aimaient à se donner.

Un soir d'été, — il était environ huit heures, — Lucile s'était assise sur un banc, dans une salle verte, au fond du jardin. C'était le moment de la récréation; mais elle n'y prenait point part. Elle avait laissé tomber un peu sa tête sur son épaule; ses yeux étaient à demi fermés; elle rêvait. Ses camarades jouaient à l'autre extrémité du jardin. Un petit pas bien connu glissa sur le sable des allées; — Marie avait deviné que son amie était là. Celle-ci l'entendit sans bouger. Elle venait pour l'inviter à une partie de course; mais en la voyant rêveuse, elle oublia sa première intention et s'assit près d'elle en l'embrassant.

— Comme te voilà isolée, as-tu quelque chagrin?

— Je pensais.

— A quoi pensais-tu d'assez triste pour rester toute seule... On dit que quand on a de l'amour au cœur, on est ainsi; serais-tu amoureuse, par hasard? — (Elle passa son bras autour de sa taille et l'embrassa encore.) C'est bien mal, mademoiselle, d'avoir des chagrins et de ne m'en rien dire! — Est-ce que je ne vous dis pas tout, moi? Voyons, que je sache vite ce qui vous rend mélancolique!

— C'est toi!

— Moi!

— Oui, je songeais que tu vas quitter la pension au mois d'août, et qu'alors nous serons séparées.

— Console-toi, tu la quitteras peut être à la même époque, et je ferai si bien, que ma mère, qui me permet tout, voudra que je passe au moins six mois de l'année avec toi!

— Je pensais aussi que bientôt on nous parlera de mariage, de mille choses qui nous sépareront, et une amitié comme la nôtre, une amitié de cinq ans, qui a eu le tiers de notre vie, c'est difficile à rompre!

— Aussi j'espère que nous vivrons dans le monde sans que rien puisse l'altérer.

— Songe donc qu'un mari, c'est un despote, un tyran, un maître jaloux, qui ne veut pas qu'on aime autre chose que lui!

— Bah! je m'en fais une toute autre idée. Mon cousin Charles, que j'ai vu aux dernières vacances, m'est destiné: je l'ai deviné. Eh bien! c'est un charmant jeune homme, d'une douceur, d'une complaisance, d'une prévenance accomplies. Il a trop d'esprit pour vouloir une pareille chose; d'ailleurs, la veille de mon mariage, je lui signifierai qu'il peut avoir mon amour, mais que mon amitié est prise depuis longtemps, il faudra qu'il s'en passe.

— Je voudrais qu'une de nous deux fût homme, nous ne séparerions pas notre amitié de notre amour!

— Folle!

— C'est vrai, dit-elle en souriant, je suis folle, mais à cause de toi.

— Allons, reprit Marie, ôtant un anneau de son doigt et le passant par plaisanterie à celui de Lucile, voilà notre anneau de fiançailles! — Que ce soit le gage de notre amitié. Donne-moi ta bague en échange; nous les garderons en souvenir de notre union, du bonheur qu'elle nous a procuré dans cette triste maison où il faut toujours travailler, au lieu d'être comme chez nous à courir au grand air.

— Ne trouverons-nous pas un moyen de n'être pas séparées, de vivre unies toujours, pour toute notre vie!

— Il y en a un.

— Lequel?

— Difficile.

— Parle!

— Faisons-nous religieuses dans la même communauté.

— Nos parents n'y consentiraient pas.

Elles furent interrompues par une bande de leurs camarades qui accouraient en jouant vers la charmille.

Peu de jours après cet entretien, on remarqua dans la pension que Marie perdait peu à peu ses couleurs, son front pâlissait, elle avait par moments des tressaillements involontaires; sa voix était altérée; elle restait des heures entières dans une insensibilité complète, ne voyant, n'entendant plus ce qui l'entourait.

— Je ne sais ce que j'éprouve, disait-elle un soir à Lucile, je ressens par moments d'horribles douleurs.

Lucile la serrait contre son cœur et la consolait.

— Si j'allais mourir! lui dit-elle.

Son amie la regarda douloureusement, saisie de l'altération de ses traits:

— Oh! non, s'écria-t-elle, Dieu ne voudrait pas rompre si tôt notre amitié! D'ailleurs, si tu mourais, Marie, je mourrais aussi!

Marie fut obligée de garder le lit. Un ordre de la maîtresse de pension interdit à tout le monde l'entrée de sa chambre. Lucile ne cessait d'interroger chacun sur l'état de son amie; malgré les réponses rassurantes de la directrice, l'inquiétude la dévorait.

Un soir, quand elle crut toute la maison endormie, elle se leva doucement sur sa petite couche blanche, écouta en retenant son haleine, si elle n'entendait rien autre chose que la respiration calme de ses compagnes. Qui l'eût vue ainsi, à demi-nue, les cheveux épandus sur son sein et sur ses blanches épaules, à la demi-clarté de la lampe du dortoir, qui trahissait les plus gracieux secrets; qui l'eût vue étendre ses bras nus et passer ses petits pieds roses dans de mignonnes pantoufles : qui l'eût vue, dis-je, eût été transporté d'un trouble involontaire, d'un ravissement indicible.

Quand elle fut debout, elle écouta encore, puis traversant sans bruit les nombreux corridors de la maison, elle arriva, au risque de se briser mille fois contre les murs ou les portes, à celle de la malade. — La clef était retirée. — La ravissante enfant appliqua l'oreille, elle n'entendit rien. Par la serrure elle distingua les rayons d'une veilleuse.

— Marie! se hasarda-t-elle à appeler tout bas.

Elle attendit avec un battement de cœur une réponse.

— Marie! répéta-t-elle plus haut.

On ne lui répondit pas encore. — Elle frappa doucement.

— Qui est là? dit enfin une voix bien connue.

— Moi, Lucile!

— Ah! je suis enfermée!

— Comment te trouves-tu? Souffres-tu beaucoup?

— Merci, merci, je vais mieux.

— Bonne nuit!

Elle se hâta de regagner son lit, car elle avait cru entendre du bruit au bas de l'escalier.

A quelques jours de là, une voiture s'arrêta à la porte de la pension pour emmener mademoiselle Marie de Beaumard, à laquelle il ne fut pas permis de voir une seule de ses amies, même Lucile.

Pendant longtemps, ce départ laissa sur la physionomie et dans les manières de la maîtresse de la pension les traces d'une profonde réflexion. Quand on prononçait devant elle le nom de son ancienne élève, son front se rembrunissait, elle était en proie à un malaise, à une gêne que tous ses efforts ne pouvaient dissimuler.

II

Lucile à Marie.

« Comment se fait-il, bonne amie, que depuis huit jours je n'ai pas encore entendu parler de toi? — Tu es véritablement coupable de me laisser dans une inquiétude aussi mortelle. — Sais-tu bien que je ne puis plus dormir la nuit, parce que je suis malade, à mon tour, de l'incertitude que tu me causes? Je t'en prie, ma sœur bien-aimée, écris-moi! Si tu es trop malade, fais-moi écrire.

« Depuis ton brusque départ, on a débité sur ton compte mille extravagances absurdes et ridicules; tu sais bien que je suis toujours ton défenseur. Et pourtant le mystère de ton voyage m'a affligée. Au reste, si tu avais des secrets, tu me les aurais communiqués, et je suis bien certaine que tu n'es coupable de rien de honteux. J'ai lu au fond de ton cœur, il est pur et noble; je t'aime toujours et toujours autant. Mais, de grâce, écris-moi; dis-moi si tu dois revenir ici! Que vais-je devenir, toute seule! Toi partie, je suis isolée parmi nos camarades; toi seule avais compris mon âme, à toi seule je pouvais avouer toutes mes pensées, tout mon cœur. Hélas! que je vais être triste maintenant!

« J'ai terminé la broderie d'un col en tulle que je voulais te donner en surprise, et les deux bourses en perles auxquelles tu m'as vue travailler; je te les envoie.

« Marie, j'attends ta réponse par le prochain courrier, tire-moi de mon inquiétude.

« Adieu, bonne amie, tu sais qu'entre nous, c'est à tout jamais.

« Lucile. »

Marie à Lucile. Alençon, 10 juin ***.

« Je te réponds de suite, chère Lucile, et je dois commencer par te dire que je vais beaucoup mieux. Oui, mon silence a pu te paraître coupable; je m'accuse comme si cela était; il n'en est rien, cependant. — Oh! si tu savais, Lucile, l'étrange mystère!... Mais je ne puis te rien dire. Non, vois-tu, si tu sais le fond de mon cœur, je sais le tien, moi aussi; tu es la plus pure de nos compagnes; tu as pour moi une amitié que rien n'aurait pu rompre; cependant je n'ose te parler, je n'ose te faire un aveu qui, tu le comprendras plus tard, est d'une extrême gravité.

« Lucile, encore une lettre de toi; promets-moi, quoi qu'il puisse arriver, d'être toujours mon amie; promets-moi, au nom de notre ancien attachement, d'avoir une parole de consolation pour moi, si je dois être malheureuse à jamais. Mon bonheur va dépendre de toi, mon amie. Je t'en conjure par tout ce que nous avons eu d'affections réciproques, Lucile, ne te détourne jamais de moi! Que je sois toujours ton amie! Je t'en prie en pleurant! — Tiens, je voudrais serrer tes mains dans les miennes, te presser comme autrefois dans mes bras, tu aurais pour moi une parole de bonté, car tu es parfaite et j'ai besoin de toi.

« Tu as raison de me défendre et de m'excuser auprès de nos compagnes, non, Lucile, non, je n'ai rien fait de coupable ni de honteux.

« A ton tour, réponds-moi de suite; si nous laissons un secret se glisser entre nous, il y en aura bientôt mille. Dis-moi que ton cœur est encore ouvert au mien, et attends-toi à la confidence la plus extraordinaire.

« Je n'accepte de ton envoi que les deux bourses.

« Ta plus fidèle amie,

« Marie.

« *P. S.* — Adressez la réponse à *M. Oscar de Beaumard.* »

Lucile à Marie.

« Tu as douté de moi, Marie; c'est mal. Comment, tu as pu croire que je ne saurais pas entendre tout ce que tu aurais à me dire? En vérité, j'ai peine à te pardonner. Ne sais-tu pas que mon cœur est uni au tien, ma vie à ta vie, ma pensée à ta pensée? Tu es la moitié de mon âme; je ne pourrais vivre si j'avais un secret à te cacher.

« Notre vie, depuis cinq ans, n'a rien eu que nous n'ayons mis en commun; c'est de là qu'est venu tout le bonheur trouvé dans ces cinq ans; bonheur envolé maintenant, bonheur qui ne reviendra plus peut-être! Marie, vivre avec toi, te savoir près de moi, t'entendre, te parler, te serrer quelquefois la main, te donner à lire mon âme dans tes yeux, pleurer dans ton sein quand il m'arrive une affliction, voilà, voilà le bonheur de ma vie! — Tu as douté de moi?... Pour te pardonner, j'ai besoin de relire ta lettre, d'y voir que tu souffres, que tu es malheureuse, qu'il est venu sur toi une grande douleur. Eh bien! j'en veux la moitié. Ne t'ai-je pas fait partager les miennes? Tu me diras ce qui t'afflige, je te soulagerai. — Marie, permets-moi une question. Aimes-tu? non plus d'amitié, mais d'amour? Il faut bien que j'aille au-devant de toi, puisque tu n'oses venir à moi. Écoute! fusses-tu coupable d'une de ces fautes qui perdent l'honneur d'une jeune fille, sœur, je t'aimerais toujours!

« Depuis que tu es partie, la pension est pour moi une prison affreuse. Tout m'y attriste. Je vais m'asseoir sur le banc du jardin où nous nous asseyions ensemble, et je pleure. Je parcours l'allée où nous causions habituellement; je te vois au piano, dans la salle de dessin; je mets tous les jours les rubans que tu m'as donnés; je lis chaque soir une page du petit livre que tu m'as laissé; il me semble souvent entendre ta voix m'appeler, je tressaille et soupire aussitôt, car tu n'es plus là! Oh! Marie, le bonheur, c'est toi; le ciel, c'est toi! Marie, aime-moi, aime-moi bien; je n'aurai jamais ni envie, ni besoin d'amour! Mais voici que j'oublie encore la distance qui nous sépare et l'avenir qui nous menace.

« Adieu, adieu, sœur; ce titre est le seul qui exprime bien notre union.

« Lucile. »

Trois jours après, Lucile reçut la lettre suivante, datée d'Alençon :

« Je n'avais pas douté de votre cœur, ma Lucile, et j'avais raison. Mais il arrive en ce monde des choses tellement étranges qu'alors il faut douter de soi-même. Quand on est là, il est permis d'hésiter sur les sentiments des autres.

« Merci, ange, de tout ce que vous me dites de bon; merci, et soyez bénie. Soyez bénie, si vous devez faire ma félicité; soyez bénie encore si vous vous éloignez de moi. — Je vous sais par cœur, Lucile! vous êtes parfaitement bonne; mais vous avez souvent de l'enthousiasme. Votre lettre ressemble à celle qu'écrirait une maîtresse à son amant. Eh bien! Lucile, je vous en remercie. Cette lettre, où vous exprimez votre ardeur pour moi, elle ne me quittera jamais; je mourrai avec elle, car c'est la meilleure; ce sera la dernière, peut-être, que vous m'aurez écrite.

« Encore un mot avant d'arriver au secret terrible qui nous unira ou nous séparera à jamais en ce monde et dans l'autre!... Pesez bien ce que je vais vous dire; songez que c'est à genoux que je lirai votre réponse. Une arme chargée sera près de moi : si je dois vous perdre, je saurai bien m'en servir.

« La nature a d'étranges mystères, Lucile; nul ne peut pénétrer au fond de son labyrinthe. Elle produit parfois des phénomènes si bizarres que la plupart des hommes refusent d'y croire; cependant les faits existent réfutant l'incrédulité.

« Un jour, vous vous en souvenez, nous étions dans la salle verte du jardin; nos bras étaient enlacés, nos têtes penchées l'une vers l'autre, nos cœurs confondus. Alors vous faisiez entendre le témoignage de notre amitié; alors il vous échappa une parole qui agite maintenant tout mon être.

« Si tu étais un homme, disiez-vous, nous ne nous séparerions jamais! Amour, amitié, tout serait commun!

« Eh bien! Lucile... si le ciel... avait fait un prodige! . . . .

« Ne serais-je pas en droit de venir vous sommer de tenir votre promesse, de vous dire : — Sois à moi d'amour et d'amitié, Lucile; tu l'as promis!

« Je ne le ferai pas. Si cette confidence porte le trouble dans votre âme, pardonnez-moi, vous l'avez exigée... Lucile, j'attends votre réponse et j'espère, car vous êtes bonne et m'avez beaucoup aimé. Mais je vous adjure, au nom de Dieu, ne faites rien que librement et suivant votre inspiration.

« En vous écrivant, je crois encore respirer votre suave haleine, presser votre taille, vous embrasser comme nous nous embrassions; hélas! ce bonheur, qui pourrait durer toujours, est-il fini?

« Adieu, ma seule pensée, mon bonheur.

« Oscar de Beaumard. »

Au reçu de cette lettre, Lucile poussa un cri affreux, tomba sur un fauteuil; ses mains froissèrent le papier en se crispant. Quand elle revint à elle, ses yeux étaient fixes; ses lèvres pâles, tremblantes, ne savaient plus que balbutier des mots sans suite, des phrases incohérentes.

La commotion avait été trop forte, elle avait brisé son esprit. La pauvre enfant était... folle.

Ils serrèrent la branche de saule. — Page 75, col. 2.

Et qu'on ne croie pas que ce récit soit inventé à plaisir. C'est une histoire qui a fait au contraire beaucoup de bruit dans le temps, et dont le héros, que nous n'avons pas dû désigner par son vrai nom, plus qu'aucun de nos autres personnages, est parfaitement existant...

FIN.

www.ingramcontent.com/pod-product-compliance
Ingram Content Group UK Ltd.
Pitfield, Milton Keynes, MK11 3LW, UK
UKHW022100170726
13837UKWH00003B/1016